王安石大傳

姜穆 著

敘一敘《王安石大傳》寫作經過

從工作崗位退休以後，於民國八十年元月四日心肌梗塞，經過兩次電擊，好友李師鄭從天未亮就守在榮總院長室前，候到他上班，經王石補大醫師做了心導管氣球擴張術，命雖然救了回來，卻不能再就業，只好以寫作維生。在台灣以寫作爲職業是多麼不容易，補救之法便是量入爲出，因此窘態畢露。

一生不知積蓄，而積習難改，朋友們救窮總非長久之計，《經濟日報》副刊徐桂生（則林）先生便「教我釣魚法」。民國八十三年夏約寫王安石。只因曾經在三十多年前，《青年戰士報》副刊潘壽康先生，約寫狄青，大概徐先生以爲我對宋史曾涉獵過，乃有此約。殊不知答應潘先生之約是個太大膽的行爲，同樣，答應寫《王安石大傳》就更大膽了。

狄青只是一位將軍，他的功業在西北對付西夏與平南降服儂智高，是比較單純的；王安石則是一位政治改革家、經濟社會學家、學者、詩人，他的功業在「熙寧新政」（也可稱爲安石變法）。政治上的鬥爭，合縱連橫，面對既得利益者，如原來「慶曆新政」主角，後來變成守舊派，后黨的障礙與鬥爭。新政的推行要比狄青的軍事行動複雜得多了。

從閱讀相關史料開始，到動手寫作，才發覺有太多問題有待解決。譬如開封的街道、官銜與職務、館閣、政務、台諫之間的關係，大朝與小朝又是在那些地方舉行？如何舉行朝議以及經筵呢？對這些問題，宋史不能解決。至少開封街道要從都市建築史上，才能得到一個模糊的答案。

僅僅一個翰林學士院，就有翰林學士承旨、翰林學士、直學士、翰林權直、學士院權直。通常一般都只稱翰林學士，光只銜和職就能把人弄得昏頭轉向。

類似的問題太多了。

王安石的改革固然以經濟爲主軸，但此一改革的成敗卻關係兩宋的國祚，甚至關係整個中國的發展。改革與反改革的鬥爭手段，卻很像今天的中華民國，以地方包圍中央的陣勢，讀了許多書以後，才發覺竟是有所師承。

這些鬥爭，其根源卻是來自「陳橋兵變」後的「黃袍加身」。趙匡胤非如其他開國皇帝一樣是馬上得天下，於是需要「杯酒釋兵權」，強幹弱枝，中央集權，皇帝直接掌握兵權等，都是為了避免陳橋的歷史重演而設計。

重文輕武，帥臣由文人擔任，邊備也都是文人。如范仲淹是大中祥符進士、韓琦是天聖進士、澶州作戰的寇準是太平興國進士、畢士安是乾德進士、平苗夷之亂的章惇也是賜進士出身；楊業（繼業）為地方豪強，是一位北漢降宋的武將，狄青、岳飛起於布衣。將軍掌過樞密院的也只有狄青一人。而樞密院、兵部都無軍權。重文輕武的結果，宋朝的文化、文學有較佳的發展，璀璨光芒；大將軍除了曹彬因是皇戚得到重用，餘外都受貶抑，以致將不知兵，兵不知將，騎兵不能上馬，步卒不能拉弓。終不能避免向契丹、西夏「歲賜」以求苟安，最後亡於蒙元，都與此有關。

文武不平，可從待遇上看出：宰相月支三百貫，大將軍月支六十貫而已，庶族大將軍月餉只有二十貫。只此一例，其他可知。士兵的待遇更不能談。

軍隊有「禁軍」（中央軍）、「廂軍」（地方民兵）之分。軍人因待遇薄而准許「回易」（即海上絲路與回族貿易）來解決待遇問題。另外將軍與軍隊實施輪調，使之不能形成團隊。因此軍權完全操於皇帝之手。

文官也有任期，以防大吏形成勢力，尾大不掉。由知縣到一品大員，沒有例外。地方官一任三年向中央述職聽候派任，太宰則利用台諫牽制派系，護罪即予貶抑，乃有所謂「使相」的稱謂。一品大員而知州路，實已是有職無權，養老而已。

地方官吏也是分權的，知州有通判分權，軍隊有監軍，只有經略指使、安撫使是比較全權的。

宋朝官吏與豪強勾結十分嚴重，魚肉百姓的情形非常普遍。這又與待遇有關。宋朝官員的待遇，很多地方與近代相仿，除了錢幣、還有實物，如綢緞、糧食，但知縣與宰相的待遇相差三十多倍。於是官吏與豪強沆瀣一氣，形成政商的複雜關係，互相勾結，利益輸送，如放高利貸等，最後則土地兼併，佃農、小農被嚴重剝削。徭役過重，百姓嫁母、殺父以減少丁口數，有的自鬻爲豪強家奴，或入道觀寺院，以求庇護免役；而宋朝同樣有黑道漂白，形成招安文化。政治揚揚沸沸，頗類今天的情況，尤其社會風氣敗壞，汴梁號稱火樹銀花，城開不夜，瓦子（遊樂場所，如今日的戲院、KTV）、教坊（高級妓院）林立，夜市不下於今日台北。台灣政治，太像兩宋，這當然也是寫作的動機。是否也因腐化而失去一切優勢？

「熙寧新政」以經濟復甦、抑制兼併、均富爲目的。希望政治清明，提高生產，稅負公平而富國之外，並有「戶馬法」、「保甲法」、「將兵法」改革軍隊，使之達到強兵而雪國恥的目的。「慶曆新政」與「王安石變法」不可同日而語。「慶曆新政」只是局部改革，安石變法則是配套的，如「市易法」即屬商業法之一，另外教育、科考改革更是百年大計，眼光遠大。
可惜這種改革，竟在一批既得利益者與后黨的聯合捭闔下，由中央到地方、由地方包圍中央，新法失敗與此有關。

由於政治風氣的敗壞，乃有逼上梁山之說，一部《水滸》可說是宋朝的部分社會史，只是以小說形式出之罷了。

要明白宋朝的社會正義，可從張方平「條對」中說：「政出多門，大商豪民，乘隙射利」中得到一個概略認識。官吏、土豪劣紳、奸商盤根錯結，形成一個吸血集團，巧取豪奪，趙匡胤輕鬆地、未流一滴血得來的江山，便斷送在這批人的手裡。

反「熙寧新政」的，正是「慶曆新政」的那些要角：歐陽修、韓琦、富弼等人，都是行「慶曆新政」卻反「熙寧新政」的人物。把兩次政治改革比較，雖有全面與局部之分，目的卻都是富國強兵、抑制豪強。「慶曆新政」的「明黜陟、修武備、抑僥倖、精貢舉、擇長官、均公田、厚農桑、減徭役……」等，都是「熙寧新政」所要做的。爲甚麼當年行新政的人，今天卻來反王安石的新政呢？

從林園史可以約略知道「慶曆新法」中人爲甚麼反「熙寧新政」的原因。中書李淸臣在洛陽的「歸仁園」佔地整一坊。一坊有多大不知道，園的中部種竹就是百畝，司馬光的「獨樂園」算是小的。《元城先生語錄》引劉安世語說：「獨樂園在洛中諸園，最爲簡素。」但「獨樂園」也佔地二十畝，亭台樓閣，除了讀書堂之南有屋一區之外，沼北有橫屋六楹，名爲種竹齋。這是建於熙寧六年（一〇七三）的一座林園，是司馬光被貶於洛陽後的臨時居所。富弼、韓琦都有龐大產業。

范仲淹是位清官，致仕（退休）後也還買義田千頃，爲范氏一族的公益田。

由此大概可知權與利分不開。「陽光法案」實在應當自宋朝開始立法實施。

自王安石「越次入對」，反新法的人前仆後繼，行新政是神宗（趙頊）的自強政策，因此誰反新法就貶誰。但是在不殺大臣，與士大夫共治天下的庇護下，被貶者只不過由京官變成地方幹部而已。

貶官使反「熙寧新政」的勢力由中央擴散到地方，因此反新政就出現地方包圍中央，或中央策劃地方執行的現象。在「熙寧新政」中，發生地方玩法，鑽新法漏洞反新法的現象：富弼指示增息強貸青苗錢，政府規定二分利，富弼收三分；東明縣升戶等增收免役錢：「方田均稅法」使逃稅大戶與兼併的土地都無所遁形，當然都使一些既得利益者加入反新法行列。歐陽修自己同樣鼓吹過「官商分利」，這也就可以看出一斑了。

「慶曆新政」、「熙寧變法」是宋朝的一大契機，實施期間，遭到保守派與后黨的反對，王安石罷相歸金陵，呂惠卿執政，引用親兄弟歛財，又實行「手實法」，新法已變成苛政。

趙頊崩殂，舊黨被貶者爲高太后重召入朝廷，司馬光拜相後，七、八個月罷盡新法，剛剛復甦的農業和經濟，又倒退到舊時代。後來雖有章惇、蔡京恢復了部分新法，終非王安石的新法了。宋朝失去了國強民富的契機。

王安石行新法，有其缺點，太急太猛，是政治大忌。失敗也在此。

甚麼都有定數，司馬光、文彥博、蘇軾都反新法，而宋朝竟還有三百多年國祚，已是意外。范仲淹、王安石未能使北宋富強，岳飛、韓世忠、陸秀夫也未能挽救南宋的敗亡，這且不談。中國四大發明，活字版印刷、指南針、火藥三項到宋代都已成熟到了運用階段，另外《新儀象法要》、《天文曆算》、《營造法式》、《農書》都在這一時期完成。科學萌芽比西方要早半個世紀。這是否爲「重文輕武」的花果？無法得到結論。不過文人受到較多的尊重，廷議中得到較多的民主是個事實。范仲淹可以拉著皇帝議事，不得結論不散朝。這種瘋狂，比立法院那種秀要眞實得多。現代誰敢拉住總統議事呢？那可能是「起諎」的行爲。宋朝對文人的容忍，不下於貞觀一代。

「熙寧新政」不僅應使大宋王朝得治，也應對中國的強盛有助益才對，政爭使新法失敗，中國注定要在一千年後受到侮辱，並過落後的生活。

這是歷史的定命嗎？

王安石之所以成爲大政治家，「熙寧新政」不是單獨一項改革，而是整體配套的。農業、商業、軍事、稅負、教育都有整套辦法。

這些都不重要，重要的是興學校、辦教育、平民可以讀書。不僅是州縣設立學校、科舉改革，更重視醫農、律算等專業學校。此項教育若能持續百年，中國是個甚麼面貌，可以留給讀者很多想像空間。但這些都被政爭所摧毀，俱往矣！歷史是不能重來的。

不過讀了這段歷史，值得政治人物三思的是，台灣現也在一個轉捩點上，如何掌握這個機會，政治人物是要大智慧的。

《王安石大傳》的內容，重在經政改革，因此非爲王安石寫傳記，實際只寫了「熙寧新政」中的這一段，不過值得強調的，這是小說，而非歷史，正如《水滸傳》、《三國演義》、《紅樓夢》一樣，用小說的筆法戲劇了歷史，爲了趣味，也有虛構的眞實。因爲它畢竟不是嚴肅的歷史，與歷史研究不同。不過其中的確有不少眞實事件在內，但我們不能因此說它是非小說，也不能說它是歷史。

其實小說有很多分類，如「推理小說」、「新女性小說」、「武俠小說」、「歷史小說」、「意識流小說」等等。因此，《戰爭與和平》、《戰地鐘聲》、《三國演義》、《水滸傳》等都有其歷史背景，卻不能因爲有其歷史背景而被否定它小說的藝術價值。

故此，小說的定位，在於語言的運用是否藝術化，結構是否合理化，人物是否典型化，歷史事件是否戲劇化，這些條件決定以歷史爲題材的小說，是小說呢？還是非小說。高陽、南宮博是當代傑出的歷史小說作家，托爾斯泰、左拉等都是歷史小說家。

以歷史爲題材的小說，並不易寫，很多歷史事件已經爲人耳熟能詳（典型化），如何戲劇化這些情節與虛構部分結合得天衣無縫，這的確需要一些技巧。其次爲古今地理、古城街道、度量衡、衣著、風俗習慣與語言方式等，都需要有相當的歷史常識。以某電視台演出的「秦始皇的情人」而言，將軍們常帶劍上殿。秦代防制之嚴，是不允許將軍們隨便帶劍上殿的，否則荆軻早已得手，帶刀侍衛是需要特許的。不過歷史劇仍以趣味爲滿足觀衆的需要，考究不得。

對於宋朝複雜的官制，要使它錯得少，除了官職表之外，許多專門工具書不可少。爲了寫《王安石大傳》，曾在上海買得《中國歷史大辭典》中的「宋史」、「遼夏金元史」、「清史」三個部分。但專書並不能解決所有的問題。

譬如對於女人，常常只能查出姓而無名，只好以夫人代之，曹皇后、高皇后、向皇后等，要把一千年前的人、事，彼此關係弄得清楚，任何歷史家都不易辦到。有的窮畢生之力，去研究一個問題，都很難做到正確無誤。何況歷史也有各說各話的情況，如邵伯溫的《聞見錄》記有南鳥北飛、杜鵑在洛陽啼泣一節。以氣候，杜鵑習性，都不可能，所以《聞見錄》只不過是爲舊黨張目的一本書罷了?能盡信書嗎?

另一個問題，歷史有多少眞實性?很多是模糊的歷史，如「陳橋兵變」，到底是誰的主謀，頗是問題，〈魏其武安侯列傳〉中的「灌夫罵座」都有許多虛構?《宋史》爲元人所修，有多少眞實，又有多少客觀，都值得懷疑。考證之學之所以如此發達，探求較接近眞實，是主要原因。

總之，《王安石大傳》對我來說，是志高才疏，可能並未達到諷諫現世的目的。綜觀歷史，不少古代文明從世界上消失，如巴比倫文化等。中華民國號稱是五千年來最富有、最民主自由的一代。其實時代進步是必然的，目前中華民國的成就，足以使這一代人驕傲，倘若不知繼續努力追求，敗亡是很快的。目前的許多政治措施，社會風氣澆薄，正是敗亡的現象，值得我們警惕。

《王安石大傳》於民國八十四年四月十四日完成，十七日再度住榮總做第三次心臟氣球擴張術。人生無常，怕發生突變，無人可續寫此書，辜負了《經濟日報》徐先生的美意，住院前每天仍趕兩三千字。末了，得感謝聯經公司給予出版的機會。

因此，對本書而言，只能說筆者已經盡力了。

姜穆一九九五、七、三十謹序

目次

1. 赴京候差，細說往事

通濟渠波光粼粼，王安石的官船，逆水向汴梁航行，越往北水便越混濁。通濟渠的流速不大，逆水而行，速度仍然相當緩慢。

這次王安石赴京候差，也未打算出任京官，所以除了一家六口之外，家具行李都極爲簡單，連老家人都沒有帶。因此，官船雖大，卻不像那些糧舟，載重量大，吃水深，糧船沿途擱淺的不少。兩岸縴夫哼著拉縴號子，沈雄渾厚，從那些歌聲裡，就知道縴夫是多麼的辛苦了。

那些都是徵來的役夫，大宋的徭役太重了，愛民如子的王安石，知鄞縣時，就已經注意到徭役對老百姓的負擔，如何減輕那些負擔，也是富國的一個重要措施。

在鄞縣做了不少實驗，對於農民的增產絕對有利，只可惜在鄞縣知縣任期也只有三年，縱然能夠改革也有限。何況官卑職小，能夠使自己的理想實現，也只不過一縣一郡罷了。要使國家強盛，朝廷不全面改革是不會成功的。

——一旦獲得重用，非改革這些弊端不可！

王安石所買的是一艘新船，還充滿了木香，外緣褚色，船艙卻是原色，艙內隔成三個小間，船尾還有個小廚房。王安石是特別訂造的，貴是貴了一點，但是值得。

爲甚麼要買一隻船？雇就可以了，這是夫人所不能瞭解的。

「相公，累不？」

「不會！」

「我們這次去汴梁，要住多久？」

「通常候職是一年，但也可能接受京官。」

「那就不該買這隻船啊！」

王安石沈默很久，才說出他的想法。

這次奉詔赴京，雖然仍不想就京官，過去已乞免就試等謙辭，這次是越次入對，不好再堅辭。需要考量的是父母大去之後，兄弟姐妹也完成了嫁娶，如今再也沒有甚麼理由去搪塞，所以很難預料自己要幹甚麼？一點把握也沒有；到底要在京住多久，也難以確定。汴梁米珠薪桂，居更不易，買一條船比買棟房子便宜多了。

「我們在汴梁很可能住在船上。」王安石說。

「很好啊！這樣也可以省一點。」

「這可能要委屈你們母子了。」

「相公！我的好官家，怎麼說委屈呢？省一點是應該的。」難得這麼輕鬆、暫時卸下仔肩，終日板著的臉也有了笑容。「你到京一定有很多應酬，住在船上方便麼？」

「應酬？對於那些無聊的事，我不會，也不想參加。」

「這怎麼成？司馬大人、歐陽大人對你那麼好，總不能……」

「他們對我的確有知遇之恩，多次保荐，但我也在今上面前推崇過他們啊！」這種互相推崇的事，在大官場上是極普遍的現象。「一切都免了，人貴在知心，不在互相酬唱上。」

「也對！有的地方也得改，不是入鄉隨俗麼？」

「夫人，這種事，少操心，免得老得快！」

四十多歲的王安石已蓄了髫鬚。

「你知道外間說你什麼嗎？」

「說什麼？」王安石茫然。

「……」夫人深知王安石的性格，只默然的相對。

「不要緊，妳說吧！」

「不生氣？」

王雱、王霈推搡爸爸的肩膀。「爸爸不會生氣！」王雱說。

「對！我不會生氣！」

「外間說，你是拗相公！」

夫人出身世家，江右名系，大哥吳顯道是歐陽修的得意門生，以詩詞顯世，不少人千里投在吳夫子門下，私庠爲之爆滿。夫人也是飽讀詩書的。

「眞的嗎？」

「是眞的！」

王安石嘆了口氣說：「夫人，不是我不就京官，實在是……」

「我知道，一家老小十幾口，京官俸薄，應酬又大，京官難爲。」夫人安慰他說：「如今公公安葬，大姐出嫁，大伯也去世了，擔子減輕，今後要想替國家做點事，只有做京官才有可爲……」

「我知道。」王安石略爲沉默後，說出他仍想外任的意圖。

「唷！媽媽，你看，爸多髒……」

王雱從王安石的鬍子上，抓到一隻虱子拿給夫人。那是一隻吸飽了血的虱子，肚子圓鼓而透明，吸的鮮血依稀可見的虱子。夫人把虱子放在兩個拇指的指甲間一擠，嗶的一聲，血染紅了好大一片指甲。

「你爸爸身上有千軍萬馬啦！」

他尷尬地笑笑。

從小不重視穿著，一、兩個月不換衣服不洗澡是常事。恨不得一天當兩天用，有讀不完的書，那有時間去洗澡換衣服？

不錯，為了國家，得考察地方政治，從基層做起，一下子就做京官，高高在上，那裡知道民間疾苦？那裡知道老百姓要什麼？不要什麼？看了眼母子三人以後，想起辭集賢校理的奏狀：

「……伏念臣頃者再蒙聖恩召試，臣以先臣未葬，二妹當嫁，家貧口衆，難住京師，乞且終滿外任，比蒙矜兄，獲畢所圖。而門衰祚薄，祖母二兄一嫂，相繼喪亡，奉養婚嫁葬送之窘，比於向時為甚。所以今茲纔至闕下，即乞除一在外差遣，不願就試。以臣疵賤，謬蒙拔擢，至於館閣之選，豈非素願所榮？然而不願就試，正以舊制入館則當供職一年，臣方貧甚，勢不可處，此臣所以不放避干譽朝廷之罪，而苟欲就其營養之私：不圖朝廷不加考試，有此除授……」這些都是實情，如今家累略爲減輕，已無理由再辭京官。更重要的是，自慶曆元年入京應禮部試，次年登榜，旋即簽書淮南判官，慶曆七年知鄞縣，雖都是做的南方官吏，自信對於國家大政的興革，已是胸有成竹，就京官，應是有所作爲的時候。夫人是只知道王安石精於經義自不必說，醫農、雜家亦無不涉獵。至於更大抱負，連父親王都官都不清楚，因爲他從來是踏實行事，不好高騖遠。不過夫人說他胸有千軍萬馬，一面固然嘲笑他身上的虱子，另一方面，也是指他飽讀各類書簡，冀圖一展抱負的雄心壯志。

出任地方官，無非圖個歷練，考察地方需要，這也同讀書一樣重要。故此番進京，更是一展抱負的機會，他得好好掌握。人生機會只有一次，稍縱即逝。不過能外放更佳。

說起讀書，一段往事湧上心頭。

慶曆二年中進士第四名，出任淮南判官，韓琦做揚州知州，這位帶相的知州曾與范大人同使西北，征西夏抗侵略，建有赫赫軍功，在朝又是剛毅直諫聞名。在他手下做事，只要被他賞識，便不愁仕途不騰達。但是拗相公卻並不刻意求表現。不僅未被賞識，反被誤解的往事，在他心中眞是波瀾起伏。

是那一天已記不眞切了，反正三百六十五天都是午夜耽讀，不覺天曉，臉都來不及洗，匆匆上衙門，那副囚首垢面的模樣，看在嚴肅的韓琦眼裡，非常不高興地盯了他很久。

正要擦身而過時，韓知州把他叫住。

「介甫……」

「大人！」

「你今年幾歲？」

「二十三，大人。」

「哦！還年輕得很啦！不要只貪圖逸樂、荒廢書本。」

他明白，韓琦是誤會了。

他是王安石敬佩的宰相之一，如他誤解的是公事，王安石會據理力爭，但他的誤解顯然是針對他個人品格。他認為，目前雖被誤解，終有一天誤會會冰釋。水清見魚，加以辯白反而有沽名釣譽之嫌。

於是他沈默以對，不幸的是，韓琦以為王安石默認了自己荒唐的行為，從此很少分案給他辦。不過王安石也不爭取，任其自然。

這樣一來，反而有更多的時間去考察民情和讀書。

夫人一席話，讓他沈浸在往事中。

船過了襄邑，距離汴梁只有兩、三縣了。兩岸景色已有很大變化、北方的景致入眼簾。

自王雱於髫齔捉虱，相談之後，王安石多數時間都是沈默的。夫人知道丈夫素來寡言少歡，幸好王雱、王霈、王雰兄妹聰穎，偶然中逗得王安石也不得不稍稍展顏。

他們的船載重輕，雖是逆水而行，船夫還不是很辛苦的。漕運的糧船，則須拉縴，拉縴號子響徹兩岸，王安石一向仁民愛物、痛惜苦力。對於船家縴夫的辛苦，老大不忍。

太祖把首都建在汴梁，曾有多種意見，有的主張首都應建在洛陽，汴梁是大平原，李穆等認爲大宋的勁敵都來自契丹和西夏，而那些敵人擅長馬上作戰，汴梁無險可守，對大宋不利；可是反對者則認爲洛陽固爲古都，漕運卻不便利，京畿的給養困難，便不能在洛陽建都。

選開封有利有弊，石敬塘割讓雲燕十六州，對大宋防契丹增加了不少困難、從契丹發兵，縱騎不過數日、渡黃河就到汴梁了。

王安石想，幸好有條黃河爲天然屛障，不然，大宋在那批只知尊祖宗之法的老昏庸治理國家之下，不知富國強兵的道理，大宋江山早已不知伊於胡底了。想到澶州之盟的恥辱，想到王欽若不問蒼天問鬼神搞出降天書、封禪的荒唐行徑，禁不住長嘆一聲。

「相公，此去前途似錦，怎麼嘆氣？」

「澶州一役，明明打勝仗，卻訂城下之盟，每年要送給契丹絹二十萬匹，銀十萬，眞是我朝的奇恥大辱。」

「只要相公參政，就可保國啦！」

「不瞞夫人說，下官正有此意。」

「那就不要嘆氣！」

「滿朝文武都在那裡苟且偷安，要想有一番作爲，難！」

江山如畫，但將老兵弱，宰相保守，富國強兵？難呀！大宋只要國富兵強，契丹雖強，只不過騎兵罷了，以大宋的科學，足以把遼軍消滅在平原上。

太平興國四年，太宗北伐，御駕親征，本已下太原、平北漢，終因軍餉匱乏，士氣蕩然，又好大喜功，乃有高粱河之敗。最令人難以忘懷的是澶州一戰，竟訂城下之盟。說起來寇準是一位有作爲的宰臣，但趙恆懦弱無能，契丹入侵，只想逃避。王欽若那批老匹夫竟然建議遷都金陵和巴蜀。

傳說中的那場廷議，眞的令人齒冷。

景德元年契丹由達覽率兵二十萬，一路如入無人之境，告急文書如雪片飛來，雲燕守軍毫無鬥志，只要一接觸，不是投降就是棄城而逃。

趙恆夜召寇準、王欽若、陳堯叟等議於延和殿，商議抗敵的策略。

「契丹入侵，北方告急文書如雪片飛來，前線將士不能守土，朕召卿等，商議對策。」十幾位大臣面面相覷。

府庫空虛，太祖杯酒釋了兵權以後，就沒有強將。那時禁軍也只有四十萬，一半分在各路，防止地方有貳心，中央軍總數也不過二十萬，縱然調集各路禁軍，後防空虛，而各路廂軍又是士老兵疲，那眞是朝廷的隱憂。

執掌樞密的陳堯叟最是難堪，自己主管軍國大事，當敵人打進國境，卻一籌莫展，有尸位素餐之感。

趙恆坐在龍椅上，延和殿燈火通明。

大宋自陳橋兵變，太祖黃袍加身以來，六十幾年間，多數都是早朝議政，夜議還是第一次，看來軍情十分緊急。

「唐夫，你管的軍國大事，達覽這麼猖獗，半月下六、七城，總得提出一個對策來。」

「臣……」這位端拱進士第一的陳堯叟，雖曾有捕亡數千里的軍功，究竟老邁了。「契丹夷狄，擅長騎射，一過黃河就無用武之地，臣以為憑河防守足可保我大宋江山的安全無虞。」

這是老調了，長城都未擋住契丹，黃河有甚麼用？

「只守，不足以殺契丹的銳氣。」寇準是位主戰派，與畢士安連成一氣。現在是九月，黃河未凍還可憑河守險，但是，這只是苟安的辦法，再過兩個月，二十萬精兵過河而南，那時怎麼辦？」

「卿所言甚是，得有一套退敵之計。」眞宗是個寬仁的皇帝，但懦弱無能，守成不足，開創更別說了。

「目前二十萬駐京禁軍全部調到前線，也只能阻止敵人於一時，難作永久之計。」王欽若說：「我看不如遷都金陵，再做富國強兵之計，何不效句踐生聚教訓之法呢？……」

「咱們一跑就可以了事嗎？就可以免於亡國之痛了嗎？」寇準咄咄逼人，聽進王欽若的耳裡，十分不是滋味。

朝中大臣深知寇準的性格，他甚麼事都可以做得出來，當殿拉住皇帝議事的往事記憶猶新，那種不要腦袋的作風，誰敢招惹？誰又惹得起？何況這位中書省的同平章事，又是三朝元老呢！

「寇準的性格才叫拗，我算甚麼？」王安石摟住一對兒女說。

船航行在灘上，速度緩慢下來。

「他是我朝的一根大柱，沒有他，大廈就倒了。」

「嗯，多幾個寇準，國家就強了。」

簫聲、槳聲此起彼落。

「爸！趙恆到底親征了沒？再講嘛！」王雱非常聰穎，搖著王安石的手臂，吵著要他講故事。

王安石再把前朝廷議之爭說下去。

「誰不想轟轟烈烈的打一仗？但兵在那裡？錢在那裡？只要一動就是錢。」

王欽若說的也是事實，但是也不能無兵無糧就這樣束手就縛，把大好河山讓人。

「縱然拚死，也得拚，不戰而降，那會背上歷史罵名。」

寇準雖然不惜馬革裹屍，卻不能撒豆成兵，更不能點石成金。這是軍國大事，不是一夕就可以下決定的。幾個早朝，從白天商議到夜晚，爭論不休。

大臣們提出各種方案。

汴梁的初冬，夜晚已經相當涼，有時打霜了，大契丹來襲，正如一股從北南下的寒流，讓人寒意森森。寇準堅持要趙恆御駕親征，雖然宋軍較弱，可是只要人心士氣振奮，又配有排弩火器，應是大有可爲，雖不一定能收復燕雲十六州故地，把耶律隆緒的大軍阻擋在黃河以北，總是可以辦得到的。

寇準力主一戰之下，趙恆不能不認眞的考慮親征澶州所面臨的一些問題。

「唐夫，你倒說說看，我們眞正有多少軍隊？」

趙恆也知道，軍隊自以文制武之後，都只朝自保的方向建軍，消滅了南唐後周與北漢，對於西北和東北的強敵，卻沒一戰的心理準備。由於軍隊過了幾十年太平盛世，訓練廢弛，將校是濫竽充數，貪瀆吃空缺，紀律也蕩然無存。故趙恆對陳堯叟有此一問，他管樞密啊！

最使大夫們擔心的不是軍隊多寡，而是素質，以罪犯、地痞流氓充軍，爲防其逃亡而墨首黥額，待遇又低，戰力如何難以估算，連有多少可用之兵都值得懷疑。陳堯叟、王繼英雖掌管樞密，兵權卻在都指揮使手裡，他們只不過是管花名冊的官兒罷了，兵部更是聾子的耳朵，擺個樣兒。陳堯叟回奏說：「禁軍九十一萬、廂軍三十六萬，除了水師、步兵爲八十二萬，其中有二十五萬是騎兵。」

「遼軍入侵澶州的總兵力不過是二十萬，我們只要調集騎兵，即足以一決雌雄，爲甚麼要這樣怯於對抗呢？」呂夷簡問。他這算是越職言事了，不過這時候沒有人去追究違制的問題。

「對啊！我們有那麼多軍隊，怎麼要縮頭呢？」這時主戰派的寇準、畢士安連成一氣，兩位宰相都主張一戰，趙恆也振作起來。

「對啊！我們應該可以一戰，沒有怕契丹的道理？」

「陛下，兵力不是看數字，這九十幾萬部隊，有四十幾萬駐在各州路，西北又擺下一部分，所以可用兵力不多。」陳堯叟和王繼英在冷冽的深夜裡也冒著冷汗。

「唐夫兄，現在大家要的是個準數，打仗是眞刀眞槍，要見血的事，不能敷衍……」畢士安等於將軍，連趙恆也急了。

但是樞密院又有甚麼辦法？邊關告急的文書，卻一夕數通，而朝廷還爲兵源問題爭論不休。這就是天下來得太容易，爲了防止用同樣方法奪走天下，形成重文輕武的惡果。

「爸！盡繞著說，快點嘛，眞宗到底親征沒有？」

「別急！一個女孩子家，要有耐性，你爸爸會說啊！」夫人把王霈摟在懷裡。

「到京還早，慢慢聽你爸爸說故事。」

王安石不是說故事，而是在那裡說歷史。兒女都聰明伶俐，王霈、王雱呢，學些詩詞就可以了，遲早終究是人家媳婦，對王雱就不同了，王安石寄予很高期望。

他繼續說下去。

本來樞密使是王繼英，卻因眞宗不信任，形同聾子的耳朵。他是細心出了名的。這時他忍不住站起來奏道：「回陛下，一部分禁軍已在前線，京畿要留守，不能全抽去前方，使後方完全空虛，萬一……」說到這裡，王繼英停住不敢往下說了。

「你說下去！」

「臣不敢，臣有罪！」

「赦你無罪！說吧！」趙恆有些不耐煩。

「繼英兄，這是面對敵人的事，不能有半句假話。」寇準毫不客氣的把王繼英逼到死角上，沒有回旋的餘地了。

「不能有絲毫隱瞞，都這個時候了，我們一定要面對現實。」

王繼英是替趙普寫寫信，草擬點公文書，補了中書省的官兒，只不過憑他的小心謹慎，勤敏任事，當了個太平盛世的樞密使，一遇到這種天崩地裂的大事，就沒了主張。眞宗之所以不重視王繼英，多少是有些道理的了。

「臣萬死！唐夫所說的只是個數字，荆湖南北路、京西、陝西、川陝路與西夏接壤，我朝建立不久，南唐、後周、北漢舊臣還多，後方空虛，這這……」

「這這」之後，王繼英說不出口。他的意思非常明白，萬一要有不臣者趁機謀反，加上西北的李家，國祚堪虞。

他沒有甚麼雄才大略，倒是非常細心，上殿言事的大臣只看到契丹入侵，卻未慮及後方的問題。主張親征最力的寇準，一時也爲之語塞。

大殿沈默了好一會。

眞宗點頭，這種顧慮是必要的。但也不能因此而坐視北方的告急，無論如何總得想出一個對付的辦法才行。

這樣沈默下去會悶死人，圓滑、善於察言觀色的王欽若想：既然一時想不出解決之道，那就暫時轉個話題，打破目前的沈寂。

「陛下，進既不能，退之如何？」

「你是叫朕逃？」趙恆有些掛不住。

「不是逃，逃不是解決我朝與契丹之爭的辦法。」

「哪！你說說看。」

「契丹最強的是騎兵，這是他們的生活與軍事結合的結果，而這正是我朝的弱點，以我之短對人之長，德州陷落是必然的。」

他認爲，自關閉西北的榷馬場以後，馬匹的來源斷絕，雖然有牧群司的設置，專門飼養改良戰馬，但草原、馬種都遠不如契丹和西夏。

這是實情，他們的人民終日在馬背上生活，日行數十百里，馳騁是家常便飯。

「說句不好聽的，人家的女人都可能比我們騎兵強。」

那眞是一團火藥，王欽若的一席話，如同把「廣備城作」製造的火藥扔進殿裡，威力驚人。

王欽若時人稱爲瘿相，個子矮小，脖子上又長了一個大肉球，但卻機智過人，擅用心機；他早已看穿趙恆不是英主，沒有與契丹一戰的決心和能耐，縱然御駕親征，勝算也不大。再說逼皇帝上戰場，危險不僅是趙恆，還有滿朝文武可能都要陪葬。那已不僅是趙恆個人的安危問題。所以王欽若早已和陳堯叟商議過一套避契丹鋒銳的方案，也可以說是抓住了趙恆的弱點。

「你說是實情，知己知彼很重要，但僅知還不能解決北方之危！」

「我們既知己之短，又知人之長，避其長，擊其短，……」陳堯叟幫著敲邊鼓。

「我要的是可行方案，別兜圈子。」趙恆非常不厭煩了。

「是的！」

無疑趙恆已入其彀中。

宋朝在王欽若拜相之前，不重用南方人，朝廷用人也有地域觀念；「南人入殿天下亂」，這樣的俚諺滿街唱。這位江西人，要替南方人出口惡氣，這是個千載難逢的機會。

「戰既無兵可調，府庫又空虛，總不能用官兵的肉身去做長城。」王欽若是豁出去了。

「定國，你就說出重點。」趙恆已接納王欽若的看法。

他站起來，在殿前遊走。

「契丹強的是騎兵，我大宋有水師，雖然也有騎兵，卻因與西北交惡，關閉了榷馬的交易場，自己培養的馬不能作戰，體質弱，氣力不佳，管理、牧放又不得法，所以我們的騎兵質量都不能和契丹一比長短，步兵體位、訓練都夠水準，問題是以步兵對騎兵，速度上吃了大虧，在這種情形下，陛下親征，只會讓殿下冒不必要的險罷了。」

這是合理又眞實的實情。這一席話，把主張御駕親征的一派氣焰暫時壓了下去。

看看沒人說話，他又繼續下去。

他認爲南方高山峻嶺，河道交錯，契丹的騎兵再強，也不利於騎兵。因此，引誘契丹深入，一方面堅壁清野，補給線拉長，必然是士老兵疲，自己卻保存實力，一舉伏擊，消滅契丹的精銳，再揮師北伐，消滅大宋世仇，才是可行的軍事方案。

「汴梁的缺點是無險可守。」王欽若嚥了口唾沫作結論說：「當初太祖建都開封，是遷就一條通濟渠，幾條河道上運輸上的便利，京畿的給養無虞匱乏，因此，我們捨洛陽而就汴京。」他的分析是合理的。

「這已是過去的事，無補於目前的大局。」王繼英說。

「我主張遷都金陵，南方物產豐富，有險可守，目前我們需要的是度過危險，保存實力。」王欽若掃了大家一眼說：「我可能只是愚者一得，未必可行，既是廷議，我們做臣子的，要爲國家分憂，這不是欽若個人的看法，還望聖裁！」

「我們這一遷都，南唐、北漢和後周的潛在反叛勢力趁機再起，那就是內憂外患了。」王旦一直沒有提出他的意見。

「兩害相權取其輕，這是值得大家討論的大事，弄不好會動搖國本，朕希望捐棄己見，替長治久安提對策。」

突然冒出這樣一個議案，大衆都沒有心理準備，也只好看看今上怎麼說了。這種事弄不好便會弄得身敗名裂，甚至引來殺身之禍。

王欽若的看法，不能說全然無理，不過，契丹雖強，還沒到席捲整個天下的能力，這一遷都，大宋的弱點完全暴露，怕只怕北方的胡夷氣焰更加囂張、南方的峒蠻伺機而起，大宋腹背受敵，又有心腹之患，國祚堪憂，天下從此永無寧日了。

寇準雖然沒料到王欽若會提出這樣下下之策，這下他更瞧不起南方人了。除了吟風弄月，搞些花間之外，要講打仗和拚戰，還是北方人有種；黃帝與蚩尤涿鹿一戰，把蚩尤的子民從土地肥沃的黃河下游，趕到九溪十八峒的苦寒之地，躲進深山老林，從此一仆難起就是極好的例子。貧窮使人氣短，富裕亦可以使人耽於逸樂。不錯，南方是富裕，可是歷史上，南方人打到北方的極少，甚麼時候南方人統治過北方人呢？

這也就是太祖爲甚麼先平後周、南唐、荆湖兩路，再攻北漢的道理。大宋的江山是先收拾南方後平定北方的。當寇準針對王欽若進行批評時，陳堯叟搶先一步。

「陛下，臣以爲王大人說得有理。」王欽若號定國，不過是擢進士甲科，個子矮小，卻能察言觀色，性向取巧，與丁謂、林特、陳彭年、劉承珪結黨，時人稱爲五鬼，非常工於心計。陳堯叟雖然幹的是樞密使，只管得著官兵花名冊，手下無一兵一卒；既指揮不了禁軍，更別談廂軍，但對於王欽若還是從內心裡瞧不起。如今竟然讓他搶了先，非常不舒服。但他也非常明白，朝廷根本無力作戰，趙恆又是一個不求建樹，能守成就已十分滿足的皇帝，而且個性優柔寡斷，萬一他要採納寇準的主意，頭一個爲難的就是自己。御駕親征，樞密院的官員責無旁貸要隨駕北伐，自己一大把年紀，何必去冒矢石之險？於是先附和了王欽若再作計議。不過他對遷都金陵，認爲非長久萬全之計；他是四川人，不如遷都成都，這樣一來，趙恆便入握中了。於是他主張遷成都。

「朝廷若要遷都，我主張遷到四川成都。」

陳堯叟列舉了物產，鹽鐵的豐富，又有水路同汴河一樣便利，還有險可守。

寇準靜坐在那裡，小官是無從插嘴的。等到趙恆問他時，他把南唐和後周的滅亡，大宋統一作例子，一一列舉。

「陛下，這段歷史還未過多久，我們都是由北方打到南方的，他們有險而守不住，才有我大宋江山。這段歷史墨跡未乾，這也是血的教訓，爲人臣者，怎麼忘得那麼快呢？」

寇準的話，使兩位主張遷都的宰輔面紅耳赤。

這時天已亮了，廷議未決。

事關存亡，當然不能草草決定。

散朝的時候，陳堯叟和王欽若走在一起。

「定國兄，我們都敗在寇準的舌下了。」

「我們的確忘了歷史，李煜的新聲，還在相國寺傳唱啊！」陳堯叟有些喟嘆的說。

「李煜雖不是個好皇帝，才情確是不作第二人想的。他塡的詞、格調高、意境新。」

「那有甚麼用，還不是個違命侯嗎？」

「要不是太宗下毒，李煜現在六十六啦！」

提起李煜，眞的令人感慨。

曚曚中，兩人分開了。

王欽若是江西新喻人，李煜籍徐州，也算是大同鄉了。大宋一向不用南人爲相，陳堯叟、王欽若都是特例。遷都也是基於南方人那點私心，卻沒有記起南唐和後周這段過去未久的歷史，沒想到一下就被寇準抓住了小辮子。

他在老家人的陪同下，出宣祐門，往御街走。禁不住想起李煜的〈虞美人〉。他低吟著：

春花秋月何時了！
往事知多少？
小樓昨夜又東風，
故國不堪回首月明中。
雕闌玉砌應猶在，
只是朱顏改。
問君能有幾多愁？
恰似一江春水向東流！

「問君能有幾多愁?!」王欽若唸到這一句，打了一個深深的寒噤。要是北騎眞打過來，自己雖不是皇帝，可也是位居宰輔的大臣，也會成爲俘虜，不說坐牢，只那冷冰冰的世界就夠人受了。

「爹！除了寇相爺和畢相，一朝都是酒囊飯袋！」

王安石看了王霈很久。由憐愛而生的想法：可惜是個女孩子，要是男的，還眞是個禍頭子。

「爹！結果怎麼樣？」

結果？那是一頁可取的歷史。

契丹在蕭太后，北遼聖宗親征之下，遼兵繞道保州、定州直達澶州北岸，窺伺汴京的企圖非常明顯。

次日早朝，寇準和畢士安根本沒有睡。昨夜廷議完後，寇準就到畢府商討對策。終於決定以強硬的態度，對付陳堯叟和王欽若遷都之論。

他們的結論，孤注一擲也要把契丹阻止在北岸，而此項軍事防衛，首要的工作便是杜絕遷都的失敗論，同時要促成眞宗御駕親征。楊業的兒子楊延朗擔任莫州刺使，已成功的把契丹的攻勢遏阻下來，這證明了宋軍不是不能作戰，而是有沒有強悍和領導力強的將領。這是兵無常帥的結果。

他們決定在朝議時奮力一擊。

人陸續來了，垂拱殿內人一叢叢地交頭接耳，無非談的是遷都和北遼南侵的前線戰爭和可能的發展。寇準和畢士安聯袂而來，這兩個人很少走到一塊兒，敏感的大臣們預測今天必然有一番激烈爭辯。趙恆臨朝遲了一些，大概是連日來廷議時間花得太多，的確累了。

一開議，寇準就出班議事，畢士安、王欽若、寇準同為宰相，這時王欽若和陳堯叟就站在對面。

「臣寇準有事上奏」。

「平仲，請說。」平仲是寇準的號。

「昨天定國、唐夫兩位大人主張遷都，臣以為替陛下出這主意的，其罪當誅！」這是爆炸性的奏議，是宋朝開國以來所未有的。

這是一項驚人的奏議，整個早朝的大臣們都震驚不已。有人悄悄地咬耳朵，寇準當年拉住皇帝議事的牛脾氣又發了。對付皇上也敢如此蠻悍，何況是大臣，人們料定王欽若、陳堯叟的如意算盤要泡湯了。

「平仲……」

「大駕親征，耶律隆緒自會遁走，而蕭太后不過是一介女流，奈何竟然因連下數城，就有人建議陛下遠幸楚蜀，契丹如追到楚蜀，又將如何？」

沒有人能回答這個問題，陳橋未費一兵一卒，趙匡胤即黃袍加身，趙氏不是馬上得天下；所以子孫守成尚且不易，若是眞的兵臨城下，也就難怪只想逃亡了。不過到底是趙家天下，寇準還是留了餘地，沒有掀開當年不光彩的歷史，這人的牛脾氣，真把他惹惱了，甚麼話都可能說得出來。

接著畢士安也加入寇準的行列，主戰派的聲勢更大。

打仗是軍人賣命的事，在以文治武的政策下，殿前都指揮使、侍衛親軍馬都指揮使、侍衛親軍都指揮的三衙指揮使沒有置喙的餘地。

說到這裡，王安石嘆了口氣。

王雱問緣故，王安石只是搖頭。他不能說，萬一孩子傳了出去，會引來滅族之禍。

夫人是懂的，杯酒釋兵權，石守信、王審琦、高懷德等被奪了權柄，取消了殿前都檢點，三衙已是聾子的耳朵，只掌管殿前諸班值及步騎諸指揮名籍、統制、訓練、遷補等，打仗都由內侍負責，有的閹官當過監軍，在對金遼的戰爭中打了敗仗，卻把責任推卸得一乾二淨。

樞密院、兵部、三衙都形同虛設，兵權完全掌握在皇帝的手裡，而皇帝卻又委諸太監，這是有兵無將的重要原因。狄青被排擠，只因他出身士卒，曾被黥面，雖然因功累升到知樞密院副使，最後還是被排擠鬱卒以終。其他就可想而知了。

寇準、畢士安之所以堅持要趙恆親征，也有難一難這位有權無責皇帝的想法，他曾宣稱自己是無師自通的軍事天才，那麼去對付蠻悍的北遼吧？也藉此給皇上知道兵事的重要。希望因此促成軍事上指揮體系有所變革，以免再發生國防空虛，一旦發生戰爭，除了逃，就沒有應變、抵抗的能力，別指望開疆拓土了。這兩位相爺用心良苦，但又有誰能夠了解呢？

寇準這一說，沒有人敢再提遷都避難的事了。

親征在這種主客觀的需要下，成了定論。趙恆心裡雖然老大不願意，但也無可奈何，上刀山也只有走一趟澶洲。他暗罵：耶律隆緒那個小混蛋，大家安安穩穩當皇帝，多找些宮女玩玩，多看看風景，多快活！甚麼事不好幹，偏要打仗，眞是腦子和黃土高坡上的泥一樣沒有用。趙恆除了㚷媽，其他的幾乎都在心裡蹦了出來。

親征的原則決定，其他只是何時出發的問題。

依寇準之意，主張立即出發；畢士安比較老成，他認爲御駕親征非同小可，點校、給養、兵器、車駕都得備！寇準覺得畢士安說的也有道理，便不再堅持自己的意見。

景德元年十一月二十六日，天空意外晴朗，北風雖然凜冽有刺骨之痛，總是良辰吉時。

禁軍前導出東華門而北，趙恆的車駕才步出紫宸殿門，押後的部隊還在闕城外。其實那只是親征的部分儀隊罷了。四十里都城，護龍河西岸的垂柳早已枯了。那些枯柳在怒號的北風中起舞，隊伍前導已走近了百里。

由於是冬天，四野一片枯黃，蕭殺之氣襲擊征夫的心頭，送征的親友，從闕城的街道兩旁，直站在東都城外。有的是要一睹皇帝車駕威儀丰采，有的則是送夫別子。

開封便委由老相王旦留守，他是玉清昭應宮祠的養老宰相，大宋的祠祿奉老，王旦是創歷史者，雖然年華老去，眞宗仍畀以留守重任，朝政有太后主持，畢竟內外還要有人打理，可見王旦的聲望地位了。

在車內，趙恆忽然想起趙炅高粱河中箭的往事。太宗十八年後，死於兩股箭創復發，太平興國四年幽州的歷史，是不是又在澶淵重演？由這段往事，趙恆想得很多。當皇帝除了爲國爲民，當然就是享不盡的榮華富貴？如今榮華富貴未曾享到！竟要親冒矢石，究竟爲了甚麼？趙炅爲了恢復石敬塘割讓的燕雲十六州，以一個皇帝來說，多幾個州，少幾個州仍然是皇帝，地再大、州再多，還是睡七尺之地，一天三餐，後宮佳麗三千，也只能寵幸一人，爲的是甚麼？

強勁的北風颳起的黃沙，雖隔了層簾子，仍然把臉手打得疼痛不已，那些步卒更是辛苦。他心想，這些罪都是寇準那老匹夫強加在他身上的。

幾天大行軍，養尊處優的趙恆苦不堪言，但他是皇帝，不能抱怨。這天大軍終於抵達澶州南城的行宮。

殿前都指揮使高瓊沒敢休息，沿黃河南岸上下游部署，防遼軍突襲。萬一有所疏失，危及今上安全，兩朝老臣，也只兩個肩膀扛一顆腦袋，自己倒不要緊，還有十四個兒子都受蔭恩呢！馬背上的高瓊想得很多，當年不過是蒙城一個小無賴，目不識丁，要有點什麼，也只不過是血氣之勇罷了。由一名開封尹的帳下，擢拔到都指揮使這個地位，想都未曾想過。一處一處的看，一聲一聲的叮嚀，唯恐防守不夠嚴密。

——養兵千日，用在一時啦！

騎在駿馬上的高瓊已是一大把鬍子，被風掀起的鬍鬚不時拂在老臉上，有些癢癢地。黃河兩岸已開始結凍，再冷些，就可過車馬了。戰事如再拖延，對大宋非常不利。不過這是高瓊無法著力之處。武將只管打仗，沒有決策的權力，自然也沒有勝敗的責任。

目前高瓊所要做和所能做的，也只是鞏固南岸的防線，使皇帝的安全不受威脅。這是他可以做到的事。放眼望去，冬天的天空灰濛濛地，仍可看到澶州北城的輪廓，那裡正在廝殺，烽火漫天，機弩連發，萬馬奔騰。

趙恆檢校從四方調來的禁軍，依標兵征來的禁軍，體格魁梧，個頭高大、精神奕奕；遼軍又是甚麼模樣？

趙恆難解的是：最佳的體位、最佳的武器，怎麼一碰到契丹人就沒用了呢？

御駕是否渡過黃河，又成了爭論不休的議題。

趙恆是不想過河的，很多善於察言觀色的大臣，投其所好，寇準仍然主張過河。

「宋遼兩軍的實力不相上下，保州、緣邊巡檢使楊延朗，以小小的遂城、兵少糧缺、遼軍長圍數日，蕭太后親自督戰，楊延朗集中城裡青壯登城護守，為防止敵人攀越城牆，用水淋牆，使之結冰，遼兵無功而退，並俘獲不少輜重……」寇準述說前線戰事如背書。「瀛州范庭召、康保裔絕地反攻，英勇的戰鬥，可歌可泣，現在澶州與遼軍勢均力敵，差的只是遼有其主親征，取其勢，如皇上駐驛北城，必然使我軍士氣大振，驅賊有望，怎麼能停在南城呢？」

「寇大人只考慮到我軍的士氣，只想到軍事的勝負，沒有考慮到皇上的安危！我們過河，萬一……」陳堯叟頓了一頓。「萬一要有甚麼閃失，縱然收復燕雲十六州、縱然消滅了遼國，那又有甚麼意義？」

——這個老匹夫可逮到機會了！

但寇準豈是要皇上去送死，「送死論」無疑是陳堯叟那些遷都派的報復手段。過黃河勢必與遼軍衝突，兩軍接觸，必有勝負，也必有傷亡，這是無可爭辯的事實，如今陳堯叟、王欽若那幫「遷都派」祭出趙恆安危的法寶，再爭論，那就變成寇準、畢士安等不顧皇上安危，是抄家滅族之罪。

「難怪有城下之盟。」王雱非常洩氣。

「也不盡然，寇大人豈是這樣簡單就了事的人物？」

「爹！你就快說嘛！」王霈撒嬌地說。

說什麼？那是大宋的最痛。

寇準看清了陳堯叟已因遷都之爭，演變到國家安危都不顧的時候，他明白要趙恆過河，必須用點計謀了。不然在君臣都不願冒險之下，親征勢必功虧一簣。他也只好暫時避鋒頭。

他從澶州府衙臨時改成的便殿走出來，高瓊正好巡畢防地回到行在。

「高大人，辛苦了。」

「應該的。」馬夫把馬接過去，高瓊拍拍鎧甲上的風塵，「其實寇大人才眞正辛苦。」

「太尉，有句話不知當不當說？」

「寇大人，高瓊是個粗人，有話直講。」

「你受到皇恩，由蒙城一少年做到今天這地步，幾位世兄也受蔭恩。」他們邊走邊談。

「那是的，高某當年不過是蒙城一個市井小人物罷了。」高瓊心中坦蕩，並不避談自己的出身。

「其實你也是功在社稷，今天國家危急，希望你報效國家。」

「粉身碎骨，赴湯蹈火在所不辭！」

「好！高大人痛快！」

「哪裡，不知我高某能做甚麼，大人儘管吩咐！」

「那下官就直說，如果皇上不過北城，人心潰散、我大宋社稷危殆，這是太尉淸楚的。」

軍事上就是士氣，一旦士氣沒有了，潰敗立至。布防回來的高瓊根本不明白剛才行宮殿前的爭執，倒是寇準痛快，一切都直說了。

「現在能挽狂瀾的只有太尉了。」

「寇大人，你要下官怎麼做呢？」

「簡單得很，我要皇上問大人，該不該過河，你只說皇上不過河，遼宋戰爭難以了事就行了。」

「在這種形勢下，御駕本就應當過河。」

「大人，你的目光如炬，英雄！」

高瓊抱一抱老拳，雖然是位武夫，見地比起馮拯那老匹夫高明多了。

兩人進入便殿，過不過河的問題仍在爭執不下。

「皇上，打仗是將軍們的事，我們說過不過黃河，不算數，但臣以爲陛下不過黃河，關係我朝存亡。」寇準提高聲調說：「陛下何不問問將軍們。」

「高瓊，你說呢？」

「陛下，臣只知攻擊勝過防禦，主動勝過被動，何況北有楊延朗等悍將效死力，蕭太后一女流耳……臣以為……」

「高瓊，你一位小小都指揮使，膽敢越職言事？」馮拯盛氣凌人的吼道：「這裡哪有你說話的餘地！」

「馮大人，你也不過是位帶相的節度使。」

「寇準……」馮拯怒目而視：「我做同平章事的時候，你在那裡，現在我是魏國公……」

「道濟先生，現在朝廷大計是在下負責，高瓊不能說，也輪不到先生說話，更何況高瓊是奉旨的。」寇準厲聲地指責馮拯，等於支持高瓊。

渡不渡河，已淪為廷爭了。兵臨城下，內部不和，非大宋之福。

趙恆看到陳堯叟、馮拯、寇準、畢士安等的對立，動了眞氣。大敵當前，應當合力抗遼，怎麼為討論事情，吵個不休？這怎麼去對付敵人，詭詐的王欽若眼珠子一轉，寇準既然主戰，那好，就由他負起責任，把抗遼的成敗推給他，也是一條毒計。

「陛下，既然寇大人和魏國公這麼說，臣看就把北伐和親征的指揮交給寇大人。」

「寇卿……」

「臣在。」寇準知道話是說重了些，因此要擔上這次抗遼的責任，粉身碎骨尚且不惜，還在乎什麼責任？他說：「寇準食朝廷俸祿、忠君國之事，粉身碎骨，在所不辭。陛下過河，我負全責。」

寇準一肩擔，不畏艱難的作風，出於王欽若等人的意外。這下弄巧成拙了，既失去軍事指揮權，廷議也失利，可說全盤皆輸。至此，趙恆也只好作冒險渡河的準備。一散朝，寇準找到高瓊，立即在冰凍的黃河上搭浮橋，通報各營準備開拔渡河，趙恆起駕北城。

皇帝在強敵之下渡河，安全最是重要，如被襲於河中，便非常危險了。

設橋河段與上下口岸的防衛，護駕親兵的挑選等等，一切都動員起來，忙碌極了。王欽若等遷都派則袖手旁觀，等著看笑話。

食朝廷俸祿，尸位素餐，寇準雖然沒把這些小人放在心上，卻總是覺得這批人是國家的妖孽。

2. 澶州之盟，喪權辱國

官船在一個小鎮停了下來，沿途跟孩子們講澶州城下立盟的往事：不是那段恥辱的歷史特別曲折動人，也不是刻意講前朝皇上的醜事，王安石是有目的的：他一方面讓王雱認識這個國家的處境，眼前這孩子聰明、敏銳，將來勢必也要走自己的老路，讀書固然重要，但不能迂腐，作些詩詞，那畢竟對國事沒有甚麼用處；二呢！王安石自己也爲朝政需要改革，那些因循苟且老臣的行事，也是他所不齒的。他早對朝政因循守舊不滿，他講歷史，也可一抒積於胸臆間的苦悶。

——已到了非要徹底改革不可的時候了！

小鎮的夜晚是恬靜的，草草吃過晚飯，全家到小街去走走；坐了一整天船，也該活動活動筋骨。

這麼個寧靜的小鎮，在通濟渠畔的小鎮，天一黑就鬼影子也沒有了。這水陸交會的碼頭怎麼這樣荒涼？

——孰令致之？

王安石吟起〈四怨之四〉：

手推嘔啞車，朝朝暮暮耕。
未曾分得穀，空得老農名。

「爹，你應當唸他另一首詩。」王霈記性好，讀書她只是跟著她大哥三天打魚兩天曬網罷了，但她過目不忘。

「那個他？」

「不是曹鄴嗎？」王雱是從來不認輸的搶著說。

「噢！對了！霈霈，還有那首？」

「爹！你聽，我唸得對不對！」

官倉老鼠大如牛，見人開倉亦不走。
健兒無糧百姓飢，誰遣朝朝入君口。

王安石嘆了口氣。

——果眞到了李偲和李曄的時候了嗎？

榷茶、榷鹽、榷鐵也罷，富戶與官家勾結——重利盤剝平民，徭役由無權無勢的人負擔。眞是「官倉老鼠大如牛！」王安石輕吟著。

死寂的小街有點陰森。

「官人，明天還要趕路啊！」

「走！回驛站去。」

宋朝的官員，無論是下巡或上京述職，都可不花一文錢住在驛站裡，官家有「公使錢」，這是十分荒唐的一筆開支，作爲招待過往命官之用；更荒唐的是「公用錢」等於是變相增加俸祿，大宋的俸祿已夠厚了，范仲淹只當了幾任宰相，還是位淸官，就能在他家鄉買了千頃義田，作爲范氏一族公益之用，要是貪瀆呢？

可是不僅僅如此，官與官之間的俸祿等差又那麼大，文武又有不同待遇，最可憐的又是那些廂軍的士兵了。

王安石一路拒絕驛丞的招待，那都是民脂民膏，而老百姓就算是風調雨順也賣青了，何況還有旱澇的天災。他想起在鄞縣的任上，看不慣那些地方惡霸的貪婪，打開糧倉，由官家來辦借貸，降低利息、嘉惠那些受到剝削的農民和小商人，眞是大快人心的事啊！

可惜自己只有一縣的權。

——有朝一日，有朝一日……

想到自己拒絕詔試，拒絕館職，是否與京官有緣還不知道，談什麼有朝一日？夫人看得出丈夫滿腹心事，也猜到十之八九，但她不能說甚麼。其實王安石過去的所作所爲，也令她擔心，當朝全黑時，小小的光明也會被那無邊的黑暗所吞滅；整個官吏結構都是利益輸送，便必然官官相護，淸官、好官便難以存在。貞觀之治那是個異數，曹鄴的〈四怨〉寫過沒多久，有唐一代便衰敗了。

——怎麼想到這上面去呢？

她有一種褻瀆神聖之感。不安的望了丈夫一眼。回到驛站，雇主已是燈火通明，與那冷靜的小街成強烈的對比。

前來拜訪的人陸陸續續走了。

夫人關了門，王安石坐在太師椅上總算鬆了口氣。夫人知道王安石不喜歡那些無聊的應酬，但能避免世俗麼？

「爹！繼續啊！」二女兒王雱爬到王安石的腿上，仰著小臉說。

「繼續甚麼？」

「澶州打仗！」

「我講到那兒？」

「架浮橋，皇帝要過河到北城了。」

「阿雰，妳爹累了，明天船上講吧！」

夫人拔下髮簪，準備就寢了。

「小雰的娘，不累！讓我把這個恥辱的故事講完也好。」

「相公，你太寵她們了，將來……」

「將來再說吧！誰教她是我的寶貝女兒呢！」

難得他興致好，由他們去吧！夫人進後院梳洗去了。

父子女兒四人繼續那段未了的陳年往事。

趙恆親征，對前線士氣的鼓勵極大。

——高繼祖在守嵐軍大勝契丹。

——李延渥在瀛州挫大敵。

……

這些捷報還是難使趙恆放心把兵符交給寇準，仍派宦官暗探他的行爲。只見高瓊日夜督軍架橋，寇準卻優閒的和大臣們酬唱，暢飲作樂，畢竟寇準未曾掌過兵符作戰，到了要過橋時，趙恆仍是猶豫不決。

上了浮橋走沒多遠，車駕便停下來了。

想回頭？高瓊加了一鞭，到轎夫前喝問：「爲甚麼停下來？」

轎夫們不敢回答，只能以眼睛表示不是他們的意思。

高瓊當然懂。

這個蒙城小無賴雖然已經官居元帥的地位，個性仍然未改，舉起手上皮鞭猛抽夫役們。

「已過河半，快走，否則遼軍把今上攔在河中央，箭弩齊發，誰敢負責！」

高瓊這話，也眞是如此，在北城的掩護下，暫時遼軍還不能佔有北岸，只要延誤了時間，高瓊所說的悲劇極可能發生。當然，那些皮鞭雖然打在轎夫身上，其實是鞭打趙恆，話也是說給滑溜在冰上的皇帝聽的。

事實上到了這步田地，進退都是死路，還不如渡河一搏。這個意念在趙恆腦袋裡一閃而過。心裡暗罵老匹夫可恨之外，也只有一咬牙喝令車駕前進了。

大不了亡國，要是把遼賊擊退，你高瓊無論有多大的功勞，都有得你受的。

其中當然還有那優哉遊哉的寇準，「不把你發配到南海，我就不算大宋皇帝。」他在心裡暗罵著。

似乎這個太平皇帝除了勇往直前，已經沒有退路。

趙恆走過浮橋，登澶州北城南門，黃龍旗幟立即就插在澶州北城的箭垛上隨風飄揚。宋軍士氣果然大振，全城軍民三呼萬歲之聲，震動數里。

蕭太后和耶律隆緒得到趙恆已渡河抵達澶州北城的消息，蠻悍的遼軍深知對他們的南侵行動非常不利。從九月到十一月底，已經打了三個月，一是士老兵疲，二是騎兵固然輕快迅捷，黃河結冰有利南進，但給養卻困難重重。馬匹已經吃雪下的乾草度日，再拖些時候，糧食、冬衣補給不上，遼軍不須與宋軍對決即可以自己冰消瓦解。

蕭太后和耶律隆緒把將軍們召集在牛皮帳裡，商討對策，形成共同的看法：如照現在的打法，熬不過冬天，大遼的江山可能易主。

討論所得的結果是速戰速決，見好就收。那麼最好的戰法便是組成精銳，集中兵力進攻澶州北城。如能破城，把趙恆捉在手裡，那是上上之策：不能破城，也要猛攻並獲得局部勝利，作爲和談的籌碼，得一些小利，只要表面勝了宋軍，便是中策。

「至於下策……」

蕭太后立即截斷了遼帝聖宗的話頭。

「皇上，咱們沒有下策，趁黃河結冰，一舉南下當然好，否則也要在言和中取得一定的利益。」蕭太后雖已出現了老態，仍有北國兒女的那種飆勁。

「母后，二十萬兵馬，已是咱們的全部精銳。」

「咱懂！趙氏雖然地大物博，畢竟不是馬上得天下，至於滅後蜀，後周與南唐，那都是積弱的殘餘，根本沒有打過硬仗。」這個女人真是目光銳利。「趙匡胤那老匹夫陳橋兵變撿了個大便宜，由於這個經驗，防自己的將軍如防賊。使將軍們傷透了心。」

「但是他們的禁軍還有九十幾萬。」達覽是一位腳踏實地的將軍。

「不錯。」蕭太后說：「但他還得防後方十五路的譁變，不會把九十萬禁軍完全抽到前線。其次，重文輕武，自杯酒釋兵權以後，有兵無帥、有帥無兵，楊業建了多大功勞，結果呢？」

將軍們都佩服太后的見解。

「由於防止內部兵變，削弱武人的地位，同時用文人領軍的結果是：沒有人再想從武入仕，形成宋朝鼎盛的文風固然是好現象，可是那些老將軍那一位不是寒天飲冰水，點滴在心頭呢？趙恆總不能要那些貢舉們用詩詞對抗我們的利刃吧?!」她喝了一口熱騰騰的酥油茶，繼續分析下去。「這是術治，而非德治，因此趙恆的天下，成爲一塊肥肉，富裕是替咱們大遼攢積的。總有一天，咱們會走出這苦寒之地。所以咱們要有決一死戰的準備，縱然玉石俱焚，也在所不惜。」

將軍們再也沒有話說了。

遼軍的會議只花了半天的時間，就決定了作戰方針。

事情既經決定，立即調兵遣將，耶律隆緒領右軍，達覽爲左軍，擔任攻堅主力，蕭太后自坐中軍，後備部隊極少。那是決一死戰的陣圖，非常冒險。

宋遼兩軍士氣都是巔峰狀態。但寇準決定宋軍採取守勢。利用城牆高壘、鹿柴爲掩護死守。在城牆上部署強弩，火器機弩，每次可射十五支利箭，那是騎兵的剋星。騎兵輕巧快速，擅長平原游擊，攻堅是比較不利的。

寇準雖沒帶兵作戰的經驗，他卻料定蕭太后必然採速戰速決的戰術，出城決戰那正好如了她的意，故一入澶州北城，便已決定暫時採取守勢。

「寇大人可以用楊延朗的方法啊！」王雱年紀雖輕，已是胸有韜略。

王安石望了這個孩子一眼，帶點獎勵的語氣問：「甚麼方法？」

「那時正好也是冬天，也可以用水澆牆，使之結冰，不利攀爬，雲梯、爬牆手都無用武之地了。」

王安石點了點頭。

孩子太聰明，反而使王安石夫婦擔心了。

不錯，寇準正是用了楊延朗的方法。

他命令李延渥徵集了全城青壯，提水把澶州北城外牆澆了兩次，一夜之間，澶州北城冰凍滑溜。老天似乎有意幫助寇準，那幾天特別冷。如這一仗輸了，領了軍令狀的相爺腦袋不搬家，也不知要貶到那裡。

這是宋朝的一項優良傳統，自太祖立下不殺大臣之誡以後，很多耿直之士犯顏直諫，縱然犯了大罪，最多貶爲地方官，還是帶銜赴任；不過有一例外，貪瀆者殺，也都是小官小吏，眞正是刑不上大夫。

「爹，不是王子犯法與庶民同罪嗎？」王雱眞是聰明，凡事總拐個彎兒想。這一問，竟使王安石一時不知怎麼回答。

「朝廷還是重視法律的最後公平，刑不上大，目的要讓在廷手上放膽高談闊論，只有寬諒免責，才能廣開言路，暢所欲言……」

「爹！說打仗就說打仗，哥老是這麼打岔，故事那天才能說得完？」

王霈嘟著小嘴，已是小大人模樣。

坐著看一雙小兒女拌嘴鬥智，煞是有趣。王霈的說法也對，照這種方式，到京也難把澶州城下之盟說清楚。

「說到那兒？」

「列陣攻城。」

王安石接著那段歷史講下去。

遼國軍隊深入，蠻悍驍勇，先是馬隊繞城示威，四蹄飛起，馬尾直豎，喊殺之聲充宇盈野。寇準卻只下令避免正面衝突，一箭不發，任那遼軍遠遠地揚威城外。

——鬥智不鬥力，你去喊殺連天吧！達覽看宋軍做了縮頭烏龜，認爲趙恆親征也不過如此，至於那高瓊早就領教過了。儘管百般羞辱，宋軍仍是按兵不動。

達覽來到中軍請示：「他們就不出來，難求一戰，怎麼辦呢？」

「他們不出來，咱們殺過去。」

「攻城？」

蕭太后點了點頭。

達覽下令攻城了，遼軍向澶州北城撲來，接近城下，只見城內牆頭萬箭齊發，滾石齊下，不少軍馬倒地，血染紅了雪白的大地，護城河上屍體枕藉，鎧甲、長短兵器滿地。一副戰地悲慘景象，令人不忍卒睹。

有的戰馬失去了騎在背上的戰士，寒風中低首慢步悲鳴，有的戰士失去戰馬，以牠的屍體暫時做擋箭的屏障。

戰火略爲停頓，飢餓的老鷹已盤旋上空，覬覦那些體溫還未消失的屍體。在強弩射程之內的屍體，暫時無法收殮，那些曾經叱咤風雲的人物，成爲餓鷹的大餐似已不可避免，他們將暴屍荒野，在異域爲孤魂野鬼。

誰無子女?誰無丈夫?誰要戰爭啊?戰爭造成多少人的苦難?眞是「可憐無定河邊骨，多少春閨夢裡人」。

宋軍也有損失，作戰那有不傷亡的?不過那是比較問題罷了。

遼軍輪番猛攻，一波波向前，蕭太后看得出宋軍採取消耗戰的詭計，但她那裡忍得下這口氣。耶律隆緒的精兵原是保駕的軍隊，萬不得已是不用的。這時蕭太后一咬牙，命令耶律隆緒的右軍也加入戰鬥。

攻擊澶州北城的戰事在胡笳急催聲中，愈亦猛烈，澶州北城雖然固若金湯，仍有人越過護城河、鹿柴爬上牆頭，不可稍有疏失。除補充箭矢，火藥外，全城的卵石都上了城牆的箭垛上。

保州、莫州、威虜、守嵐都曾奉到出擊的命令，並頻傳捷報，那些小戰役的勝利，雖起不了決定性作用，對宋軍的士氣提高是有益的。

寇準有責任把前線的戰報，報到趙恆的行宮裡去，趙恆將信將疑。而那些宦官一向都是監軍，這回寇準卻拒絕那些成事不足、敗事有餘的太監們插手，這也是對太監們一項大不敬。因此那些奴婢型的人物常在趙恆的耳根，灌輸失敗主義。

當他見到寇準時，還曾懷疑澶州北城的防守能力。

「我們能保住這座城池吧？」「殿下放心。」他分析說：「此次遼軍挑起戰端，不是耶律隆緒之意，而是太后和權臣們好大喜功的結果，久攻不下，必然求和。」

蕭利用、李繼昌都是主和派，已到兵臨城下的局面，主戰的只有寇準、畢士安和高瓊。澶州北城在遼軍急攻之下，於弓弩射程之外，每天以其騎兵繞城示威，喊殺之聲達於城內，行宮也不能免。趙恆回到行宮，食不知味。

而寇準既不出戰，也沒有退守南城之意。這種不進不退，不戰不和的局面已僵持了好幾天。加上北風怒號，行宮的設備遠不如汴京，雖然帶了嬪妃隨聖駕駐驛北城，趙恆再也無心作樂了。

「你們去看看，寇準那老匹夫到底在幹甚麼事，快來回報。」

他實在不明白寇準葫蘆裡賣的是甚麼藥，陳橋兵變的往事，使趙恆寢食難安，這種兵荒馬亂，陳橋兵變會不會歷史重演？倘使寇準要有貳心，取而代之，自己已盡入握中。加上高瓊，那不就是歷史的翻版麼？

午夜夢迴，趙恆輾轉難眠，曾妃雖然是玉體橫陳，在熱炕上盡其挑逗之能事，也毫不起作用。眞是悔不聽王欽若、陳堯叟的話，如遷都南方不是一切都省事了嗎？

「皇上，你是怎麼了？」曾妃撐起半個身子，那眼睛同野貓一樣閃亮。他懂，那是某種訊息，但是趙恆沒有一點情趣，城外胡笳聲聲，城破了，江山沒了，怎麼辦？這時候那有哪種性趣？

「煩得很！」

「皇上，寇準他們打得很好啊！」

「不要提那老匹夫，提起朕就有氣。」

「他是難得的賢相。」

「賢相？要不是畢士安他們連成一氣，朕就不必親征。」趙恆越說越激昂。「最可惡的是高瓊，在黃河中鞭笞我的車轎，朕那裡是個皇帝？他們把朕視同俘虜，是挾天子以令諸侯呀！」

「別這麼說，天下是趙家的呀！」

這話也有道理，在曾妃鼓勵有加之下，趙恆總算草草盡了責任，但對於曾妃來說，還早哩，但是他是皇帝，再說，那種事怎麼啓齒？她只好嘆了口氣，一夜輾轉反側，但不能有甚麼抱怨了。宮中多少女人，只帶她親征，已是莫大的榮幸。不過她想得也很多，人人都以爲進入皇室後宮，享盡天下榮華富貴，殊不知她們也有說不出的寂寞與痛苦。

眞是後悔去撩趙恆，這一撩，撩出火來才眞正的難過。思潮起伏，想起金陵老家的兒時遊伴，但是如今宮深牆高，也只能在心裡暗暗思念。

她想，能哭一場多好啊！

但是能哭嗎？看一眼身邊的皇帝，曾妃感慨萬千，高不可及的皇帝也只不過是膿包一個罷了。面對戰爭，嚇得人都陽痿了，還談甚麼威儀？

更鼓淒涼地敲著。城北的寇準、高瓊那些人，正召來歌妓飲酒作樂，互相酬唱，沒有一點戰爭的緊張。當趙恆得到差報時，他納悶了。

「戰鼓擂得天崩地裂，怎麼還有心情飲酒作樂？」第二天一早，趙恆披衣起來，就找到那批主張撤軍南逃的大臣研判。

「回陛下，這是好現象。」蕭利用說。

「這話怎麼說？」

「寇準飲酒作樂，說明了他未把遼軍看在眼裡。」

「二十萬悍蠻遼軍，天天攻城，不把敵人看在眼裡？」

「打仗不看人數多寡，楊延朗以一城百姓，對抗數萬遼軍，結果大勝，九月我與遼在幽燕之戰，也互有勝敗。」李繼昌分析說：「何況陛下親征，益使士氣大振，可以以十當百，所以……」

「你們說得也有道理。」

一顆不安的心，定了下來。

遼軍日夜進攻，十二月三日，遼軍大將蕭達覽看宋軍不出城應戰，非常生氣，揮師攻城，沒想到城牆全部結冰，無著力點，沒有一位士兵上過牆頭，就死在牆腳下了。

城牆上機弩連發，帶有火球的蒺藜濃煙蔽空，尤其具有震撼性。這是遼軍從來沒有見過的新武器，帶火的箭、發出嚇人的爆炸，經過無數征戰的蕭太后也不知道是甚麼東西，好在遼軍畢竟是久經戰陣，還不算慌亂，堅持圍城。

達覽發出豪語，要把趙恆困死在澶州北城，他能渡過黃河，達覽要讓他永遠都回不了汴粱。他們把李煜擄來當違命侯，咱也把趙佖擄到松漠，也給他個違命侯幹幹，讓他也嚐嚐亡國的滋味。

在這樣的野心之下，達覽騎著一匹赤色的戰馬，攻城更急。不少士兵死在排弩之下，這使他更為憤怒，那都是他的子弟兵，雖然八部經太祖建立大契丹，形式上已不存在，軍隊卻仍是以八部為單位，父子兵上陣，總比混合編成的部隊團結。所以遼國的部隊仍以舊悉萬丹、阿大何、具伏弗、郁羽陵、日連、匹黎爾、叱六于、羽眞侯八部子弟成軍。

自耶律阿保機稱帝建立契丹，雖有殺各部大人之仇，但入主中國卻是八部的共同理想，百族籍在此一共同理想下冰釋了。所以耶律隆緒雖是孤兒寡婦，仍能擊敗宋太祖趙炅的兩次多年前的往事，誰還計較？親征道理在此。

想起這段歷史，更使達覽不顧生死了。

當他正要飛躍過護城河的時候，城上的排箭如雨般射出，溝裡幾乎已被前仆後繼的士兵和馬匹、輜重所塡平。犧牲實在不小，前些天戰死在城外的屍體，已被凍得僵硬，正好可以當障礙。那是一場殊死戰，陣亡的都是達覽那一部族的子弟們。

他揮舞長戟擋箭，但宋軍的箭是用機械發射的，速度快、射程遠，稍分神，額上中了一箭，接著又是十幾支射到，人馬都倒了下來，身上被射成蜂窩。

遼軍左翼看到主帥陣亡，陣腳大亂，城內宋軍又精銳盡出，乘機衝殺，人頭如石般在地上滾，鮮紅的血，染紅了黃河北岸，漠漠的曠野中增添了無數孤墳。

那是最慘烈的一戰。

「爹！牀弩是甚麼東西？」王雱眨巴著一雙水汪汪的眼睛，盯著王安石問。

「噢！牀弩也和弓箭的方法一樣，有很多種，三弓牀弩，一次可以發射三枝箭，三次弓弩，便是多次發射的排箭了。」

「爹！還有更厲害的嗎？」

「有，尌子弩，一次就可發射十幾枝，不過太重，只合城防用，達覽就是被這種箭射中的。」

「人人都同寇相一樣，我們就用不著年年送遼國錢財絹布了。」夫人也有很多感嘆。

「爹，我不懂，打了勝仗，為甚麼還要每年給北遼送那麼多錢財和絹呢！」

這不僅王雱不懂，連王安石也始終不懂。如要解釋，也只是求個太平吧！

死在戰場上的達覽是員悍將，下德淸以後，一鼓作氣，大軍直下澶北，被李繼隆設伏所殺，蕭太后年紀已大，幾次敗仗下來，已有退兵之意，如長期作戰，對遼國而言，可能會遭到更大損失。

蕭達覽一死，等於砍了北遼一根大柱，大家不說，心裡都有數。

攻勢暫時頓挫，遼國大臣和主帥們齊集太后的帳幕內，帳外大雪紛飛，有的叭嗒吸著旱菸，有的喝奶茶。多少有些沮喪之意。

進退之間爭論不休，王繼忠一直沒有表示意見。

王繼忠的地位相當尷尬，他是宋朝的舊臣，當年望都一戰，得不到援軍，被達覽生擒。望都那一戰，表現不比楊業差，他以少量兵力，戰至最後一兵一卒，除了忠貞以外，更表現了他高度的智慧和那不怕死的勇敢精神。

在王繼忠被生擒之前，已有不少漢人供職於遼國，耶律阿保機之所以獨立自號大契丹，也是因為得到漢人的協助，才敢把八大部的部長大人給幹掉的。

因此達覽生擒了王繼忠之後，不僅未殺，並畀以高官，妻以貴女。雖然王繼忠被擒後已經降遼，可是那顆心始終還是向著宋朝的。這種身世背景，對方和戰問題，怎麼好表示意見？萬一有甚麼閃失，不是動輒得咎嗎！

要躲也躲不過，這回蕭太后問到他了。

「臣原為宋的舊屬，此事關係我遼存亡，未便置喙。」王繼忠還是推辭。

「卿之忠心，天日可鑑，而卿是最瞭解大宋的，但說不妨。」

「依臣之見，目前以和爲上策。」

「甚麼道理？」耶律隆緒年輕氣盛，很想藉此一戰建立自己的威望。

「殿下，目前我大遼精銳盡在澶州，自南京（今遼陽）發兵，經保、定二州，祁州、冀州、貝州，雖然陷德清；破通利軍，但天雄軍未克，今圍澶州已半月，我軍補給、輜重均不足，前述各州之破，不過對手爲宋朝的廂軍，其戰力遠不如禁軍，今我所遇之敵爲高瓊、寇準統率的禁軍，戰力不弱，昨天之戰，又損兵折將，對士氣打擊極大，故不利於今後的攻城……」

「王先生，你這不是長他人志氣，滅自己威風嗎？我遼的天下，不是達覽一個人撐下來的。」蕭佟林厲聲的問：「你把其他將軍置於何地？」

太后喝了口茶，擺擺手，制止了將領們的反駁。

「繼忠，你說下去。」

「宋有後繼力量，我遼則只此一軍，不利於我者一也；還有，此次南進的目的，無非取利，不在於滅宋，蛇呑象是很危險的野心。」

「依先生之見？」耶律隆緒覺得王繼忠說得也頗有道理。

「依臣愚見，以戰逼和，取得相當利益後罷兵，生息保養，再作他計。」

蕭太后的愛臣韓德昌，是燕人韓知古的哲孫，人長得健壯而英俊，深得蕭太后的寵信，外面蜚短流長，說他是太后的嬖臣。深宮裡的事，誰也無法證實，不過她對於小她很多歲的韓德昌，確實是有愛惜之意，所以寵信有加。

太后看看韓德昌。

他謹愼地說：「王先生說得有道理，江南雖好，要徐徐圖之，鯨呑不可，蠶食一樣可以達到目的。」

「好！就這麼決定！以戰逼和。」

會議結束，將軍們準備另一次更壯烈的攻城行動，同時也考慮誰去當特使，而談判以甚麼爲基礎的問題，接著是由幾位謀臣秘密討論。

蕭太后處理事情相當明快，立即決定了對澶州的大計。

第二天黎明，立即發動了一次具有血腥味的攻擊，不少士兵多次爬上澶州北城的箭垛口、城牆雖然滑溜，雲梯一搭，遼兵冒死搶攻，也還在危急中有相當進展。

遼軍爲了達到目的，由王繼忠寫了密奏，利用夜間射進澶州北城。

士兵拾到那封密奏立即送到寇準和畢士安的行館。

密奏除了述及望都之戰被擄的恥辱之外，王繼忠分析目前戰爭的利弊。他說：「臣念昔日向萬歲面辭，親奉德音，唯以息民止戈爲事，況北朝欽聞聖德，願修舊好，必翼睿慈，俯從愚聲。」

趙恆雖然懦弱，頭腦倒是非常清醒的。寇準等在行宮討論王繼忠那封密奏時，他認爲在太祖和太宗兩朝的全盛時期，對於邊界尙且採取羈縻之策，以和戎爲利，何況是現在國庫空虛，士老兵疲呢！

他說：「朕就帝位之初，呂端曾經建議，應當戒邊臣輕啓邊釁，動用兵戎，王繼忠這個奏議，立意雖然好，但因是出自一位降臣之口，有多少可信呢？」

「王繼忠雖是降臣，實在是逼於環境，不得不降，對我朝可能仍是忠心耿耿的。」陳堯叟領教了胡笳急催，戰馬悲鳴，鼓聲裂地的滋味了。他眞希望趕快結束這場戰爭。「所以臣以爲耶律隆緒謀和是出於對殿下的威服。」

這話聽在趙恆的耳裡十分受用。

「陛下，不管王繼忠的奏章是眞是假，是計謀還是出於誠意，臣以爲這正表示北遼已沒有後繼之力。」畢士安提出他的看法。

「寇卿，您認爲呢？」

「臣以爲畢大人的看法是對的。」

「既然如此，兵戎乃險事，無論勝敗，都是百姓受苦，朕不忍也，以柔服北夷，朕以爲未嘗不是懷德之美，和爲貴！和爲貴！」

「臣有事啓奏。」高瓊上前一步。

「請講。」

「遼國強悍，屢寇我邊，爲患甚烈，今達覽戰死陣前，軍心渙散，正是我揮軍北上，直搗黃龍，奪回幽燕的時候，機不可失。」

這正是寇準和畢士安的意思。

戰和之間，發言盈庭，難以決定。那夜，眞宗回後宮很晚，曾妃那小蠻女正等得心焦萬分呢！

「陛下，今天怎麼這樣晚？」

趙恆把和戰之議，向美麗的曾妃說了一遍。「和戰難決。」

「陛下，這有甚麼難，你是皇帝，愛怎麼辦就怎麼辦。又是那寇老頭主戰對不對？」

「這次他倒沒說甚麼，只有那高瓊主張乘此機會，收復幽燕之地。」趙恆進到後宮，脫下厚厚的皮袍，坐在熱烘烘的炕上。

「他們要你履險，我可不幹，我要回汴京。」掛了皮袍，噘著小嘴坐在趙恆身旁說：「天下太大了，不能全歸你們趙家！」

——天下不能全歸趙家？

趙恆細細體會曾妃的話。心想：這個小蠻女也太大膽了，但是這也是實情。

於是趙恆下了決心。第二天早朝便命人起草詔書，說得十分堂皇：「朕丕承大寶，撫育群民，常思息戰以安人，豈欲窮兵而黷武？今覽封疏，深嘉誠思，朕富有寰區，爲人父母，儻諸偃平，亦協素懷，詔到日蜜達玆意，共議事宜，果有審實之言，即付邊臣奉奏……」

既然兩邊都有和意，便進入談判階段。

韓杞出爲和談使臣進入澶州北城，宋朝則派曹利用爲談判使臣。寇準一看和談已成定局，繼續進攻，要想一舉消滅這個反覆無常的遼國，勝負難料，不如暫時緩和兩國的緊張形勢，再從富國強兵開始，徐徐圖之，未嘗不是權宜之計。

當徵求使遼大臣前去談判時，曹利用自請赴敵。

「倘得命，死無所避。」

趙恆把這位樞密院事當殿升了一級，出使遼國軍營。韓杞又來報聘，但以還關南故地爲條件，未曾得許。

對於割地，曹利用和遼主、遼臣皆有一番辯論。

趙恆召見韓杞時，除了君臣的客套外，立即進入主題。韓杞要求宋朝割讓關南舊地以為和的條件，這回趙恆倒是有所堅持的。

他說：「關南故地，久屬天朝上國，不可擬議，或歲賜金帛助其軍費，以固歡盟，朕守祖宗基業，不敢失墜，所言歸地，事極無名，必欲邀求，朕當不惜一戰。」

第一回合的談判似已觸礁。

另一方面交代曹利用，割地之議不能談，如要些錢帛之類是可以考慮的。

而寇準在曹利用再出使前，請至行府。

「割地的事，已經不能談了，未知曹兄此去，以甚麼做談判底線？」

「皇上之意，急於求和，在絹帛上，似乎可以多些讓步。」

「我們打勝仗，而遼軍不宜持久戰，這是蕭太后求和的原因。」

「這個我看得出來。」

「曹大人既然看得出來就好。」寇準喝了口茶，問：「今上準備在何種代價下許和呢？」

「皇上給我的條件相當苛，他說，實在不得已，年給百萬也可以，只要北遼退兵，條件可以再寬些。」

「你知道我宋每年的歲收是多少嗎？」
「這得問三司衙門。」
「百萬貫佔歲入比例雖不大，但仍是喪權辱國。」
「大人，我懂！」
「利用兄，儘管皇上答應百萬貫之數，你只能答應三十萬，超過此數，回來一定殺了你。」寇準的性格，皇帝都敢拉下來議政，殺曹利用是絕對說到辦到的。
曹利用深知這一點，到時候趙恆也保不住他的腦袋。
他唯唯諾諾的退出寇準臨時辦公的行館。
曹利用在遼營，獲得王繼忠的側援，談判是順利的。
蕭太后的客套過後，立即進入議題：
「我關南之地，被周世宗侵佔去了，今天應當還給我。」
「太后這話說得沒有道理，晉人把地割予契丹，周朝人拿回是故地，唐繼之，而我宋朝是從晉朝取得關南，原非契丹所有，契丹有甚麼資格和理由，向我朝要回這塊土地呢？」
「那原是我契丹祖宗所有的，貴朝霸佔，還給大遼是天經地義的事。」
曹利用把歷代版圖變動的事實作爲抗爭，遼本來無意於關南之地，那只是討價還價的籌碼罷了。看到曹利用強硬的態度，也就軟化下來。

「既然是議和，遼國南進二、三千里，顯然是勝利的一方，而戰爭的損失也很大，總不能無條件就議和，這樣一來，使遼國沒有理由回師。」

曹利用看有隙可乘。

「割地是辦不到的，如果貴朝堅持割地，那就只有一戰，遼軍深入，士老兵疲，我朝禁軍才開抵澶州，今達覽戰死，如兩國進行一場全面性的大決戰，勝負還在未定之天。」

曹利用滔滔雄辯，蕭太后很想挫挫他的銳氣。

「大膽！我騎上英雄，日行數百里，豈是宋朝的步兵可能抵抗得了的。」那個女人圓睜鳳眼厲聲地說。其實宋朝早已從王繼忠那裡知道遼軍厭戰的情報，所以曹利用鎮定的笑笑。

「太后，不錯，遼軍的騎兵的確兵強馬壯，在黃河平原，是比我軍快速，但過了黃河平原區，就無用武之地了。」他說：「遼軍不宜捨馬步戰，笨重的鎧甲，利於馬上作戰的長兵器都沒有用處了，遼軍只要過了黃河，立即失去優勢。這大概也是不爭的事實。」

這的確是遼軍不可克服的短處。

折衝尊俎、脣槍舌劍不輸疆場上的血戰。

「但是遼宋如繼續作戰，至少是玉石俱焚。」韓杞已經收斂其鋒利的談話。

「和則兩利，我跟韓先生的看法完全相同。」

「我國出軍，這筆耗費……」

「這是遼國所挑起的戰爭，責任應由挑起戰爭的一方負責。」曹利用看這場談判有相當進展。於是鬆了口：「遼爲苦塞之地，我大宋可以略爲挹注。」

兩方討價還價，最後以年賜絹二十萬匹，錢十萬貫爲停戰言和的條件，剩下的是以貢或納的問題又起爭執。如和約上用「貢」字，則宋朝成爲遼的屬國，「納」則是投降，均屬不可，最後以贈爲定議。

此一談判，最初，趙恆以百萬貫爲換取和平的底線，現在成爲錢十萬貫、絹二十萬匹，已是意外成功了。

曹利用回澶州面報趙恆、發生這麼個笑話。他回到駐驛的行宮面報時，趙恆正在吃飯、不便面見，叫內侍問所許條件。他以事屬機密，要面報。因趙恆急於想知道內情，再遣內侍去問，曹利用伸了三個指頭。

內侍回報說：「可能是三百萬。」

趙恆放下筷子，有點憤怒。

「三百萬？太多了！」趙恆怒拍著桌子，把所有的人都嚇呆了。

「皇上，甚麼三百萬？看你氣得這個樣子。」

「和盟，朕只答應一百萬貫，曹利用竟敢答應三百萬貫，喪權辱國！喪權辱國！」趙恆似乎動了眞氣。「撤了！撤了！」

「三百萬換來和平，値得，値得！」

「値得？我有甚麼面目去見太祖太宗於地下？」他越說越氣：「傳曹利用！」

「傳曹利用！」

曾妃識趣的悄悄退到屏風後面，這種場合不會有好事，能避就避。也就因爲她這種知趣，才獲得趙恆特別寵愛，連身處戰地，也帶在身邊。說她懂得機鋒，不如說她滑頭來得更恰當。

曹利用進入州衙改成的臨時便殿，行過君臣之禮。

「平身答話。」

「臣有罪！」曹利用不肯起身。「臣答應的銀絹數目太多了。」

「到底是多少？」

「本來北遼要求割關南之地，這是我朝早已決定不與的事。」

「這個朕知道了，說重點。」

「臣本來希望雙方無條件撤軍，後來以絹二十萬匹，錢十萬貫達成和議。」

趙恆終於鬆下一口氣。

「好！你辦得好。」他說。

簽了和約，終於結束了遼國入侵的這場軍事糾紛。

澶州城下之盟的故事也結束了，汴梁已經出現在地平線上。巍峨的宮殿依稀可見，眞不愧是帝王的古都。

這趟旅程即將結束了。

3.停泊京城，官船失火

船已快到京城了。

「大人，我們要泊在那裡。」水老大一面划槳一面問。

「停在西角子門吧！」

「嗯！那裡離相國寺不遠，朝廷大官的府邸都集中在那一帶，到御街也近些。」

多年前夫人和王安石離開鄞縣，進京候差時，曾到過汴梁，對她來說，汴京倒不算陌生。

「大家連絡方便。」

「夫人，我也是這個意思，雖然我不喜歡熱鬧，但總免不了一些應酬。」

「是啊，在朝中多幾位朋友總是好的。」

汴梁是北宋的首都，有人稱爲東京，有舊京與新京之分。

原來的老城方圓不過二十里，新京佔地四十里，把汴梁擴充了很多。周、魏、漢、晉都曾經以汴梁爲京師。新城建了護龍河，闊十餘丈，深足以行舟，兩岸遍植楊柳，禁人往來。

舊京南有朱雀、保康、新門；東有舊宋門、角子門、曹門、西有西角子門、鄭門、梁門、北有景龍門、金水門、封丘門。新城南有南薰門、陳州門、蔡河門、戴樓門，東有東水門、新宋門、新曹門、東北水門、西有新鄭門、西水門、萬勝門、固子門、西北水門，北開陳橋門、封丘門、新棗門、衛州門。新舊京城中，南薰門、新鄭門、新宋門、封丘門是四個正門，都拓有御路，再加上汴水，蔡河、五丈河、金水河四條水道通過京城，水陸交通便利，南北貨也在汴梁集散，再加上各地學子集中汴京，眞可說是人文薈萃，熱鬧極了。

王安石的官船由槳換篙，沿汴河入京。這條河在城內叫汴河，在滎陽又叫浪蕩渠，一般人叫它官渡，東南糧食百貨，都經船運入京。船一入城，景象全變了，車馬來往頻繁，人聲鼎沸，孩子們都走出艙間看風景。

因爲進出船多，河道擁擠，千桅停泊，水手們再也不唱拉縴號子了。

官船由汴河進入新城，已是申時，太陽落在柳林和樺樹下射出的晚霞，映在汴河粼粼的波光中，有千條萬條金波晃動，眞是好一個王都氣象。岸邊人來人往，多日水上寂寞的旅程，頓然感到投身在另一個世界中。

孩子們的心早已飛奔上岸去了。

官船緩緩靠岸，水手加了跳板，繫好船，王安石決定暫時不找任何朋友，也不去見任何官員，領著水手和全家上岸，到相國寺旁邊的聚賢居，叫了一桌酒席，謝謝水老大和槳篙手們。王安石這人對上傲得不得了，他和韓琦的一段誤會，從來不加解釋，可是對於下人卻十分禮遇。

一缽熱騰騰的燜燉羊腿，一盤騾駝凍子、熱炒口條、參棗燉雞、酥烤子鴨、葱油烙餅等等菜點，五、六斤二鍋頭擺在桌上，精緻而實在。

大家坐定，王安石親自執壺斟酒。許滔搶了過來。

「大人，這不折煞小的了麼！我來。」

「也好，今夜各位放開心吃喝。」王安石舉起杯子：「一路辛苦了，我敬諸位！」

一仰脖子王安石乾了。

許滔端了杯，許久未喝。

「水老大，怎麼了？」

「我記得縣太爺是不喝酒的？」說完，水老大杯底朝了天。

「你是……？」

「小的是鄞縣陽堂御天童人，大人下鄉看灌溉時，還是我擺的渡呢！」

「噢！你是鄞縣人，說起來是舊識了，你應當多喝一杯！」夫人這一說，許滔還有甚麼話說呢？一大觥下了肚。

「鄞縣還好吧？」夫人對那地方很想念，夭折的大女兒還孤苦伶仃地埋在鄞縣哩。

「新來的縣令，只幫地主，不幫農民，很多良政都廢止了，譬如說冬夏季開官倉借貸給農民一項，早就……」許滔未說完，自己又獨自喝了一杯。「我就是在重利盤剝之下，離開鄞縣，到揚州漕運上討生活的呀！」

王安石只嘆了氣。

「我替大家找了間客棧，在京城好好玩幾天再回去。難得到京一趟啊！」

「謝謝大人，我倒是常隨運糧的船來過東京，只是這幾位弟兄沒見過世面。」水老大恭謹地說：「來，我們敬大人和夫人，還有少爺……」

酒過三巡，王安石便聲明，他沒有酒量，大家隨便。

水手們一路辛勞，他們送的是一位朝廷命官，所以一路禁酒，如今已安全把人送到，安了心，見到酒，那香味把酒蟲都引到喉頭上來了。

「這是官人賞給各位的，爲了減輕重量，也爲了安全，帶的是會子，可以明天天亮去兌現，不過路上不安寧，還是少帶現金的好。」

夫人從袋子裡拿出八十貫的會子交給許滔。

「太多了！夫人。」

「大人賞的，收下，替家小帶些京貨回去，也讓他們高興高興。」

「弟兄們，我們謝謝大人！」

當然又是喝酒了。

「東京繁華，城開不夜，火樹銀花，處處都是銷金窟，得省點帶回去！」王安石叮嚀著。

「知道了！大人。」

那些水手大塊吃肉，大碗喝酒。人有了三分醉以後，也就撤去那官民之間的藩籬，偶然也批評起時政，話便多了。

「水手這一行還好吧？」夫人是沒話找話。

許滔嘆了口氣。

「得看個人的運氣。」

「這話怎麼說呢？」

「通濟渠並不寧靜，百姓窮，但窮總要活下去，不少人便搶糧船……他們當了賊，被官家通緝，只得上梁山上當強盜。」

「搶官家糧船？」王雱非常驚異，這可是從來也沒聽說過的事。

「小官人，人只要一餓，甚麼事都做得出來，通濟渠每年秋冬不知道有多少糧船被搶。他們潛到水底，把船鑿個洞，船沈了，老百姓搶糧，多少押船的官員傾家蕩產去賠償，多少轉運使因此被貶，有的還丟了官。」

「有這種事？」連王安石都是第一次聽見。

「爲甚麼我們沿路都未發生事故？」

「你們是上京的窮官，再說，身上帶的是會子，搶到手也不敢到官號去兌現。只有一種情形可能被搶，那是貪官汙吏，像大人……」

「許滔，不要說了，這種事聽了讓大人痛心。」

「好，不說了，我們敬大人！」

「在下不會喝酒，大家可以盡興，但不許醉。」

「知道了……大人放心！」

雖然口裡這麼說，水手們還是杯杯見底，放開心大吃大喝。他們多少有些草莽氣息，出苦力的，幾杯酒下了肚，話多了起來，隨意談著，王安石又知道了不少政治上的弊病。

聚賢居就和相國寺隔了一條街，卻與聚賢居是兩個天地，絲竹之聲陣陣傳來，清脆亮麗的新詞，也破窗入耳。

一向年光有限聲，等閒離別易清魂。酒筵歌席苦辭頻。
滿目山河空念遠，落花風雨更傷春。不如憐取眼前人。

夫人看了王安石一眼，當然寄意深遠。

相國寺那邊一陣哄笑之後，又一女子唱道：

雲一緺，玉一梭，澹澹衫兒薄薄羅，輕顰雙黛螺。
秋風多，雨相和，簾外芭蕉三兩窠，夜長人奈何。

王氏兄妹聽得入神。

「哥，那第一首是誰寫的呀！怎麼一下就想不起來了？」

「晏殊先生的浣溪沙嘛！第二首……」

「我知道是違命侯李煜的作品。我喜歡後主的作品，寫得眞情流露。我最愛他的〈破陣子〉了。」說完她竟忘情的也哼唱起來。

四十年來家國、三千里地山河：鳳閣龍樓連霄漢，玉樹瓊枝作煙羅，幾曾識干戈？

一旦歸爲臣虜，沈腰潘鬢銷磨。最是倉皇辭廟日，教坊猶唱別離歌，揮淚對宮娥！

談詩詞，他們不懂，水手們自顧自的喝酒，王安石和夫人則聽兄妹倆談詩詞。

「李煜不做皇帝，可能對他更好，不過他就因爲耽於逸樂，所以把大好河山也斷送了，這闋破陣子，倒可以作爲王子皇孫們很好的教材。」王雱大發議論。

「嗯！雱兒說得對，有見地，詩詞只能遣懷，故夫子主張那是行有餘力方去吟詠的東西，對求取功名，治理政事，還得從經義策論上著手，你要在這方面下功夫。」王安石自己雖然也是一位詩人，可是他更重視治術。文學固然可以豐富人的心靈，美化人生，但國家積弱，如何除弊興利，富國強兵才是當務之急。所以沿途講澶州之盟，目的就是借此機會教育王雱，希望早日認識朝廷的處境，用心良苦。

不過孩子們並無多大興趣，王安石多少有些憂慮。東京繁華的生活是否適合孩子，是否會影響他們的性向？這都是問題。不過兒子的自制力甚強，只要稍加誘導，大概不致發生太大的變化；倒是女兒，絕頂聰明，稍稍疏忽，就可能受到不良的影響。談笑間，那餐飯也到了尾聲。

這一餐以後，水手們就要搭便船回鄉了。十幾天的相處，大家成爲朋友，這個惜別晚餐，倒有幾分依依不捨之感。

這時有人到聚賢居來報，停在西角子門的官船失火，燒焚了幾十艘官船。王安石的船正好也停在西角子門的碼頭上，一家人跑出聚賢居，汴渠河道上正是一片火海，火舌竄上了柳樹頭，而船隻爲避免波及，紛紛解纜疏散，以致整條汴渠鄉城段大亂。

「走，快去看看！」夫人拉著王安石就要走。

「夫人，別忙！」

「怎麼？船都燒了，你還不急……」

「要燒呢？已經燒了，我們過去也挽救不了。」王安石相當鎮定。「不如吃完飯，把客人送走再說吧！」

「看你這溫呑性子……」

「船要是已經燒了，我們去了也沒有用，沒燒，那就不用急了。」

回到聚賢居，結束對水老大們的謝宴，水手們回到爲他們訂的旅館，王安石一家再回到西角子門的河邊，火早已撲滅，剩下的是一片焦黑光秃秃的河邊垂柳，隨風飄蕩的柳條早已付諸一炬，剩下的只是仍在燃燒的老幹。有的船還在冒著輕烟。很多船燒得只剩下靠水的船底，他們的船則已沈沒。新船的油氣重，木板乾，容易燃燒。

「官人，怎麼辦？」

「好在船上也沒甚麼，帶的錢是會子，都在我們身上，損失不大，找個客棧住下再說了。」

幸好未打算在京久住，家私書籍都帶得不多，要說損失，就是那隻準備當住家的船罷了。

「住客棧可不是長久辦法，在京裡說不定得待一年半載，不方便啦！」

「夫人，還有明天呢！」

打發了水手，原想當成家的官船在那場大火中毀了，王家便不能不爲安頓的事忙碌。還未到曾公亮那兒去拜候呢！這回進京與曾公亮推荐有極大的關係。

「你總得到韓相和曾相的府上去拜候一次，做人啊！」

「是得去一下，我正爲先看韓相呢？還是曾相在傷腦筋哩！」

「韓相是老上司，無論你們心裡怎麼不對，照理還是先去見韓琦，將來做事也不會有甚麼阻礙。」

曾公亮之所以向趙頊推荐王安石入朝，是個順水人情，再說這個人並不白推荐人——也是爲了他自己。韓琦倚老賣老，把權抓在手裡不放，從來沒有把曾公亮放在眼裡，只不過是廟裡的一尊木偶，擺在那兒做個樣子罷了。

雖然曾公亮並不在乎有沒有權，無事可做正好，他本是寧願兩部蛙鳴，優閒自適，縱然環境荒曠也能甘之如飴。問題是泥菩薩也有三分泥性，何況是位宰相？

忍字頭上一把刀，久了也會生氣。

朝中宰相不和的這種情況，韓絳、曾布都曾在信中提到過，這種扞格，王安石雖不在京城，也能瞭如指掌。

夫妻倆討論也沒甚麼結果，先看誰都會得罪人，那就順其自然罷。何況王安石也不在乎這些小節呢！

4. 拜訪韓絳，推心置腹

備了一輛輕車，到東御街盡頭新城韓絳家。

王安石早已派人通知韓絳和曾布，他們早在韓府等了半個時辰，所以他的車子一到，韓絳等便迎了出來。

「一路辛苦了？」

「還好，累大家久等。」王安石拱拱手。

「也才到。裡面坐著談吧！」韓絳一擺手，大家進入韓府的客室。

「子華，今夜無酒乎？」韓絳字子華。

「子宣，介甫不喝酒的，你忘了。」

「那是黑子包拯的席上。」曾布說：「在這裡他能不喝？」

那已是嘉祐元年的事了。王安石由臨川回京，出任群牧司判官的時代，包拯設宴款待僚屬和相關官員賞牡丹時，只因召有歌妓，王安石滴酒未沾，不言不喝枯坐到席終爲止。

王安石不喝酒的原因，是包拯官箴甚佳，有包青天的美稱，卻仍未能免俗，不喝酒多少有抗議的意思在內。包拯知群牧司，是王安石的直屬長官，他以那種方式抗議，居然得到包拯的諒解，所以給人印象深刻。

雖然包拯並不計較，歐陽修卻爲這件事擔心不已。剛好那年黃河決堤、水災嚴重，順勢內薦王安石賑災，群牧司判官幹了一年多一點便賑災去了。第二年以太常博士銜知常州，因而化解了在群牧司判官任內的扞格。雖然嘉祐五年從江東入朝擔任三司度支判官，再以知誥制糾察在京刑獄，都與韓琦、包拯沒有直接關係。不過拗相公這亦毀亦譽的綽號卻不脛而走了。再加上多次拒召赴闕俟試，堅辭修起居注等官職，拗相公的名字在朝中流行起來。曾布所指不喝酒已是天寶遺事。

「曾鞏沒來？」

說起曾鞏對王安石是有推薦之誼的。仁宗朝慶曆六年，王安石任大理評事，這年歐陽修使河北，曾鞏曾上書歐陽修稱道王安石有治國大才，推崇其賢，自此王安石在歐陽修的心目中，已是一位國家的棟樑，才有後面的推薦。未料師生倆後來成爲政敵，基本上是治國理念的衝突，不過其爭也君子，當王安石罷相，歐陽修還給朋友寫信，叮囑不要對他落井下石，當然這是後話了。

韓絳還是讓家人弄了幾樣精緻的小菜，也有酒，他深知王安石，他並不反對喝酒，只是反對奢侈浮華。

「這次越次入對，究竟是怎麼來的？」王安石話入正題了。

「說來曲折得很。」曾布啜了一口酒：「公亮曾多次在皇上面前推薦過你，治平四年曾要你就翰林學士，你不幹，仍居江寧，對不對？」

「是有這回事。不過那時有一大家要養，不能來京。」

「足見曾公亮雖是個馬虎宰相，卻相當識人。」韓絳說。

「這回恐怕曾大人是看走眼了。」曾布說。

「這回倒不是爲了薦才，而是另有目的。」韓絳補充說。幾位性格相同，又想把國家從積弱中拯救出來的同志在一起，也就推心置腹，沒有甚麼顧忌了。

神宗登基以後，就命人從檔案中翻出〈上仁宗的言事疏〉，因常聽內臣談起這件事，便想看看這份喧騰已久的摺子，到底說些甚麼。起初是好奇，後來終於找到治國的理想。

從那份摺子裡，趙頊得到一個印象，王安石有經國大才，眞正看到國家的弊病所在，而趙頊年輕，很想有一番作爲，曾與韓絳等商議過，如何把他從江寧召回汴梁的事，但也擔心王安石又要辭謝。要韓絳直接寫信給王安石，探探他的意向，只是韓絳技巧地借王雱之口傳達神宗的此番苦心。

這次王安石之未再拒詔，既有這層原因，又因那是越次入對，換句話說，只不過是一次意見的徵詢，一次談話會罷了。

對於曾公亮這次保荐的目的，王安石已略有耳聞外，不過那番曲折究竟是怎麼回事？王安石當然希望知道一點。只有清楚事情的來龍去脈，才可能語中要害。在王安石來說，能不能入閣並非重要的事，他雖有滿腔的報國效忠趙氏的熱忱，關鍵還是趙頊能不能接受王安石革弊興利的計畫，只有這樣才有所作爲，堅守祖宗之法，陪君食祿，無意在廟堂尸位素餐，何必去做吃冷豬肉的泥菩薩呢？

「到底如何曲折法，願聞其詳。」

「子華，你來說吧！」

「子宜，還是你講，你是直接和李公公那裡聽到消息的人呀！」

「好！大家乾了這一杯，聽我道來。」

供了茶之後，摒退所有下人，曾布才說那段故事。

曾公亮受到韓琦的壓抑，以曾公亮的性格並不在意，處之泰然。

神宗大概也看出曾公亮的處境，有一次趙頊對曾公亮問到群牧司牧馬並不成功這件事。他竟然回奏說：要問了韓琦以後再回奏，三司的度支這樣大事也不例外。

「你也是宰輔，爲甚事事都要問韓卿？」

「很多事都是韓大人決定了，並不告訴臣。」

趙頊聽了這話十分生氣。「你也是宰相，怎麼凡事問韓琦呢？」

「回陛下，臣以爲凡事以和爲貴……」

「甚麼叫和爲貴？你總不致甘爲伴食吧？」

甚麼責備曾公亮都能忍受，只有「伴食」兩字使那位好好先生受不了。回到家裡愈想愈不是滋味。他不甘心，但自己老了，旣不想爭甚麼，就是想爭也無法爭過韓琦。但無論如何不想做個伴食，老而無用的老賊啊！

於是他想到一個平衡的方法。

首先想到王安石在韓琦手下受到誤解的那一段往事，而他在仁宗時代又上過萬言書，對時政有許多興革意見，都是切中時弊的。可是范仲淹的新政也不過實施不久就失敗，到王安石上萬言書時，仁宗已經老得無力做任何改革，也不想做什麼改革了。所以那份〈上仁宗皇帝言事疏〉也就束諸高閣。

這些，都是曾公亮所熟知的往事。

他曾設定，把王安石薦舉進朝，至少可以讓韓琦收斂一些，說不定是一著活棋。問題是如何才可以不落痕跡的薦舉這位拗相公。

這是使他擺脫伴食惡名的唯一辦法。不過要找機會，順其自然才會成功。

說來也巧，第二天神宗下朝以後，又找到曾公亮，雖然他對這個人的軟弱不滿，他的品德和大公倒是趙頊可以信得過的。

「你覺得王安石這個人怎麼樣？」

「陛下，這個人有點狂，不過對於政事，是位敢於改革的政治家，又是不同流合汙的一股清流。」

「怎麼個狂法？」

「陛下，大概他上仁宗皇帝的摺子，陛下已經過目了。」

「嗯！是讀過了。」

「他對朝政的批評，是尖銳了些。」

「有些政事，的確需要改革，北遼和西夏兩大強敵，終爲我大宋的心腹之患。現在兩國三邊無事，正是富國強兵千載難逢的時機。」

話到這裡，曾公亮已明白大半，但他並不願負推舉人的責任，他用的是激將之法。當然這也是曾公亮奸滑的地方了。

他舉出詔他爲工部郎侍中，知誥制和多次館試，都被他拒絕的事批評王安石傲慢無理。尤其是濮爭時，他說過，朝廷君不君、臣不臣、母不母、子不子，是朝廷的大病，所以才不願進京的事說了個大概。其實這些事趙頊早已清清楚楚，要辦人早已辦了。既未辦人，他說了也不要緊。

「王安石確實是棟樑之才，但是，這種狂傲的人能用嗎？」

「這是怎麼說？」

曾公亮舉出王安石多次拒絕詔試與婉拒做起居注，尤其是對民窮財盡，將弱兵老之時，大臣們不去思考如何救國家於倒懸，卻爲無聊的濮議爭得頭破血流，不少大臣遭貶遠離朝廷，互相攻訐，連太后、執宰都捲入這場爭議之中。曾公亮說：「王安石批評，這是昏君佞臣，這人……韓琦是他的老上司，歐陽修是他的老師，被罵成佞臣，先皇帝爲昏君，實在是……」

「這話可有證據。」

「王安石的好友曾鞏說的。」

趙頊沉默著。

「曾公亮本來猜不透皇上葫蘆裡賣的甚麼藥，沒想到第二天就下詔召王安石越次入對了。」韓絳是有些興奮的。

「你們看，皇上這次可能談些甚麼？」

「皇上有旺盛的企圖心，介甫，依在下的淺見，必然談改革的事，你得準備準備，看樣子，上仁宗皇帝的萬言書可望實施了。」曾布說。

「還不知道是禍是福，等對奏以後再說吧？」

王安石那夜喝了不少酒。

他們要替王安石安排住處的時候，才知道都水使吳安特已替王家安排了住處，那當然是暫時的住處了。

5.相府集議，老臣議論

下朝後，歐陽修、文彥博等約集尙書公事堂，名是雅集，其實大家心裡有數。

四月的汴梁，蕎麥、玉米已在田疇裡青葱嫩綠，魚躍鶯飛，初夏從江南很快的綠到了北國的大地，天氣已經開始有些悶熱。

韓琦坐落在新城的尙書府，面對西角子門那一場大火，已把本是翠綠葱鬱，柳枝搖曳的河岸燒得一片焦黑。四月天氣多晴，卻常常天色突變，驟雨急風。

當他們進入韓府還未坐定，晚霞把天空照得五彩繽紛，一會烏雲天馬行空，一會又成爲金雞獨立，白雲和烏雲變化萬端，有烏雲滾流的現象，大院落偶然飄起陣風，看來天氣就要變了。

「天就要變了！」歐陽修望著窗外變化莫測的天際說。

「變天！」文彥博也來憑窗眺望。「嗯？恐怕風雨還不小啦！」

「南人當政，天下大亂！莫非是老天示警？」韓琦點到正題。

「曾公亮這一招毒得很！」

「皇上年輕，想有一番作爲這是好事，不過他也奈何我們這些元老不得。」韓琦捋著鬍子：「倒是你這位老師如何自處！」

「我是無所謂的，多少次貶謫都過來了，曾公亮爲甚要再荐王安石這件事，頗值得大家想想。」

「就因爲皇上急於親政，太后還政給趙頊，這些元老重臣，皇上總有些顧忌，新人就有機會了。」韓琦再度分析：「王安石一人縱有翻天的本領，也難以施展，何況我們還有太后這一著棋呢！」

「但是如果因此形成后黨，終非朝廷之福。」歐陽修還是有一定原則的。

「不過萬不得已，險棋也只好下了。」

王安石自登楊寘榜後出任鄞縣知縣，在鄞縣減賦稅少徭役，又開倉平價貸給農民度荒的糧食，地方豪紳雖然不滿，王安石卻是甚麼人也不賣帳，那些豪紳再惡也奈何他不得，因此王安石政聲斐然，在常州任時又興水利、濬運河，要不是反對的人多；那些地方官和豪紳表面擁護，卻暗地作對，再加上群牧司判官任內，沒把包拯放在眼裡，一般安於現狀的大臣，對神宗召王安石越次入對這件事，到現在還不知道要談甚麼。可是有一件事，他們可以確定；那就是王安石已是今非昔比，人人都受到威脅。尤其是這人毫不留情面，而且辯才無礙之下，朝堂上衝突自是難免了。

這是守舊的、安於現實的大臣們眞正所擔心的事。

「那天入對？」文彥博問。

「不知道。」

「聽說，他已到幾天了，照理，應該先來看你這位老師的呀！」

「彥博大人，現在的學生，沒成氣候之前是老師長老師短，他可以替你提夜壺，把你的門檻都踏壞；一旦有了地位，就可能叫你老兄，甚至老弟了。」歐陽修對於王安石沒有到府拜訪一事，看來是耿耿於懷的。「不看老夫不要緊，韓大人可是他的老上司，現在是尙書加僕射，地位不能說不崇隆，他都沒放在眼裡，這也不要緊，曾公亮是荐他越次入對的恩人，聽說也沒有過府探望。」

「人心不古！」韓琦搖著頭。

在談話間，天突然起烏黑的濃雲，晚霞只能透過雲裡的縫隙射出萬道金光，風也起了，不久就落雨了。

那場雨也眞下得怪，那裡是下雨？簡直是從天上倒水呀！韓相府的中庭立即積水數寸，一些草花已經被風雨摧殘得片片殘紅，柳條像珠簾一樣，被風舞弄得很多也折斷了。

文彥博抬頭看天，有點感喟地嘆了口氣才說：「這場風雨來得旣疾又猛，會不會把汴梁淹了？」

顯然他不僅指天氣，還有更深的含意。

這時吳奎也到韓府來了。雖然馬車越禮到了正門才下車，又打了油紙傘，也已把長衫淋得透濕了。見到歐陽修、文彥博都在座，朗聲的笑容：「怎麼？在開會？」

「是啊？就等你這下水的要角了。」

吳奎是翰林，是人們眼裡的閒官。

一陣寒暄，下人又把韓琦的便服給吳奎換過，這才落座。

「先喝杯熱茶去去寒。」

「這陣雨眞來得怪，幾條河都漲水了。」吳奎喝了才喘了口氣。

「不會是天有異象吧？」

天倒沒有異象，雨也不會淹了汴梁，相國寺附近的茶樓酒館依舊是歌舞昇平，新調仍然在唱，到處火樹銀花，李煜的新詞仍是歌妓們的最愛，不過在那些權臣的心裡，在沒有被知會的情形下，王安石被召入內越次奏對，不僅是未被尊重的面子問題，重要的是不知趙頊心裡打的是甚麼算盤。那才如同目前這場驟雨一樣，在他們心裡激起一陣波濤洶湧的巨浪。

「奎兄來了最好，現在我們只要知道皇上召王安石入對的用意，就可找出對策。」歐陽修說。

「這還有甚麼不明白？皇上登基以後，就找范仲淹新政的各種檔案，及王安石嘉祐五年上仁宗皇帝言事書，都從檔案中提出來，老范老子已經去見太祖皇帝去了，能夠改革弊政的，只剩下王安石了，但也有呂誨、曾氏兄弟、韓絳等企圖旺盛的大臣，是一股不可輕視的力量。」

可說年輕的皇上、年輕的臣子形成世代交替的大勢，不能不令老臣們有種危機感。

他們研究獲得結論，王安石一向拒受詔任職和考試，這次一召就來，是有點奇怪。不過吳奎清楚，這回越次入對，表面雖然是曾公亮的推荐，實際是韓維、韓絳兄弟打下的基礎。

曾與王安石共過事，自認應當非常瞭解王安石的吳奎，他沒有想到韓維、韓絳兄弟都是他的好友，趣味相投。而韓維曾是神宗還是太子時代，就是侍讀、侍講。太子的侍讀、侍講，在官名上，十分好聽，實際和民間的書僮沒有分別，是陪著神宗讀書、遊戲的玩伴。

「韓維早就在趙頊面前把王安石吹噓成了輔臣的大才，所以神宗雖然沒有見過王安石，一登基就下詔越次入對，表面上是曾公亮推荐，實際是他們兩人裡應外合才是關鍵人物。」樞密副使吳奎捋著鬍子這麼說。終於大家恍然大悟。

這樣看起來，越次入對這件事並不單純，要阻止是很難辦到了。

「難怪王安石一進京，沒有去看曾公亮，卻先到韓絳家，是這層原因。」

「還有，王雱和韓氏兄弟的私下感情也不錯。」

「那麼，我們只好聽任發展，相機而行了。」歐陽修這麼說。

大家把話題轉到文學藝術方面去，新辭大爲流行，歌妓傳唱是一大原因。

喝完茶，吃些糕點，便散了。

入對有兩種方式：一是早朝公開入對，有權列班的都能在入對中明白王安石的政治理念，甚至辯論，對於執政的韓琦、文彥博等比較有利。其中尤其是曾公亮這個參知知政事，根本就是聾子的耳朵，只能偶奉屈辱的差遣，至被皇上罵爲「伴食」，那已是明說的尸位素餐，一個副宰相那裡能受得了呢？

曾公亮當然希望神宗在便殿裡與王安石、少數核心人物和內侍陪著王安石對談。

這樣一來，可以避免早朝立即談論時政的衝擊之外，偏殿入對同時也顯示王安石的地位特殊。這是不乏先例的，宋朝自開國以來，就有朝臣被召進偏殿應對，太祖開始，設計的就是中央集權，防止藩鎮、朝中大臣專權，以免重蹈唐漢藩鎮坐大，控制不住的覆轍；私對也有蒐集政治軍事情報的意義在內，是瞭解朝政利弊得失的一個管道。

王安石呢？

他們商量的結果，無論是早期或者皇上在便殿的對談都不重要，重要的是談甚麼？

「以萬言書爲主要論點。」曾鞏提出他的看法。

「老范老子變法失敗，介甫兄上書至今，政治環境和遼夏之間的關係已有很多變化。」韓絳不十分同意曾鞏的建議。「這一百多年得以相安無事，這正是一個強國富民的大好時機，失去這個機會，將有無窮的禍患……所以私對可以暢所欲言。」

韓絳還未說完，門房來報，曾布、韓維到。

「有請！」韓絳說。

兩人進來，正聽到韓絳的高論。

上了茶，寒暄一過。曾布說：「請繼續罷，不要因爲我們一來，打斷了話頭。」

「其實也沒甚麼，我們正在琢磨介甫入對方式的利弊得失。」曾鞏說。

「我們也是爲這件事才來的。」曾布望了望韓維。

王安石一抱拳，表示感激之意，那張垢面終於擠出一絲笑容，這一笑幾乎擠下一些歷盡風霜的塵垢。

怎麼入對，王安石早已胸有成竹，倒是未嘗考慮到朝議或者和神宗單獨對談的影響。縱然在殿堂上，他也不在乎，因爲除了呂惠卿那些朋友之外，朝中的宰輔都曾推荐過自己。他們總不致反對自己推荐過的人。事實證明王安石對那些曾經推荐過他的人的估計是錯誤的，後來反對新法最激烈的正是那批老臣。

這是王安石始料所不及的。

入對前，王安石不知道剝削者背後的老闆就是那些官僚，新法實施後，才逐漸露出枱面，不過就算事先已經完全清楚那些地主、巨賈與朝中大臣錯綜複雜的利益關係，以王安石的執拗性格，也會有「雖千萬人吾往矣」的擔當與勇氣，來挽救社會貧富的不均和政商勾結的嚴重弊端。

朋友們也曾經提出：如果大幅改革，會不會遭到那些既得利益者的阻撓與反對的警告；不過這個警告未曾引起王安石的注意罷了。韓維仍然可以直接見到趙頊，他說：「介甫兄，您想以何種方式對奏呢？以愚見，如在便殿直接與皇上進言，比較自然，免得人多嘴雜，不能對皇上提出的問題做完整的陳述，這樣反而失掉曾公亮力荐的美意。」

誰都知道王安石在鄞縣就已經試著加惠農民的水利等建設，開倉借貸給窮苦百姓，以免地主和富戶的高利盤剝。

再來就是他以太常博士知常州時，興修運河與水利；尤其是自江東入朝出任三司度支判官前，雖只有一年時間，已經看出他很想實行量入爲出，提高生產，增加稅收，改善庫藏的預算與決算，作爲國家支出的施政傾向，和經濟建設的大方針。所以神宗早已對王安石非常注意。這點韓維是清楚的。而神宗爲府庫空虛所苦，對遼夏歲「賜」也認爲是莫大恥辱，頗有一展抱負的意願。可惜朝中老臣，都以祖宗法制與儒術爲理由，沒有誰肯替朝廷出力不說，對於新政多數是排斥的態度。做太平官多好，何必多事更張呢？

趙頊一登極，首先碰到的是府庫空虛，財政困難。王安石曾經擔任仁宗時代的三司度支判官，對稅收與政府支出非常瞭解，解決財政的窘境，只有王安石能有些作爲，他一向主張理財；因此曾數度問到韓維，王安石在何處，明顯有意調京整理國家財政問題。趙頊心裡想什麼，韓維也最清楚。只要說以利害，便殿入對是很有可能的。

「我去說說看。」韓維自告奮勇。

「只要韓維出馬，一定成功。」曾鞏說。

「不一定，皇上現在都有自己的主張，再加上一位頗爲精明的向皇后，很多事一夜之間就變了。」

誰都知道，向皇后聰明睿智，又得專寵，很多軍國大事，趙頊都跟她商量，那個嫻淑美麗的女人，等於當了半個皇帝。

很多朝議決定的，第二天就改變了，多數出自向皇后的主意，不要以爲皇后年輕，又是女流，不少事拿捏得準，後宮中，她是最有影響力的女人之一。

王安石到韓絳家，原本是商量先看那位輔宰，沒想到事情順利解決，趙頊如在偏殿接見，先看那一位大臣的事，便不怎麼重要了。

那天商議就這麼結束，決定先看誰不必太計較，韓絳認爲：如宰相爲這些小事怪罪人，哪配當宰相呢！

他們說的都非常有理，從這個地方看來，王安石的夫人顯然是多慮了。

6. 便殿論政，皇上點頭

內侍到都水監府傳旨，決定朝後在紫宸殿後閣聽王安石的對奏。換句話說，王安石先與朝臣們相見，但不議事，到紫宸殿的後閣再細談。後閣在紫宸殿後不過五十幾步，也就是皇帝上朝前朝後休息的地方，皇帝接見朝臣談論機密，或者有些不便在朝堂上討論的事，多數在那個地方商量。王安石雖然當過京官，多數屬副手，幾乎沒有踏進便閣門檻的機會，那是很受禮遇的召見。

天麻亮，朝議鐘聲響起，大臣們列隊入朝，依序韓琦、曾公亮、司馬光、文彥博等，三班依序行過君臣之禮，黃門官宣布議事。

那天，除了西夏邊關不穩的奏報，沒有其他重大議題，互相寒暄一過，便各自政事堂辦事。

不少人已知道王安石進京，住在吳充兒子吳安特家。原以爲朝議完後就聽王安石的治理國家大計，對時政的看法，也好讓文武百官明瞭王安石有多大本領。沒想趙頊要王安石到後閣談事。

這使很多人失望之外，也已感覺得到王安石這次應旨進京，意義非比尋常。公開對奏，大臣們還可以參加意見，這下被趙頊弄到後閣說悄悄話去了，不少人就感受到威脅。尤其是司馬光、歐陽修更爲不安，至於韓琦，因王安石是曾公亮荐舉，沒想到同爲宰相，知會都沒有知會一聲，就把王安石弄進京來，擺明是對付誰了。

王安石初入仕途，曾在韓琦手下任判官，邋邋遢遢地，不修邊幅，怎麼看都看不出有甚麼大才，現在他暗暗後悔自己眼拙了。

不過韓琦還不曾警覺到這位年輕人日後會威脅到自己。當年自己和范仲淹經營西北，西夏人聞之喪膽，在范大老子過去以後，還有誰的軍功更大？何況又是三朝元老？誰能扳倒這樣的重臣？

大臣們紛紛到翰林院，那裡沒有甚麼公事可辦，是個冷衙門，凡是朝廷有些不能公開論證的事，無論是洛黨蜀黨很自然到那裡互通消息，當然也研究對付的方法。執政官不方便出面的，便把言官推出去，或諫言、或彈劾，形式上沒有黨派，實際黨派林立。

南人爲相，天下大亂！

一朝天子，一朝臣！

過去詔試、免試都拒絕了，趙頊一招即來，一定是許以重任。因此老臣皆擔心將削權丟官。

總之，上了〈本朝百年無事劄子〉以後，不僅滿朝文武有事無事往翰林院鑽，連相國寺一帶汴河街的教坊都謠言滿天飛了。

王安石的確是想在趙頊的支持下，有一點作爲，可惜甚麼都還沒有做，便蜚短流長，也就難怪滿朝暮氣沈沈，大家因循苟且，以致朝政了無新意。

眞是悠悠之口啊！

南方人眞是毒蛇猛獸嗎？

對於這些風言風語，王安石已時有所聞，不足爲怪，范大老子變法九個月就灰頭土臉失敗下台，那樣煊赫的人物，西夏人聞風喪膽，又正直不阿的人，都失敗了，自己的理想，如實施起來，整個治理國家方式都要變動，那些保守的老臣能接受嗎？

反應敏銳的王安石，似乎已聞到一些烟硝味，連范仲淹的兒子范純仁都在其中，其他可想而知了。

跨過紫宸殿的高門檻，王安石的腳步是沈重的。不過王安石不在乎，大有「雖千萬人吾往矣」的氣概。只要是一個英明的皇帝，能有勇氣接受改革，他要施展自己的抱負，鞠躬盡瘁而後已。

在基層做了十幾近廿年，王安石非常瞭解農民和小商人的痛苦。百姓被徭役賦稅壓得喘不過氣來，國庫卻窮得連郊祭打賞都發不下去，京中宰臣造廷園建廣廈，燈紅酒綠，如非神宗是位有爲之君，他寧願治一州一縣，不惜再度拒詔，這次可說是擇君而來。

王安石是準備要有點作爲才留下的，如納言革新，則粉身碎骨以報，否則仍將掛冠而去。回想起來是愉快的。從紫宸殿往後走，後閣與正殿相距不過五十步，龍椅已不是高不可及，閣雖仍然是鎏金碧瓦，彩色絢麗，卻不是朝堂上那麼莊嚴。說得眞切一些，更像一個尋常百姓的大廳，那麼溫馨。

進入後閣，王安石自然多了。

無欲則剛，這位孟子的信徒不像要晉謁一位皇帝，而是一位年輕的忘年之交，所以從容不迫，沒有患得患失之心。

內侍宣了之後，王安石提衣而進，行過君臣大禮。

「卿家平身！」趙頊說，微微做起來的手勢。

王安石站起來，瞧了瞧這位登基才幾個月的新皇帝，雖然才廿一歲，目光銳利有神，一副精明的樣子。賜了座，貼身太監奉了茶，似有長談之意。

問了在鄞縣、常州任內的治績，王安石一一奏答，不誇張，有些缺點也不掩飾。

「朕希望能以治鄞縣的方法治國，卿能以何種方式實現朕的願望呢？」

「鄞縣方圓不過三百里，官吏積習不深，容易改變，我大宋天下數萬里，鞭長莫及的地方很多，治國與治一州一縣自不可同日而語。」

這時趙頊才有機會仔細地觀察位這名聲在外的能臣，果眞有些不修邊幅，囚首垢面，一身不澣的衣服，雖然換了一雙白底黑面的四層靴子，上面也還黏滿了塵土，隨便了些。

趙頊並不十分在意臣下的穿著，有過受胯下之辱的賢臣，也許王安石是位眞正的治國大才哩。穿著鮮麗，不過包裝好的佞臣，雖然討人喜歡，終究沒有大用。韓維、曾公亮是做了一件對朝廷有貢獻的事了。

「從金陵上京，是走陸路還是水路？」

「爲帶些家私，走陸路不便利，所以走運河。」

「你在地方……」

「十八年整！」

「那一定知道朝廷的處境，民間的疾苦了。」

「回陛下，民間是一窮二白，在三司度支判官任內，才知道稅負的收入與支出的情形也是入不敷出，如再因循則民窮國也不富，而我大宋面臨北遼、西夏兩大強敵，一旦邊關有事，那就暴露了我大宋的弱點。後果是不堪設想的。」

「依卿之見，治國以何者爲先？」

「擇術爲先，理財爲首務。」

「司馬光以爲錢物只有一分，不在官就在民，如朝廷以術取財，在不歸官即歸民的原則下，會不會違背民富國強的道理呢？」

「陛下，財富不變這是只知其一不知其二，低利貸款給農民，即可增加生產質量，再修水利，原是看天田變成水稻田，生產必然增加，抽稅原則不變，因生產增加，朝廷稅收也水漲船高，所謂擇術指此而言。

有人指擇術爲商鞅、桑弘羊之法，兩人之法並沒有錯，只可惜沒有增加生產力之術，得到的結果當然完全是不同了。其次談理財，汰冗員，精減各單位的浪費、賞賜等，國庫自然減少支出，負擔小了，國庫自然充實。」

趙頊緊綳的臉有了笑容，這些方法都是可行的。錢物不是一分，可以用很多方法增加而又不必造成民窮，乃是一舉兩得的事。

「能不能再談得具體些？」

「鄞縣本是魚米之鄉，土地足以養民，但是農民卻只有半年的糧食……」

「這是甚麼道理？」

「回陛下，農民本不應當這麼窮，在地主、富豪重利盤剝之下，農民插完秧就要賣青過活。」

「甚麼叫賣青？」

「插完秧就以田裡青苗向地主富豪抵押借貸，收成時，借一擔還兩擔，年復一年，富豪兼併土地，這還不要緊，土地歸併後，稅籍卻仍在原農民名下，被併吞土地的農民或爲人做奴隸，或逃離原籍，或爲道士土匪，那一部分土地就課不到稅，造成朝廷的損失。」

「有這樣的事？」

「還有更慘的，丁口傜役，三丁抽二、二丁抽一，並照丁口課稅，所以有的嫁母以減輕丁口，更有不娶來逃避丁口稅的。」

「我們的州官縣官爲甚麼不管？」

「這正是問題所在，官商地主聯手，形成了一個共同壓榨團體，放高利貸的正是官員，一個京官，五、六十口之家不事生產，而京官的俸祿有限，怎麼能夠供給他們建廣廈、置田園，過奢侈浮華的生活？而汴梁相國寺附近的酒館教坊，新聲艷詞齊唱，生活糜爛，有的終年勤勞不得溫飽，其間差別很大。」

「朕不知道民間有這麼多疾苦。」

趙頊點了點頭。

這時龍鳳屛風後，似乎有人移動。

——是不是皇后呢？

傳聞向皇后嫻淑溫良，詩文也很好，很多軍國大事，趙頊都與這位年輕的皇后商量，朝中不少大事，都出自這位皇后的建議。向皇后對於趙頊，具有相當影響力，最難得的是，這位蕙質蘭心的女人，傾向改革，胸中有雄才大略。

不管屛風後是誰，就他所知與心中想實施的，傾囊而出。這次對奏，不僅僅事關個人的理念能不能付諸實施，也事關社會的改革，個人的前途也在其中了。個人前途事小，社稷事大，不盡其心對不起越次入對的優渥，言不盡意，也不是一個忠臣所當爲。於是王安石毫無顧慮的盡其所知進言。

他的判斷不錯，向皇后久慕王安石的大名，而躲在屏風後聽王安石的議論。有人說他雖然學的是儒，但卻是一位法家，甚至有人說他是商鞅的信徒，入對的事，趙頊早已在枕邊對她說了。事實上大宋的江山，是趙頊與太后和太皇太后及向皇后所共治，兩位老太后猶如煞車轆轤，向皇后卻是他的助理了。對於趙頊的改革方向她也是支持者，雖不會對老臣們有甚麼意見，但老臣們保守的態度是令她不滿和厭惡的。

後閤的對奏還在進行。

「朕久聞卿道德學問，有強國良策，今果不然，希望不要保留。」神宗似乎很愉快。「卿以爲治道應以何者爲先，何者爲重？」

「以擇術爲先，以立制度爲重。」

這樣赤裸裸的回答？在那個崇儒學，罷黜百家，孔學獨尊的時代，確實要有一些膽識，而趙頊覺得王安石能坦然說出內心的話，至少他不是以儒爲掩護，比那些虛僞的假大儒要可愛得多。

雖然他說擇術，看起來卻不是一個術士，而是崇儒的坦蕩君子。把國家大事交給這樣一個人，可以信賴而無需勾心鬥角，可以免去不必要的猜忌。

向皇后聽到王安石沒有掩飾的對奏，原先那些顧慮一掃而空。看來曾公亮、韓維是替趙頊推荐了一位人才。這也就難怪歐陽修、文彥博、司馬光這些老臣都多次向仁宗推荐王安石了。用一天時間談朝政改革，只是一個大方向，王安石既然奏請擇術，趙頊便問得更爲詳細了。

「卿既云擇術，願聞其大者、先者爲何？」

「回陛下，首在教育，一切變革，應以改變大臣乃至執法的思想路線爲首要工作。」

趙頊點了下頭表示同意，那等於肯定王安石的說法。「說下去！」

「次要在理財，也就是要平衡國家收支，首先要增加政府的收入，所以要改革稅制，增加生產、平均財富。」王安石說。

「這不是要增加子民的負擔了嗎？」

「回殿下，如果政府只是搜刮子民，會使子民背離，必然天下大亂。那是一路哭的事。」

「依卿之見？」

「首先要富民，才能課得更多的稅。」

「司馬光說，『財有定數』，國家富有，民間必窮，如何才能使朝廷富，而民不窮？」

「以天下之力，用以生天下之財，取天下之財，以供天下之費，自古治世未嘗以財不足爲公患也，患在治財無其術也。」

「關於這點，已在卿上先帝言事書中提到。」趙頊說：「那只是一種觀念、一種思想，朕所要的是能行動的實際方法。」

王安石愕了一下。

萬萬想不到才廿一歲的新皇帝，登基才三、四個月，就已經抓住弊端和問題的重心。這點，令王安石非常興奮。

跟這樣一位英主，必然大有作爲，收復燕雲十六州，湔雪澶州城下訂盟，遼夏歲賜之恥，那是指日可待的事。這也就是他即位以來，就曾經對文彥博說：「天下弊事至多，不可不革，當今理財，最爲急務，養兵備邊，府庫不能不豐」那樣的話了。而韓維在神宗還爲藩王時期，就常在神宗之前吹噓王安石的改革思想與能力、節操了，所以曾公亮一推荐，便下詔入朝廷對了。

「如要推行新政，固然法制化重要，公平化更重要，但這些法都要有人去實行，故應先變風俗，立法度，否則徒法難以自行。」

當然，那天還談到以後實施的「農田水利條例」、「均輸法」、「青苗法」、「免役法」、「市易法」、「方田均稅法」、「保甲法」等的初步構想之外，同時對朝廷的改制也提了不少譬如裁汰冗員，節用和改變邊防等。

這些革新變法，都獲得趙頊的支持。

軍國大事的改革，不是一蹴可幾的，更不是一天可以談完的。

不過趙頊很想知道，自己是個甚麼樣的皇帝。

「唐有貞觀之治，卿以爲唐太宗是個怎樣的人呢？」

這是個很難回答的問題。唐太宗能聽諫言，容忍魏徵、房玄齡、杜如晦與王珪等大臣的直諫，表面來看，唐太宗是位明君，實際是位術士，他懂得治術非己出的道理。治術旣非己出，有過由輔宰替他背了，功則在己的絕妙方法。唐之所以有貞觀之治，軍事強大，國威遠播，不是唐太宗的功勞，而是他能用人，把幾個有能力的人拉在身邊，把他們有利於國家社會的理想，變成自己的理想，如此簡單而已，也是他成爲明君的唯一條件。

所以王安石回答說：「唐太宗不算甚麼，陛下當效法堯舜，堯舜爲政，簡而不煩，要而不迂，易而不難，不過末世的士大夫不能明白聖人之道，誤以爲堯舜高不可及，而以中人爲尺度罷了。」

王安石是要神宗法乎上的。

「朕自視眇然，恐怕還要卿悉心輔助於朕，才可達是境。」

「臣蒙知遇，當全力以報。」

「我朝建國到今天，已經百年，這一百年來，歷代先皇沒有大過，天下也還算太平，依卿之見，原因何在？」趙頊挪了挪身體，喝了口茶：「你不必有甚麼顧忌，可以直言。」

「回陛下，百年施政，豈是三言兩語可以說得清楚？但也可說其大要。」王安石眞是位直梗之士。

「太祖開國之初，立有不殺大臣，不殺言官，不犯先朝孤寡的禁令，是大臣敢言，列位先皇帝又都英明，縱有小錯失，也爲言官所直諫，此其一；其二，羈縻之策，使人有改過遷善的機會，除大奸大惡，不輕易用大辟之刑；其三，集權中央，削藩與定期任官，無從結黨營私；其四，禁軍之制，皇室直掌軍權，這些都是百年太平的原因。」

「還有呢？」

「請容臣回去，再行書面奏陳。」

這就是王安石有名的〈本朝百年無事劄子〉的由來。

那天對奏到此爲止，朝廷大政，當然不是三言兩語可以說得完的。

對奏之後，設講座，除講書，還談時政，重要大臣都參加，那是宋朝一項優良制度。王安石主張改革應從教育和政策辯論開始。這個建議，神宗完全接受了。

回到寓所，便著手草擬〈本朝百年無事劄子〉。

在劄子裡他說：

「……竊惟念聖問及此天下之福，而臣遂無一言之獻，非近臣所以事君之義。故敢昧冒而粗有所陳。」

這是劄子前的客套話，接著他便分析了宋朝百年無事的原因：

「伏惟太祖躬上智獨，見之明，而周知人物之情僞，指揮付託，必盡其材，變置施政，必當其務，故能駕馭將帥，訓齊兵卒，外以捍夷狄，內以平中國。於是除苛賦，止虐刑，廢強橫之藩鎮，誅貪殘之官吏，躬以節儉爲天下先。於其發令之間，一以安利元元爲事。太宗承之以聰武，眞宗守之以謙仁，以至仁宗、英宗無逸德。此所以享用百年而天下無事也。」

通篇只對仁宗有一點批評。其後，與〈言事劄子〉大同小異。

王雱已於英宗治平四年二月登許安世榜進士。他比王安石更有才華，批評更爲銳利。

當王雱看到那道〈百年無事劄子〉時，有不同的看法。

「爹！你這劄子沒有說眞話嘛！」

王安石一楞，心想，這小子果然厲害。但他要考考自己的兒子有多少斤兩。

「爹都是實事求是，那裡沒有說眞話？」

「譬如榷茶、榷鹽等都是苛民的惡法，還有轉運官吏之貪贓枉法，軍事的集權，弄得兵不能拉弓，將不能上馬，輪職與輪戍制度，使兵不知將，將不得兵，朝臣傾軋，楊業父子有功，卻始終被抑制，雖有一個狄青由步武升遷到樞密副使，但那裡又得到尊重呢？這是遼夏予取予求的原因。」王雱向來有肺病，一臉蒼白，只要激動，就出現氣喘現象。

他咳了好一陣子才停止。

「慢慢說。」

「爹，我大宋固然百年無事，但並非國強民富。」

王安石點了點頭。

「這都是富戶重利剝削，官商勾結的結果，想想爹在鄞縣，老百姓為甚麼建爹的生祠？」

「那是老百姓感謝爹興水利、闢良田、開倉低利借貸，農民感念爹的仁政，所以替爹建生祠。」王雱的妹妹說。

「阿雱，只有這一點我同意你，可惜那位姑爺都水監並不同意妳的看法。」

「哥哥我們是談爹的奏事劄子，你怎麼扯到那兒去了？」

「嘻！哥講不過妳嘛！只好把話題岔開啦！」王雱總算認一次輸。

「那就簡單認輸，扯甚麼都水監？他只懂得替汴梁城內幾條河挖淤泥！不淤塞就算盡了責任，至於安特的爹吳充……」

「妳未來的公公。」王雱補一句。

「好吧！公公就公公，他可是位風吹兩邊倒的人，現在倒好，倒也不倒了，乾脆中立，誰也不得罪，連個好壞都不分，爹對他呀！也不必有甚麼支持的指望，不反對就好。」王霈伶牙俐齒，她是得理不饒人。王雱說她嫁過去，一定有得吵。這一打岔，「無事劄子」是否太保守的問題倒擺在一邊去了。

論文學，兄妹互有長短，論見識根本沒有上下，常爲一首古詩古詞爭議不休，只有對朝廷時政看法是相同的。吳安特是既得利益者，父親吳充是樞密副使，與保守派文彥博、司馬光又都是兒女親家。雖然吳充向來是奉命唯謹的人，兒子吳安特是極端的儒家，對於未來的岳父大人王安石在鄞縣、金陵，和度知判官任內的作爲，並不十分贊同，現在又住在一塊兒，幾個年輕人常爲時政辯論。故吳安特的理念十分清楚。奇怪的事是，吳充的女兒吳安玲嫁給文及甫，吳安玲卻支持王安石，兩對小兒女因這種複雜的思想問題，並不和睦，成爲兩對冤家，此是後話。

王霈接過劄子來看，也不滿意。

「蔭恩的浮濫，到處是冗員，眞是一人得道，雞犬升天，就以吳家來說吧，有十七位親友都得恩賞，官雖不大，總是一筆支出。」王霈說：「爹，這些你都沒有提到啊！既是皇上要爹言事，就必須優缺點都說出來。哥，進士大爺，你說對嗎？」

「對，哥敢說不對嗎？」

「你還說不敢，上次談李白的將進酒，還不是批得我一緡不值。」

「對不起，大小姐。」這次王雱算是讓了步。

王安石從衣裡一摸，摸出一隻又肥又大的虱子，兩拇指一掐，嗶的一聲染紅了兩指指甲。

「爹！你洗洗澡，勤換衣服嘛！」

「好好！」他仍是不置可否，對於生活，王安石是不知調理的，夫人曾多次規勸，無奈他不修邊幅，大概天生如此，也就懶得再去管了。

「爹，你說，為什麼不把這些都寫進去，皇上是個好皇帝，他一定聽得進去。」

拗相公拗不過兒女，只好答應改。改的結果，也只是批評仁宗在位最久，寬仁過度，使惡吏刁民玩忽，增兵至百萬，卻無良將統帥，荒疏水利而天災頻仍，造成「流者塡道，死者相枕」等；對於蔭恩冗員，一味歲賜求和於西夏等，都沒有提及，改革不能急，他明白，更不能全面樹敵，否則再好的理想，也難以實現。

這道劄子，王安石不是不想把一雙兒女所提的一些弊端提出，既然有心為朝廷做點事，首先應當得到皇帝的支持，沒有皇帝的支持，只是空有改革的理想抱負，談強國富民都是空的。這不是王安石的性格，是現實如此。

一對兒女的話，曾使王安石徹夜輾轉難以入睡，最後還是以溫良恭謹的態度寫完了那本劄子。

他是要做一番事業的，而恰好神宗也有改革的決心。要施展抱負，就不能圖一時痛快。上〈本朝百年無事劄子〉就這樣定稿。許多話只好藏在心裡。這可能是王安石一生中最遺憾的事。

7. 擬新法，行新政

辦了王霈的婚嫁，等於了卻一份責任。

爲了辦這樁喜事，如再住都水監府，便成爲新媳婦由這間房進入新郎房，那成甚麼話。吳充是樞密副使，王安石是翰林學士，雖王安石大而化之，不在乎俗禮，可雙方都是朝廷大員，面子總是要維持的。

「相公，我看要搬家了。」

「搬到那兒呢？」

「馬行北街附近有棟宅子，妾去看過，房子不小，有兩廂前後院，舊主人聽說是一位貶官，老了，不想住京，就想賣掉。」

「誰的宅子呀？」

「不十分清楚，院子雖然有些荒廢，花點工整理，屋裡油漆一下就可以住了。」

「夫人，這些事妳看著辦吧！我呢！只圖個清靜。」

「那宅子，人家可要三萬緡，這些……」

「我們不是還帶有一些會子嗎？」

「不夠！」吳氏說：「過去一大家子全靠你那點子官俸，這……」

王安石沈吟了半晌，才決定先下個訂錢，他再想法子。清水無魚、清官無錢，天下至理。一心想著百姓疾苦，那兒來的錢呢？

韓維知道這個情形，翰林院是個清水衙門，他是神宗面前侍讀，當然明白王安石很快就是執政。他是王安石的好朋友，得設法替他解決眼前的問題才行。

韓維對王安石非常瞭解，那種拗性是不會向人開口的。他把錢折成會子，悄悄送到夫人吳氏手裡。

「就算我借給介甫的吧！阿霈和安特的婚事要辦，總不能讓阿霈在未來婆家嫁出去是不是？」

「持國，這件事不能讓介甫知道，我慢慢還你吧！」

「大嫂，你又不是不知道我和介甫的關係，說這些幹嗎？」

略為寒暄就走了。

吳氏把馬行北街的那棟宅子買了下來。請工人整修，買些簡單家私，搬離吳府。

馬行北街是商業街，都人謂之為「裏頭」，醫藥業集中在這條街上，南北食的酒樓茶館林立，礬樓、物石逢巴子、寺橋金家、九曲子周家，都是首屈一指的有名酒樓。

這一帶夜市直至三更，纔五更就又開市，熱鬧處通宵不絕。不過王安石新置的宅第，是在巷子裡的僻靜處，可說是鬧中取靜。

搬到馬行北街不久，把女兒給嫁了，纔眞了一宗大事，也了一分責任。

熙寧元年五月起，已進入一個全新的階段，新政與老臣們形成壁壘分明的團體；韓琦、歐陽修、吳奎、司馬光反對變法、行新政的王安石、呂惠卿、曾布、韓維、蘇轍、沈括等，已因大幅改革，將對既得利益者形成強烈的挑戰，故爾從朝堂的爭論延伸到社會，甚至地方官吏也難免捲入這場因改革而引起的政治漩渦中。

此一爭議層級高，散布面廣，也是熙寧新政的開端，許多人物捲進去，乃是必然趨勢。

歐陽修看勢不可為而自求外放，吳奎反對新法新政而罷參知政事，韓琦自認是三朝老臣長期獨斷專行，非常跋扈，御史中丞王陶參了一本，當然其中還夾雜著王陶的私心，結果是兩敗俱傷。因此，王陶徙翰林學士出知蔡州，後來一直當地方官，趙頊對於王陶爲私而劾韓琦一事甚不諒解，鬱卒一生。韓琦自恃功在朝廷，加上太皇太后、皇太后的信任，未把年輕的皇帝放在眼裡，使趙頊有一種難以駕御的感覺，雖未准王陶的劾奏，也對韓琦的許多行爲不以爲然。韓琦深知已不可爲而求去。韓琦罷相判相州，富弼重作馮婦，再度爲同平章事，接著一連串的人事調整，並非完全爲了王安石，而是趙頊急切的改革需要。

不過這樣一來倒好，免得王安石在曾公亮、韓琦之間爲難。可惜的是元老派卻把韓琦的罷相和一連串的人事調整歸咎於王安石的越次入奏，無形中形成了以後的派系，傾軋不已。

這件事當然也勾起了韓琦當年苛責王安石的舊事的聯想。只是在王安石的心裡早已把那件事忘得一乾二淨，而且對韓琦一直當成老長官看，對他也非常尊敬。

趙頊看了〈百年無事劄子〉，再度召見這位拗相公。

這次是換在垂拱殿後閣，只跨一個院落就是坤寧殿，西邊爲寶慈殿，東是慶壽殿，已算是禁城的內殿了。大朝多數在垂拱、文德兩殿。第二次召對是在大朝之後，也就是說在百官大朝中，王安石和其他大臣都還沒有因越次入奏的敏感問題有甚麼明顯對立行爲之前。

散朝之後會見大臣的事例，除了太宗、仁宗偶然見范仲淹、歐陽修、韓琦等人之外，王安石是特例，這就難免令人側目了。

事關各人的權益與前途，當然不少人關心神宗和王安石之間談些甚麼。凡政治都是詐騙，儒家、法家、正統、反派之間的成王敗寇，都在誰詐得高明，誰就贏。宋朝皇帝削藩、解除元帥兵權，都爲了家天下，無不處處設防；相反，有權勢的大臣，也在皇帝身邊放有耳目，知道皇帝的喜怒，所以也收買太監近侍；朝官互相引援，說得好是爲朝廷荐才，作爲國用，眞正的目的還是厚植勢力，互相聲援。歐陽修、司馬光等都有自己的打算。曾公亮、韓維在神宗面前推薦王安石又何嘗不是如此？

繆芒是神宗的貼身太監，雖未封總管，幾已有總管的權力。那是仿唐的制度。宋朝的行政制度，幾乎是從唐漢全盤搬來，太監的制度也不例外。繆芒貪婪，與大臣互通消息是常有的事，因爲有伺候趙頊的便利，從他那裡得的消息，當然對歐陽修、司馬光那批人最有用。

第二天對奏一結束，繆芒便到翰林院行走了。

「繆公公！今天怎麼移駕到這冷衙門來了。」司馬光、文彥博他們正在討論王安石何以得寵的原因。繆芒之來，司馬光知道繆芒必有所相告。

「這天氣挺悶的，反正內宮裡也沒事，出來走走，聽大人們談話，也增長點知識。」

「公公，太客套了，就見外囉！」歐陽修說：「繆公公，坐下來喝杯茶。」

繆芒坐了下來，一副小人得志的模樣，竟也與宰相平起平坐起來了。那些大臣只好把衝到腦門上的氣硬壓下去，他們正需要從他口裡知道王安石出了甚麼奸計。

「王安石走了嗎？」文彥博問。

「他不走我能抽得開身？一回到後宮，有了向皇后，大事一向由她打理，我們這做奴才的便閒了下來，嘿嘿！串串門子……」

「繆公公，王安石連續兩次召見入對，本朝是沒有第二人的。」

「其實，我看也沒有甚麼高明處。」繆芒便把當天對奏的情形敘述了一遍。

從他們的對答之間，有明顯的改革企圖，而且是從教育著手。

「卿所上劄子，朕閱讀了好多次，所說的都非常精要，政改各節，已成竹在胸。」

「皇上眞的這麼問？」司馬光有點懷疑。

「是啊，那是指的上〈本朝百年無事劄子〉而言的。」繆芒肯定的回答。

「王介甫怎麼回皇上？」

「皇上要他把計畫一一陳述，他並沒有，他希望以講學爲推行理念的急要手段。」

熙寧元年五月初起，趙頊下詔每逢大朝後，在文德殿講學，由王安石主講。宋自趙匡胤以一介武夫，陳橋兵變黃袍加身以後，懂得武力可以興國，得主天下，既可載舟，亦可覆舟的道理。於是產生重文輕武，壓抑將帥，自掌兵權的政策。故而宋朝文風鼎盛，到趙頊這一代已達巔峰，程顥權知監察御史，陳升之知樞密院事，劉敞判御史台，富弼爲同平章事，呂惠卿爲崇政殿說書，還有韓絳、王拱宸、錢公輔、范純仁、蘇轍、蘇軾等，可說在朝廷任事的都是一時之選。

其中劉敞學問最好，長於《春秋》，著有《春秋權衡》、《春秋傳》、《春秋意林》，又有雜文《公是集》，世稱公是先生，他的字本叫原父，卻以公是先生名天下。

劉敞曾以知制誥出使契丹。在契丹，以博學服北夷，尤其對動植物都通，所以歐陽修遇到難題，都向劉敞請教，文章又是快手，立馬可待。

富弼也曾出使契丹，並以強硬態度反對割地聞名於世，故兩人情感上較爲接近，都是外交上有相當貢獻的官員，算得上是使臣派，至於不少元老，都是三朝老臣，王安石是楊寘榜進士，算是後生小輩了。現在卻要聽王安石講學，心裡當然不是滋味。

藉講學殺殺那些老人的傲氣，展示自己的學識，也要改變一下那些因循守舊的觀念。故他不僅僅主張擇術，更主張變更學制，經義都有了新的解釋。因此他的改革不是爲了一朝一代的設想，實在有更深遠的打算；以儒術治國，固然仁民愛物，以道德、誠信爲治世的張本，但是在競爭的現實裡，對手是不會照你的遊戲規則的，仁義道德也不能使對手服貼。故實際的政治中，儒家只是政治的一塊遮羞布，成爲胯下的東西。但自獨尊孔孟以後，誰也不敢去戳穿說一套，做一套的政治騙術。熙寧變法中，攻擊王安石以儒家掩護法家，背了歷史惡名，就是這個原因。

其實宋朝不少政治家是務實的。沈括任提舉司天監時，已注意到工藝、科學的發展，尤其在農業方面，育種問題甚受重視，在軍事機械的發展，印刷上也取得相當的領先成績，可惜都被一班腐儒所漠視。

沈括這個博聞強記的命官，曾在契丹要求重劃邊界，要求以河東黃嵬坡一線爲界的討論中，宋朝百官竟然找不出兩國家過去談判的資料，契丹使臣蕭禧因宋廷拿不出證據而蠻橫無禮，堅持其要求，後來沈括在史館和秘書監那裡，尋獲當年兩國邊界的往來文書和圖籍，白紙黑字，態度強硬的遼使蕭禧也只有軟化下來，仍以長城爲宋遼兩國的國界。

這次邊界重劃談判，經過了六次討論，無論在證據上，長城以南黃嵬坡的歷史歸屬，蕭禧都落入下風，北遼不得不放棄此一無理的要求。而沈括在勘查中順便繪下當地不少山川風貌，作爲資料檔案。

而這位沈先生出鎮宣州時，汰老弱之兵，訓練廛子千人，學習騎射、角力，只一年就得千乘可用之勇，威聲遠播。

這位嘉祐進士，還注意科學的發展，著有天文、方志、律曆、音樂、醫學、卜算等都涉獵。

沈括是嘉祐進士，小王安石十歲，變法中，已成爲王安石的重要助手，以館閣核勘刪訂「三司條例」，後來擢升知制誥知通進銀台司，也對新政推行有很多協助。通進銀台司這個機構雖只是收發文武近臣奏疏進呈及法令頒布這些小事。這個機構原屬樞密院，後改隸給事中，有交付執行、免至積壓、糾正違失之權。別以爲那只不過是個類似收發的機關，可是消息靈通，只要得到銀台司的照應，事情便好辦多了。

王安石的改革理想，不是魏晉清談，是劍及履及，一步一履痕的事。王安石和沈括有許多共同點。

沈括看來所學博雜，卻是非常重視務實的科學精神；王安石讀書也是農桑水利、醫卜都同經書一樣重視。

他們之所以能成爲忘年之交，除了趣味相投之外，更重要的是實踐的精神。

變法的中期，除了學制改革，還成立了很多農業水利與醫學的專科學校。沈括在這方面，對王安石都有相當的協助。

王安石與沈括都認爲要富國強兵，必須培養更多起而行的人才，不是坐而論道的士大夫。當然，那是百年大計，不是一蹴可幾的事。

兩人都有這個遠大的共識，那已不是侷限於一朝一代的建設了。

這種根本的改革，朝中大臣還沒有發現，他們只在意的是自己的官位、學術聲望都比王安石高，不願在王安石座下聽講罷了。假設那些大臣發覺了王安石要改學制、變更考試制度，恐怕會有更激烈的反彈，但沈括卻能很快的瞭解王安石旺盛的企圖心。

「大人以易風俗，改學制作爲政治改革的張本，下官實在佩服。」

「還望得到存中兄支持。」

「大人言重了，爲朝廷社稷，是每位人臣的責任，只要能力所及，一定照辦。」

下早朝的途中，他們都已感覺至不尋常的氣氛，一場暴風雨即將來臨。而這個暴風雨，又不僅僅是講學的爭議，那只不過是一個開始。沈括曾分析，新政勢必影響到那些既得利益者，反彈勢難避免。

王安石也有同感。邇英殿講學，明天就要舉行了。那是一連串的經筵盛會的開始，過去可沒那麼密集，自趙頊即位，經筵是經常舉行的。

這位新皇帝與英宗、眞宗都不同，讀書認眞，做事也認眞，不好逸樂，也不好女色，除了向皇后，宮內還沒傳出趙頊有別的女人，眞宗和趙頊算是宋朝有所爲的英主了。雖然如此，他也還生了十四位皇子。

講學是好的，可是上那個講台，資望、學術都得有那個地位，王安石年紀輕了些，而又是新任的學士，在不少碩彥的眼裡，總還是個後生晚輩，誰會服氣呢？

所以一說王安石要在邇英殿講學時，除了議論紛紛之外，那些飽學而又對王安石有些成見的人，就有心難他一難了。

於是不少碩彥自然集中到集賢院學士判御史台劉敞的家裡，想聽聽他的看法。

「原父公，明天我們就要聽王安石講學了。」歐陽修問：「您老去不去呢？」

原父是劉敞的號。

「去，當然去。」

這實在出於文彥博那些人的意外。

「王安石講甚麼呢？你老六經不離手、三代鼎制、禮樂，當今還有誰能比呢？」文彥博顯然挑撥地說。

「那也不一定，他對經義倒有新的看法，不過雜有商鞅、桑弘羊的法家罷了。」

「對啊！第一次對奏，聽說就主張以理財爲政要，錢不在民就在官，政府搜刮，天下蒼生何以爲生？何以爲生啊？」歐陽修自視爲儒家正統，法家、墨家便是旁門左道。朝廷竟然不以儒家爲施政綱領，和商賈、農圃爭利，他認爲這是殘民以逞，竭澤而漁的做法，是可忍孰不可忍的頭等大事。

這種做法，如到民窮財盡之時，社稷也就不是姓趙的了，大宋江山要換姓啦！

作爲朝廷的重臣，是有言責的。

「永叔，你是杞人憂天了。」永叔是歐陽修的字。「我看有好酒呢！你還是做你的醉翁吧！你沒讀過何以解憂，唯有杜康嗎？」劉敞是反諷呢？還是規勸，誰也聽不出，或兩者都有吧！

「但是歷史會怎麼寫我們這些人呢？」

「那已是白骨一堆了，誰去管身後榮辱呀？我看你還得去讀讀楊子才行。」

「你要我學管仲，君淫亦淫、君奢亦奢，志合言從嗎？」

劉敞搖搖頭說：「不，我要你不必重囚纍梏，才不違自然，從心而動。楊朱說：名者，僞而已矣！因此楊朱認爲，萬物所異者生也，所同者死也。生有賢愚貴賤，是所異也，死則腐臭消滅，是所同也。雖然賢愚貴賤，非所能也，臭腐消滅亦非所能也，故生非所生，死非所死，賢非所賢，貴非所貴，賤非所賤，然萬物齊生齊死，齊賢齊愚，齊貴齊賤，十年亦死，百年亦死，仁聖亦死，兇愚亦死！生則堯舜，死則腐骨，生則桀紂，死則腐骨，腐骨一矣！孰知其異？由於這種看法，他便主張：且趣其當生，奚遑死後？」

「原父：何悲觀以致此？這與草木同朽又有甚麼分別？」

「雖然很多人非議楊朱拔一毛以利天下而不爲，又有人說那是本僞書，我劉敞倒以爲他是赤裸裸的，不加掩飾，非常可愛。」劉敞說：「人本是與草木同朽，所以我勸你別杞人憂天，明白吧？」

是反諷，也是規箴。

「明白，但不甘心！」

「一朝天子一朝臣，皇上登基未久，自然要有些作爲。他們虎視眈眈，也就難怪病急亂投醫了。」

「士老兵疲，兵無將帥，將帥無兵，怎麼辦呢？只有從理財上下功夫，求得國富，是皇上的基業，如王安石改革順利，那麼趙頊可使大宋江山得保；王安石的改革若失敗，當失敗在大臣掣肘，因此，老朽猜想，王安石的講學，不是因爲他眞正博學到爲我們講課的程度，而是爲新法鋪路，我們不妨聽聽再說。」

劉敞是觀察入微的，他說對了。不過不少權臣都已成見在先，決定抵制到底了。

「改革已勢在必行，也將是年輕人的天下，不過王安石做了十八年的地方官，著有政績，不能以人廢言，不過他未當過京官，一個新法的推行成敗在人，我相信他是要在其中找幹部的。」

御史台府上那天的集會，沒有得到任何結論。

大江東去，如何阻擋得住？

在御史台府吃了劉府廚子的名菜，喝了名酒，各自回家了。

坐講站講爭議不休。

第二天是大朝，大臣不必說，開封府尹、雜事行走，都得入朝站班。很多小官沒有言事對奏之權，上朝只是一種培養訓練。

凡能入朝站班的，都非等閒之輩，可以說大宋菁英都在朝堂上了。

天麻亮，龍鳳鐘敲響了。文武百官依序列班進入殿中。皇帝坐上龍椅，黃門官宣布開議；有事啓奏，無事退班。朝會中只有樞密院報了些邊關越界行獵等小事，那天主要是聽王安石講學，其他都不重要。

邇英殿上燈火通明，除了一張龍椅以外，還在橫頭上加了一張紫檀太師椅。那擺明了，王安石是要坐著講書。

御座上，趙頊英姿煥發，神情非常愉快，沒想到劉敞卻出了道難題。

劉敞倒不是有意找王安石的麻煩，而是藉此考驗一下王安石眞正有多少斤兩。

「侍講是坐著講呢？還是站著講？」

這在歷代中沒有定制，完全看侍講的官位、學術成就而定。太宗時代就有站著講書，而仁宗時代也有坐著講的例子。

劉敞對《禮記》有相當研究，剛巧，王安石對於《禮記》也不陌生，就對皇上說：「回陛下，劉集賢是先輩，對六經又是專家，臣以爲滿朝文武各有專精，能在這裡講書，已是王安石的榮耀。古代侍講，有坐有站，本朝亦然，眞宗以前是站著講的，聽講的大老都坐著，這是對老臣的尊重，太宗仁宗時代也有坐著講的。以我王安石的資望，是應當站著講才合體制。」

在場的人想不到王安石對禮的認識和大宋百年歷史鉅細靡遺都那麼記得眞切。而他的論據不亢不卑，相當得體。

「坐站都有先例，天禧舊制，是講者坐，聽者站……」韓維是荐舉過王安石的，又當過禮官，他說的自然是權威。「今天就請陛下特准，愛坐者坐，愛站者站，這樣可以使每人都滿意。」

很多人聽著不是滋味，尤其是劉敞。他認爲避席講述是古禮，授命坐，是帝王的謙仁，那是特例，不少人附和這一說法。目的無非要王安石站兩個時辰講書，不能讓他那麼輕鬆就坐在那個象徵著學術最高地位的講台上罷了。

「禮是可變的，天禧年間有站著講，也有坐著講的，可見站著坐著講都合禮。那麼王安石坐著講，聽講的也坐，這正說明一點，不要泥古不化。」

趙頊這番話，擺明了要大幹一場，禮儀爲什麼不能改呢？龔鼎、王汾、劉汾、司馬光都憋了一肚子悶氣，而且有風雨欲來之感。

從這次侍講，坐站之爭可以知道一些風向，政治改革談何容易，但改革似已有了船到江心的態勢。

王安石明白，要以謙遜的態度對待同殿大臣，化解阻力爲助力才好；話又說回來，牽涉到政治利益的對立，化解談何容易！

「今奉命侍講，不是坐和站的問題，而是講得如何，坐和站本不值得爭論，雖然皇上命臣坐著，不過爲尊重元老大臣，我還是站著的好。」他掃視了殿上的大臣一眼，繼續說：「王安石請教，仁宗叫站著講，眞宗叫坐著講，到底我們要遵守那一朝代的規矩呢？照先帝之法，尊一人貶一人，無論任何方式，我們都違反了先制，這倒叫皇上爲難了，我們能陷皇上於不義嗎？制度是人創的，社會是前進的，宋人不是唐人，這十分明白而易懂。」

「很好！那麼大家都坐著吧！」

於是講書開始，爲了坐著和站著講的問題，爭論近一個時辰，直到日正當中，才把應講的講完，很多老臣早已受不了。

散講出來，三三兩兩的走在一起。從各自成伍中，可以看出彼此的友誼。

御街上，歐陽修和劉敞一批很自然的成爲一夥。

「原父兄，講得如何？」

「辯才無礙，可以看出介甫讀書的精細，思慮的縝密。」

劉敞六經不離手，尤其對《春秋》有研究，其中〈周春秋〉、〈楚漢春秋〉更有獨到的功夫。王安石一堂侍講下來，雖然只講〈周春秋〉的一部分，也足以顯示其淵博。眼睛長在額頭上的劉敞，對王安石一向直呼其名的，現在雖不在王安石之前，卻叫他的號，那是一種敬意。

——態度變了？

歐陽修原來指望劉敞打先鋒，現在看來已不可能。

「他爲甚麼選用《春秋》來講呢？」

「永叔，由這裡可看出王安石做任何事，都有一整套計畫。」

「我不懂，這話怎麼說呢？」

「越次入對，你知道他怎麼對皇上說嗎？」

「無非是阻止政商勾結，解除百姓痛苦嘛！」

「永叔，有一點你忽略了。」

「那一點？」

「他要皇上學堯舜，而非歷代明君。」

歐陽修點了點頭說：「懂了！這就是他選〈周春秋〉的原因了。的確厲害！」

「誰是他的考官？」

「聶冠卿啊！我只是傳達晏殊的關懷罷了！」

「那他比楊寘要強多了。」

說到這段歷史，歐陽修至今心裡仍是難以釋懷。晏殊掌樞密院使時，因晏殊的女婿楊察之弟楊寘亦應試，本是王安石第一，最後卻降為第四。王安石自然是不快的。晏殊卻要他度量放大些、能容人、人亦能容己的話規勸王安石。其實那些話也有警告、威脅的意味在內，他當然十分不愉快，但王安石忍下來，這也是新政中要改革科考與興學制度的遠因。

科考為國家掄才，豈容關說舞弊？而每榜這類舞弊都不可免。那次的打擊，王安石則有刻骨銘心之痛。

那一榜楊寘第一、王珪第二、韓絳第三，後來韓絳、韓維兄弟，極力在趙頊面前荐舉王安石，幾已到了不避嫌疑的程度，多少也有打抱不平的心理因素在內。

「原父兄，楊寘也死了，沒有福報呀，這事就不必再談了吧！好不好？」他幾乎是哀求的說。

聶冠卿和歐陽修屈服於樞密使晏殊的關說，自己沒有堅持考試的公正、公平性，是他內心消除不掉的遺憾。雖然王安石並不計較考官的不公，終究這種師生之誼也就可有又無、似有似無了。尤以行新政，師生站在對立的立場，幾已到了公開反目的地步。這是自己種的惡因，結下的惡果，也只有由自己去品嘗，怨不得誰。

北宋除了這種考試作弊，使國家沒有眞才可用以外，再加上每年的蔭恩過濫，官箴惡化，是必然的結果。弊政便是這樣形成的。歐陽修多次向朝廷保荐王安石，可能是出於補償心理。

歐陽修也知道，劉敞是王安石的朋友，又是一位只知眞學問，不問什麼人的人。不過他曾經在嘉祐二年王安石出任常州知州興水利、修濬運河，劉敞和王安石通信時，把晉人王夷甫談玄誤國的事，譏諷王安石說：學你的宗人王夷甫，不要認眞過問世事，就沒人談你了。爲甚麼劉敞要這樣譏諷王安石呢？修水利、疏濬運河的事，劉敞知道兩浙轉運使不會眞的支持，各縣也不贊成，宜興知縣司馬旦就表示：「役大而亟，民有不勝力，則其患非徒不可就而已。」農閒時派幾個老弱役丁應付了事。當罷河役時，王安石寫信向劉敞發牢騷，引起劉敞的反諷，並無惡意。由此可見，他們原是好友。

眼看王安石要受到重用，有的人心裡不痛快乃是必然的事。很多自己做不好的事，也不希望人家做好，畢竟王安石是眞材實料，一堂課講下來，把講書結合治術，而且又有深刻的見地是不容易的。

除了背後的議論，朝政上明爭暗鬥以外，那些反對王安石的人，如芒刺在背，要想一下子把眼中釘拔掉並非易事，只有在心坎恨得咬牙、等機會吧！

新政的氣候已經形成，現在的問題只是做到甚麼程度了。

煩悶的人們，只好又到相國寺附近的教坊中飲酒作樂，痲醉一下自己。

8. 新舊勢力，激烈牴角

六月，王霈出嫁了。

王家嫁女兒，吳充家娶媳婦，礬樓冠蓋雲集，門當戶對的一門親事，又都是當權派，只車馬便從街頭擺到街尾還打個轉兒，路都打了結。

不久吳充的女兒吳安玲也出閣，嫁給文彥博的兒子文及甫，而司馬光的兒子娶吳充大女兒。這四家豪門結成了兒女親家，京師好事連場，可惜這種姻親關係，並沒有緩和文彥博、司馬光反對新法的態度，尤其是文彥博爭取親家的支持，更使吳充左右爲難。支持誰都不好；不僅如此，三對小女兒也不好過。

文及甫支持父親，是極端的保守派，吳安玲卻認爲政治需要革新。

王雱支持新法，吳安特卻反對老岳丈。

但這時司馬光傳出扒灰的醜聞。

這種不同的觀點，新婚不久，就出現了家庭的不和，爭鬥不已，尤其兩對兒女才分都非常高，引經據典，各不相讓，而司馬光的醜聞，還得由兒女親家吳充爲之闢謠，不管眞假，都事關女兒的名節和吳、司馬兩家的門風。怎麼辦呢？吳充是有苦往肚裡呑呀。

王安國從江西臨川進京喝侄女兒的喜酒，反對蔭恩的王安石的弟弟卻獲賜進士及第，眞是諷刺。在汴梁期間，性格與王安石完全不同的王安國，與蘇軾等時相往返，鮮衣錦食，與王安石的囚首垢面成爲截然不同的生活方式，形成強烈的對比不說，他也反對王安石的新法，這才叫怪。

他反對的理由相當新奇：國家富足強盛，容易引起窮困、文化水準低落、性格蠻悍的胡夷蠻苗覬覦，還不如保持現狀，國家反而安全。百姓過著太平盛世的日子，新法實施，百姓不一定能夠適應，就算國和民都富了吧！也可能引起西夏和北遼的入侵。何況，還有那麼多的政商結合成爲一個牢不可破的反對集團呢，只應付那些保守派便夠人煩了，那裡還有力氣去行什麼新政？

「哥！我擔心你新政未成，自己不知流放到那裡去了！」

「新政的問題，你不必爲哥操心，皇上十分支持。」王安石說：「安國，你最近好像應酬多了一點，要節制啊！」

「對酒當歌，人生幾何？」

「要學曹孟德？」

「人生得意須盡歡，不然白來這世上一趟。」王安國坐下來，老家人泡了杯杭州的新茶，清香碧綠。「汴梁眞好，教坊的新聲新詞，盡其奇巧曼妙之能事。」

「你不能被燈紅酒綠迷失了！」

「哥！你放心，我已不是臨川那個鄉下人。」

王安石驚異於王安國變了，到汴梁才多久？很快就學會了奢靡浮華的生活。一生節儉的王安石，對乃弟這種態度是深不以爲然的，便以兄長的立場予以規勸。

「我並不反對稍稍放鬆自己的生活，偶一爲之是不傷大雅的，經常如此，與紈袴子弟又有甚麼分別？」他頓了頓：「再說，獲得恩賜功名，很快就外放，要做人的父母官啊！」

「哥，人各有志，你熱中新政，我喜歡風花雪月，享受人生，各有所得。」喝了口茶，他說：「人生不必太勉強，何必苦自己呢！」

雖然是親兄弟，彼此又都將是不惑之年，說多了無益，王安石默默，茶還未喝完！他卻要到汴河街去，赴他們的約會了。

王安石望著華麗衣著的背影搖頭。「無可救藥！」大概他聽著了吧！吟起人生幾何，對酒當歌來了。望著這位胞弟只有傷心的份。

——這如何去宰治國家，連自己的弟弟都管不了啊！

三司條例司積極擬訂新法，新政與老臣們引起互相爭鬥之消息也傳到西夏。

由於宋夏歷年戰爭，雙方都有損失。當時西夏只有四十萬精銳，歷次邊寨爭戰中也折損大半，又由於范仲淹築城養民的政策收效，西夏已無力作亂。再加上因戰爭關閉榷場，西夏得不到茶、鹽、絲棉織品等物質，對雙方都不利。但是西夏的擾亂性戰爭，都是在宋朝新皇登極未久，政經都未上軌道的時候。故神宗即位，新政初開，西夏已是蠢蠢欲動了。

前建昌守備王韶已看到了這種危機，乃上「平戎三策」，提出拉攏黨固，重開邊界榷場，實施邊疆貿易。王韶在邊疆的經營發展得很好，同時一面練兵。

其實王韶練兵還是用范仲淹的老法子，加強邊關士卒的訓練及改善士兵與將帥的關係，重開榷場回易，士兵得養，籍回易收息應付支用。可說這是後來蔡挺在西夏擾邊時，一戰而勝的基礎。

這件事，卻引起文彥博的懷疑，認爲是王安石引用故舊。

王韶提出「平戎三策」，是因爲當時他在陝西邊關，正逢西夏大舉入侵環慶（今環慶，甘肅境內）諸地，情況相當危急；而他剛好解除建昌司理的職務，理當回京述職，所以他提出了「平戎三策」，完全與王安石無關。

他分析西夏歷年戰爭，精銳盡失，也只是虛有其表，所以西夏不足懼，是可以討伐，甚至滅其國的。在策略上首見要收復河湟之地，在動用軍隊之前，安撫沿邊少數民族，使之內附，削弱西夏的勢力，而自武威以南的洮、河、蘭、鄯各州全是漢族集中地，至少番漢混雜。那一帶土地肥沃，只要朝廷招撫，西夏之民盡在握中。噶斯羅族受到黨項的蹂躪，可說是世仇，一方面拉攏噶斯羅，如予恩信，便足以分化，另一方面羌氏只有依附漢族了。這樣一來，可供西夏驅策的人就不多了。

神宗找王安石進宮，把「平戎三策」的摺子給他看後問他：「卿看王韶的辦法可行嗎？」

「回陛下，西夏寇邊，總是選在我新君登極未久，人事未安定，國庫空虛之時，西夏從不深入作戰，這證明了他本身的力量還不足以威脅我大宋社稷，怕的是西夏與北遼聯合行動，現在我們應當穩住北遼，對西夏也採羈縻之策。王韶的意見，是用通商和分化西夏的手段，削弱其力量，這是正確的，不如就派王韶去執行這個政策，他在西北多年，瞭解西北情勢。」

「朕以爲不如調重兵，徹底解決西夏的問題。」

「回陛下，如今新政初行，百廢待舉，尤其是國庫空虛，兵不知將，將不知兵，此時出兵對我不利，尤其是新法初步實施，難以看出成效之前，不少老臣還有懷疑的時候，朝中大臣有些扞格不入，似非用兵時機，請皇上聖裁。」

趙頊點了點頭。

王韶的策略獲得採用。於是王安石約了王韶夜裡到家小酌，一方面瞭解西北的情勢，另一方面，也想更瞭解王韶所提出的「平戎三策」，應當由誰去執行比較恰當。

「子純，你上的平戎三策皇上非常讚賞！」

「謝大人！」王韶略爲欠身，客套了一下。

「你我是大同鄉，又是在舍下，不必太拘禮。」

「遵相爺吩咐！」

「平戎三策，完全是你個人的意見嗎？」

「回相爺，卑職在西北供職有十數年之久！完全是個人觀察所得。」

「噶氏一族會接受朝廷的招撫嗎？」

「這不是噶氏願不願意受招撫的問題。」

「那是甚麼問題呢？」

「西夏是由党項、吐番、回鶻三族爲主要骨幹合組而成，噶氏一族是被長期歧視的一個氏族，所以接受我大宋安撫的機會很大。」

「嗯！招撫是對方有利的情況下才能成功的，朝廷能給噶氏甚麼呢？」

「噶氏原是受我朝封誥的，其實朝廷不必給什麼厚利，只要封董戩爲太保，仍襲保順軍節度使的爵位，當然其母也得加封，這就足以使噶斯羅脫離西夏了。」

當然那夜他們還談到其他很多細節。

第二天，王安石奏請王韶到秦鳳。很顯然神宗是要他執行平戎三策。他一到秦鳳，做得極有成績，不久青唐番俞龍琦請降，上書修築涇渭兩城，屯兵防西夏之外，同時招撫番民，對於西北的防務有相當的貢獻，也爲日後西夏寇邊時，奠定勝利的基礎。

這也是王安石向軍事部門擴張權力的開始，但也因此引起中書省和樞密院的首次摩擦，更是新舊勢力公開決裂的開始。

樞密院認爲王安石剝奪了人事權，無視於樞密院的存在。事實上，自杯酒釋兵權以後，樞密院根本是聾子的耳朵，有職無權，只管管官兵花名冊罷了。但對於平戎這件事，由樞密院管，也不會成功，百年來，對北遼、西夏的入侵，除了用歲賜息事寧人以外，樞密院又做了些甚麼？

明的是國恥，每年向胡夷進貢，卻美其名曰「歲賜」，與夜郎王的自大又能有甚麼分別？還自以爲是中原大國呢？這些都不能檢討了，不過這些恥辱，都是皇帝抓軍權的結果，始作俑者正是趙匡胤，再加上重文輕武，不錯，文風是鼎盛了，但卻不能用那些詩詞去打倒敵人，打仗是血淋淋的事，一刀一槍都是實實在在的。

熙寧二年二月，王安石以諫議大夫銜參知政事，與陳升之共領三司條例司，新法陸續出爐。韓琦外放，富弼回鍋爲同平章事，廟堂上，已形成了新舊兩派、王安石、曾布、呂惠卿等被視爲毒蛇猛獸，必去之而後快，明的暗的鬥爭已經展開。

這時發生一件有趣的事。

王安石原本不善應酬，也不喜歡應酬，一經拜相，賀客盈門，既沒有準備，突然的衣香鬢影，實在不習慣。他竟躲進廁所，避開那些賀客。

賀客中，同殿的大臣當然是一種應酬文化，不過有幾位都是他所歡迎的，從他讀書的陸佃、蔡卞都是他喜歡的學生，其中只有蔡京是有目的而來。蔡京、蔡卞是兄弟，兩人的風格卻完全不同，蔡京熱中政治，這次突然赴王府道賀，多少有攀附之意。

在夫人一再勸促之下，才出來與賀客應酬。

說他不喜歡與人交往，孤癖高傲那也未必。〈客至當飲酒二首〉可見一斑：

結屋在牆陰，閉門讀詩書。
懷我平生友，山水異秦吳。
杖藜出柴荊，豈無車與馬。
窮通適異趣，談笑不相愉。
豈復求古人，浩蕩與之俱。
客至當飲酒，日月無根株。

王提兩輪光，環我屋角走。
自從紅顏時，照我至白首。
纍纍地上土，往往平生友。
少年所種樹，磥砢行復巧。
古人有眞意，獨在無好醜。
冥冥誰與論，客至當飲酒。

由這些詩來看，王安石在包拯席上拒絕飲酒，是對奢侈的抗議，至於三五好友，對窗淺酌，反而認爲是一種樂事。他之所以躲那些賀客，多少有討厭趨炎附勢的味道。

其實王安石也是位有趣的人，從他〈和王樂道烘蝨〉一詩中，他對代表貧窮落後的蝨子和汙垢的看法：「秋水汗流如炎輠，敝衣濕蒸塵垢塊。施施衆虱當此時，擇肉甘於虎狼餓。」於是脫衣烤火，在破碎的棉絮中殺虱的情形是：「時時對客輒自捫，千百所除纔幾個？」坦然自在，當了宰相的王安石，仍是蝨爬如故，乃發生友人設計，讓他先下池洗澡，偷偷把他那些都是蝨子汙垢的衣服丟棄，給他換了一身新的衣服，王安石卻渾然不知的趣事。

升宰相那天賀客盈門，他卻躲在後堂與幾位得意門生聊大天，不是矯情，實出於天性，不善應酬。

蔡京是王安石二女婿蔡卞的哥哥，兩兄弟都有才華，蔡京削尖了頭，要弟弟把自己介紹給王安石，想不到他最討厭的便是這種鑽營人物，淡淡的敷衍了事。

當然蔡京在這場應酬上是自討沒趣了。未想到這位積極推銷自己的後輩，後來成了歷史家筆下的奸佞之臣，但繼續新法的卻是他最討厭的蔡京，這是王安石始料所未及的事。

改革必有破壞，但建設成績如何，誰也不敢提出保證。

所以君臣行新政之前，還有一次秉燭夜談的機會。

這次可說是君子剖心相見，非常誠懇。

「條例司已經成立，未知新法何時可以出爐施行？」

「回陛下，新法已漸次研擬之中，在新法未實施之前，應當實行一次調查，看看農民和地方官吏的意願。」王安石舔了一下乾燥的兩唇說：「實施新法，要國家百姓兩利才可能成功，所以要格外小心，尤其是新法成功失敗，用人決定了大半，而現在人才的培養最爲重要，也最爲困難。」

「朕只知卿治經有成，沒想到卿還懂得治術，把新法交給卿執掌，朕放心了。」

「回陛下，以儒家爲指導原則是不變的，否則治術就可能成爲大老們所說的禍國之法，而經治之術，也要與實際結合，才能有效推行，這一點，陛下可以放心。」

趙頊甚爲開心。「朕甚敬慕卿之博學多聞，足以助朕者，卿一人也。」

趙頊有這樣的話，王安石可以放手施爲了。

「三司條例司」的創立，設計上是財政政策審議機關，與經濟賦稅改革，法令之制訂，不受其他長官與機關的掣肘，獲得獨自推新政的權力，才能充分發揮，完成新法的準備。但大宋重文輕武，三省、御台、司使、使相都有發言權，開封府的不少官員，也可以列朝議事，放言高論，犯顏直諫，只要言之成理，都可在朝堂發言，甚至越職奏事。

人多嘴雜，許多大臣已把矛頭對準了新政，富弼就數次辭相作爲抵制新政的手段。富弼在辭相奏疏中，有「讓賢路，以納大才」的話，明知針對的是王安石，趙頊和王安石都裝聾作啞，只要罷富弼之相，政爭立現，還有當年的長官，也成爲同殿之臣，如韓琦雖已淡出，但人脈還在，只要一碰，就可能成爲阻力。

關於這些，王安石在趙頊面前，也隱約表達過了，可惜趙頊卻不這麼想，用老臣，只是礙於太皇太后和太后的面子，她們念舊；趙頊呢！老臣們倚老賣老，守住所謂「祖宗家法」，把老祖宗的褲襠當桂冠，滿朝暮氣沈沈，早就希望這些老賊離朝廷遠去，卻又顧慮做得太急而遭反噬。

這話趙頊自然不便明說，聖心卻已決定，利用新政與老臣之間的矛盾，一個一個地來收拾那些昏聵。趙頊雖沒有讀通經典，但帝王之學頗有趙匡胤之風，老謀深算。而且是一步步去實現他的想法，說神宗英明，在政治的運用上的確得心應手，能改革，權謀也是一流的。後來許多老臣一一貶爲地方的閒官，或有名無實，形同尸位素餐，自特恩越次對奏後，神宗已經起了抑制老臣之心了。只是恪於開國皇帝立下不殺大臣的誡律，許多人還保住了腦袋罷了。

從這點來看，趙頊雖然精於權謀，還是有一顆仁慈之心，他可能是南北兩宋大有爲之君了。

王安石一席話，趙頊想起去年殿爭的往事。

那是在延和殿吧？

延和殿在皇城最北邊，隔一道防火牆就是坤寧宮，不是重大事情不會在那裡舉行朝會。司馬光、王安石兩個翰林學士的爭辯，眞是脣槍舌劍，那麼尖銳和不留情面。司馬光從仁宗時代，與文彥博、歐陽修都曾保荐過王安石，一旦到了政見不同，利害衝突時，都翻了臉。政治權力這東西，實在沒有所謂的友情存在。

那次政爭焦點，是國用不足問題，司馬光主張節用、王安石主張開源節流一起來，他認爲國庫空虛，是沒有理財的結果。

「所謂善於理財，不過是擅長搜括。」

司馬光眞是氣了，也不管傷不傷人就出口了。「國庫的來源，無非按田地，丁口抽稅，榷茶，榷酒，榷鐵，還要榷甚麼？國富了民必窮，民窮必反，社稷如何？王大人可曾替我大宋想過？」

「增加生產，就可增加稅負，怎麼能說是搜括？」王安石也不讓步的爭辯。

「司馬大人，我離開鄞縣才十五年，我知道老百姓的苦在那裡？」

「請教，苦在那裡？」

「陛下，請賜無罪才敢奏事！」

「無妨，請直說。赦你無罪。」

「司馬大人，農民在地主的重租下，使佃農一插完秧就賣青，到秋熟歸還時，對本對利，所以農民非常痛苦，富戶借貸亦然；再加上水利不修，農地收成只靠老天施捨，再加上這個權那個權，大宗貨物都抽什一之稅，生產意願不高，這樣國家還能收到什麼稅負呢？國庫不空虛，便沒有天理……」

「那麼有了理財的人，老百姓就富了嗎？」

「不然，現在農民，窮人不生產，是地主聯合富戶剝削的結果，下官在鄞縣開倉低利放貸，扼阻地主放高利，再興修水利，使耕地面積增加，土地改善，三年內，鄞縣增稅四成。百姓富了，官府也富了。」他滔滔不絕。「鄞縣為下官建生祠，這不是我有甚麼德行，而是下官注意到百姓痛苦的來源。」望了兩廊同僚一眼，乾脆橫下心，揭開掩蓋得重重的黑幕。「陛下，不少京官家屬在家鄉也放高利貸……」

這樣爆炸性的爭辯是駭人聽聞的事，朝廷言官從來沒有人說過，御史台的幾個人臉紅一陣白一陣，而很多人知道這是事實。

趙頊問司馬光，他也只能支吾其詞，難以奏對。

文彥博、歐陽修、吳奎都是善辯之士，但都不能替司馬光緩頰，打個圓場，深恐王安石有更多的揭露。雖然改革也有風險，王安石所說妨礙增產的因素，卻不能說不是事實。

那次建議，王安石力敵當權派，這下司馬光才後悔當年推荐王安石，如今一切是自己找的。

王安石認爲人禍比天災更可怕，這已是結構性的剝削問題，不下決心割去這個毒瘤，國家永遠都沒有希望。

這也是神宗革新政治的重大決心的轉捩點。司馬光提出了問題，反而更堅定了趙頊實施新政的決心了。

豪強兼併，民不聊生，而國庫空虛，禁軍號稱百萬，卻被小小的北遼和西夏予取予求。是大宋的恥辱，這種恥辱卻是豪強所造成。北宋的官商連成一氣，危害國家經濟，造成貧富不均，已非一日之病了。

9. 訪察民情，實施新法

條例司已經積極在擬訂新法，其中「水利法」和「青苗法」、「免役法」關係社會民生，必須針對需要與時弊，才能收效，不能閉門造車。決定派時譽崇隆而又公正不阿的程顥、劉彝、謝卿材、王廣廉等八人，分別遍訪全國各地，調查水利、耕地之修整與徭役丁賦之利弊，來作興革的張本，非常務實，新法不是憑空製造。

「三司條例司」成立了。除陳升之是老臣之外，集賢校理呂惠卿，負責詳檢條例的文字、章惇、曾布、蘇轍等都進入條例司供職。這批人年輕、高學歷、又有幹勁，新衙門的成員一公布，議論自然難免。

此一任命是年輕化，都是進士出身，但奇怪的是韓絳、韓維並未進入名單之內。

這張新政推行者的名單，引起老臣們一些恐慌，大有取而代之的架式，不過新人新政，神宗即位只兩年，就有這樣大的變化，司馬光、富弼、韓琦、唐介、呂誨這些人很快就感受到威脅了。

「均輸法」首於熙寧二年七月在淮、浙、江、兩湖六路施行，由薛向擔任均輸平準事。這部法律在朝堂上，曾引起文武百官激辯，甚至人身攻擊。

上朝之前在迴廊上，對於「均輸法」已引起相當的注意，王安石意識到一番唇槍舌劍不可避免，而且他知道御使台的御使們也有相當的準備。那是言官的職責所在，非難是必然的。

龍鳳鐘一響，群臣各按地位列班進入殿內，黃門官照例是得詢問有事者啓奏的。朝拜儀式完畢，王安石出班朗聲地說：「臣有事啓奏。」

「奏上來。」趙頊神情愉悅，他早已知道王安石所奏的是甚麼事情。

「啓奏階下，『均輸法』已經擬就，敬請頒布施行！」

「卿等辛苦了。」

「這是朝廷大政，應在殿中報奏大要，受議論以補其缺失。」文彥博出班提出他的意見。

「應該的，條例司應將其大要提出。」趙頊裁示。

「惠卿是條例檢詳文字，請惠卿就其大要提出來讓在朝的大人們有個瞭解。」王安石有意提拔呂惠卿，同時萬一有爭議，也預留迴旋餘地。

「臣惠卿，謹就『均輸法』主要內容奏報；本法將假發運使以錢貨資其用度，周知六路財貨之有無而移用之，凡糴買稅供之物，皆得徙貴就賤，用近易遠，令預知中都帑藏，年支見在之定數，所當供辦者，得從便變易蓄買，以待上令，稍收輕重聚散之權，歸於公上，而制其有無，以便轉輸，省勞費。先於江、浙、淮、兩湖等六路試行。」呂惠卿口齒清晰，雖爲福建晉江人，卻說得一口官話，再者，「均輸法」出自他的手筆，奏報自然能提綱挈領，切中其要。

未等呂惠卿退回，御史劉琦立刻提出他的意見。

「『均輸法』雖有互通有無，調節貴賤之利，貨固然暢其流了，亦可增加府庫之藏，卻必然與民爭利，傷害商賈。而今稅負也來自商賈的交易，這麼一來，不是傷及根本了嗎？所以臣以爲這『均輸法』不能施行。」

做皇帝的需有一套學問，即大臣爭議未塵埃落定以前的案子，不輕易下旨或裁定；而宰相也有一套處理大案的公式，不輕易倒向那一邊，等到快分勝負時，倒向勝算較大的一方。這是使皇帝聖明、大臣聰叡的一個要訣。不過趙頊年輕，沒有老奸巨猾的習氣，而且實施新法已經篤定在心。但是，趙頊仍然沈住氣。

劉琦看看趙頊不說話，就繼續議論，不僅不能增盈國庫，恐怕要動搖國本。

「御使是當盡言責的，但要權衡利害，現在國庫空虛，一樣是朝廷的危機，『均輸法』並非是朝廷壟斷商品貿易，只是利用府庫資金做調節，使物品得以交流，物價貴的得以平和，賤的地區可以不致因生產過剩而傷物主，又使地方的貢品，可以就賤價採購，地方政府省下一筆錢，減輕納稅人的負擔，怎麼說『均輸法』是與商賈爭利，而扼殺民生呢？劉大人可能對新法還未能徹底研究，就提出反對意見，將使朝廷的困境繼續下去，那才是禍國殃民。」

呂惠卿確實善於辯論，以子之矛攻子之盾，旁觀的文彥博、吳充、歐陽修、富弼過去只聞其名，未曾過招，今天算是領教了。

幾個大老還是按兵不動。這種事他們經過得太多，當然懂得應當留有後備力量，不能一下出盡招數，憑白便宜了王安石那批人。其中尤其是司馬光，總是躲在幕後，絕不輕易出面。

「這實際與商賈的囤積居奇沒有甚麼分別。」唐介加入反新法的行列。他有點口吃，滿腹詩書，文章也好，就是無法當場順暢表達。「臣臣臣」了半天也未說出甚麼所以然，所幸趙頊還有耐性聽下去，畢竟新法是開始，讓大臣明瞭，化解先皇留下來的這些老臣的疑慮還是很重要的。

「這等於是官府做生意，有損朝廷顏面，世家尚且不屑圖利於市，何況是我堂堂大宋朝廷？……」

接著樞密使文彥博也上疏反對，把「均輸法」看成是賤法，說是：自置市場，無物不買，無利不圖，是杜絕利源，不與民共。

司馬光引經據典地說：「桑弘羊以諸官各自市相爭，物以故騰躍，而天下賦輸，或者不償其僦費。乃請置大農部丞數十人，分部主郡國，各往往置均輸鹽鐵官，令遠方各以其物，如異時商賈所轉販者爲賦，而相灌輸。置平準於京師，都受天下委輸。召工官治車諸器，皆仰給大農。大農諸官盡籠天下之貨物，貴則賣之，賤則買之。如此……」

歐陽修對司馬光所謂的結果加以補充，當然是：「富商大賈，無所牟大利，則反本，而萬物不得騰躍，故抑天下之物，名曰平準。……所謂均輸，乃當輸有所輸於官者，皆令輸其地土所饒，平其所在時價，官於他處賣之，輸者既便，而官者有利也。皇上所頒布的『均輸法』與桑弘羊之法又有甚麼分別？」

歐陽修空讀了歷史，連趙頊也比附爲西漢的皇帝，那是亡國之君，而王安石的「均輸法」也抄自桑弘羊、商鞅。

王安石當然不服，當殿駁了歐陽修等。他說：「桑弘羊、商鞅所行的法，雖爲後世不以爲然，但其所以未能利民又未能利官，完全是執法的失敗，不齒的是那些貪官汙吏。天下財貨，聚於上則壅，積於下爲偏，平準均輸，乃是解決不壅不偏的根本，歐陽大人是只知其一、不知其二，而我朝定額課稅，不管豐歉都按定額徵收，也不管貧富，平均負擔，有的地方物資多而價賤，同樣，物資缺少則昂貴，『均輸法』與『平準法』不同之處，在於靈活調節，『均輸法』的重點是供應物如果甲地貴，可以由乙地採購較低價格之供應物，老百姓省下一筆費用，怎能把兩法相提並論？」

呂惠卿再補充說：「自來各路各州定額貢品，輸送至汴京，不管貢品在當地的收穫如何，不得缺少，而貢品又必須在一定區域內置辦，因此物豐價賤，不敢儲備，歉收地區則採購不易之下，不得不向囤積者高價收買，法令限死了，富戶看準了這種弱點，居其奇而哄抬價格，各路州便不得不負擔損失，轉嫁給百姓，『均輸法』不過是權宜轉輸，遏止富商鉅賈壟斷牟利，怎能與『平準法』相比？而相提並論，這是腐儒的看法。」

御史錢顗也加入反對的行列。

「這個法，必奪商賈之利，一旦發現這種情形，課不到稅，國用將更加艱難，這個……」

趙頊是暫時只聽兩方的辯爭，不加可否，藉此機會觀察新政與反新政各派的眞正面目，也就是不表示態度，放任論辯繼續下去。

既然王安石是新法的主張者，而薛向是執行者，都負有成敗責任，薛向在仁宗時代是陝西轉運副使，曾發生過以鹽換草，補充軍馬需要一案，被淮軍轉運使一口咬定薛向爲私，欺騙朝廷，差點落職丟官。

如今諫官錢向輔、范純仁舊事重提，據而認定薛向的官箴有虧，主張至少不能任用薛向領均輸六路平準事。

以鹽換草乙案是發生在王安石當三司度支判官時代，不僅對這件事發生的原因王安石一清二楚，當時也是支持薛向的做法的。如今范純仁的企圖十分明顯，把這件事說成薛向為私，品德有瑕疵，不堪出任新職，企圖迂迴破壞新法。

「陛下，薛向的案子，是我在度支判官任內的事，十分清楚，我王安石當年也同意薛向的做法，老百姓要吃鹽巴，馬要草料，當地既不能生產鹽給老百姓；軍馬也不能不吃草料，這是權宜之計。這個案子已經結束了，我建議用薛向，正是用他變通的能力和無私心，剛才這一辯論，『均輸法』的法意與作用更為清楚，對薛向也洗清了汙點，敬請聖裁。」

趙頊倒也明快，當殿下詔「均輸法」頒行，由知制誥草擬詔旨，中書省附署頒布施行：薛向照王安石的擬議撥五百萬緡基金，快去赴任。上書省把此法令各州路縣普遍實行。

龍鳳鐘一響退朝，反對「均輸法」的文武百官輸得把褲襠當成烏紗帽，個個灰頭土臉。「均輸法」頒行風波並未告終，新舊兩派勢力分庭抗禮，已壁壘分明。

御使劉琦貶處州（浙江麗水）鹽酒使，錢顗貶衢州（今浙江衢州）鹽務使，范純仁因受范仲淹的蔭庇，未被貶謫，但卻於事後對神宗說，「天下人不敢言，而敢怒」這樣的話。

趙頊追問：「這話是什麼意思？」

「王安石圖近功，一心效商鞅、桑弘羊，把舊臣說成因循苟且，排除異己，劉琦、錢顗只因反對新法被貶，曾公亮唯唯諾諾，老而不退，趙抃也不敢出頭，這是什麼？當言官不敢言時，言路閉塞，陛下還能聽到天下的聲音嗎？」

「朕因你是范仲淹的哲嗣，留些餘地，可惜你卻完全不瞭解朝廷的艱困，我看你還是到慶州（甘肅慶陽）去吧！」

范純仁貶謫未久，接著是劉述被貶江西。

政爭並未因此而結束，才是開始。尤其是司馬光尊儒，追求禮俗，講仁義，認爲王安石追求財貨是以儒家的掩護而行法家之實，因此與王安石漸行漸遠。

翰林院在皇儀門之南，徽猷閣、顯謨閣、天章閣、龍圖閣在西，中書省、門下省、樞密院在東，國史館於門下省之北，再往西則是寶文閣，皆由右掖門、貽謨門出入禁內到垂拱、福寧、延和、邇英殿；到文德殿則可直接從右嘉福門出入，可以說是朝廷的機關區。翰林院人少清靜，是個清談的所在，如今已是文人政客反對新法的大本營。

在朝堂上反對無效，便想到分化，陳升之在條例司只是一塊招牌，眞正頂事的是呂惠卿、章惇、曾布、蘇轍、魏繼忠。其中蘇轍是蘇軾（東坡）的弟弟，蘇洵已經去世，蘇軾、蘇轍連同其父在北宋號稱三蘇，道德文章沒有不佩服的。

在新政施行中許多家庭分成兩派。

文彥博的兒子支持老父，吳安玲卻支持王安石。

吳充的兒子吳安特支持老臣的保守派，王霈卻支持新政。

其中呂惠卿是論經義的觀點上，與王安石不謀而合，又因才氣縱橫受到重用，而有人認爲呂惠卿固然有才，卻是獐頭鼠目，一臉奸佞之相，將來王安石必受其害。雖然王安石也有同感，在用才孔急之下，也顧不得將來如何了。

新法實施後，一家分成兩派的很多，曾鞏和曾布；韓絳和韓維是兄弟分道揚鑣；文彥博、吳充、王安石、司馬光是兒女親家反目，各有主張，冰炭不容。總之三司條例司成立以後，認爲與三省爭權，連樞密院都不能避免的波及了。其影響，實與范仲淹實行的「慶曆新政」不能相比。

最使王安石難過的是蘇軾，兩人可說是至交，本沒有利害的衝突，可以說是純友誼的，如今蘇軾也反對新法，其弟供職條例司，是新法的主要成員，蘇氏兄弟的主張南轅北轍，後來蘇轍也因其兄的影響加入其反新法行列，成爲反新法的先鋒。

不僅如此，王安石的一家，也成爲新舊黨人，王安國放蕩不羈，和周邦彥一幫文人，終日沈醉在相國寺附近的茶樓酒館，互相酬唱，兄弟性格完全不同。

王安石嚴肅從公，一絲不苟。

類似翁媳、夫妻、兄弟、朋友反目的例子不少。

老臣們已經無心政事，形同伴食，散朝後不約而同的到翰林院聊天，發牢騷。

富弼喝了口茶，這位河南老漢嘆了口氣。富弼年輕時曾經出使契丹，力拒割地，二度拜相的老好人也嘆氣了，很多人感慨萬千。

「富大人，君子何嘆？」文彥博是明知故問。

「垂垂老矣！」富弼如同鬥敗的公雞。

「謀國那分老少呀！」

「我們都不是王安石的對手，何況加上呂惠卿？他們書讀得好，又能說理，『均輸法』這場變法之戰，我們這些老臣全都敗了。」富弼說出他的隱憂。「寬夫！南人爲相，果眞是天下大亂。」

「韓大人不是來信，要設法讓蘇轍出來反對嗎？」

「不僅韓大人，司馬大人也有此意，蘇氏兄弟畢竟是純儒。不過蘇轍供職『三司條例司』，要他出來反對王安石……」文彥博搖搖頭說：「難！」

這時蘇軾進來，剛好聽到他們的談話。

「我來參他一本！」

「怎麼做得到？子瞻，你是安石的朋友啊！」文彥博在朝做官久了，深深瞭解官場中互相勾結，互相吹捧的風氣，這時卻爲了反當年自己保荐過的王安石，而不惜用挑撥的手段激起蘇東坡加入反王的勢力，也算是自我牴觸的事。矛盾呀！

「爲大義親尙可滅，何況是朋友。」蘇軾本是一個心胸坦蕩的人，他反對新法，是基於爲民爲國，自己認爲有理才反對，不同文彥博與富弼他們，他們心態不同，眼看這位後生小輩，在得到趙頊的支持下，已與老臣平起平坐，過些時日很可能駕凌自己之上，其所爭，是完全不同的。

「其實重要的是子由，令弟成爲王安石的幫手，這才可慮。」富弼說：「你這做哥哥的也要管管。」

「他那裡聽我的？」

「你總有責任，何妨試試！」文彥博也推波助瀾。

「沒有用，家父對子由都沒可奈何，我這個哥哥那有用？」蘇軾等於間接拒絕做弟弟的說客。

「嗨！伯溫有先見之明。」富弼嘆口氣：「果眞是南鳥北飛，皇上就用南人爲相，聽說『青苗法』最近也將頒行。」

富弼所指的南鳥北飛一事，潞州長子縣縣尉，是個《易經》迷，過洛陽天津橋，聽到杜鵑悲啼，同行的人都很奇怪，問他在洛陽怎麼會有杜鵑悲啼？他預測南鳥北飛，是不祥之兆，兩年內皇帝就要重用南方人，天下將大亂。

有人問他根據什麼？他說，北鳥南飛，天下太平；現在杜鵑自南而北，乃是反常現象。有一說這是邵伯溫製造的一個漫天大謊，也許是有人利用邵伯溫避宦官的聲譽而打擊南方人。不過所說也有相當根據。歷史上都是北方統治南方人，所有的戰爭，從黃帝戰蚩尤的一場民族戰爭起，都是北方人打到南方，南方人從未侵略過北方一寸土地；尤其是五胡亂華，漢人都被趕到南方。而宋朝自趙匡胤黃袍加身，撿了個皇帝以後，一向都是北方人掌握朝政大權，互相引援，很多北方人南下當地方官，如今一個江南路的臨川人也當了宰相，那也還不打緊，還用了曾布、蘇軾、蔡京、薛向等人，眼看汴梁就要成南方人的天下了，北方人自然慌了手腳。何以中國人一向狹隘的地域觀念牢不可破呢？

趙頊登基以後接觸到國家積弱問題，發現已到了非設法不足以挽救危亡的時候，而這個工作，又不能僅僅寄望於變「祖宗之法」，老臣們年紀大了的人有優點，穩當是國家不會出軌的重要原因，但百年來朝中雖然無事，只是強敵沒有挑釁，而臣民守法善良，這只是表面的安定，一旦有事，則百病齊發，便難以收拾。這都是必然的結果。

還有，老臣們都有功於朝廷社稷，因此居功自大，如依民間倫理，趙頊都要叫他們叔叔伯伯，怎麼去支使他們？

這都是趙頊的難題，而他必須設法解決不可，任用新人是使他擺脫這個困境，做一個有爲之君，洗雪澶州之盟等恥辱的理想，才可能實現。於是用人唯才，而沒地域之分了。

富弼結合的一幫人目的則不同，維護既得利益，由北方人繼續掌權，當然有利。於是就顧不得邵伯溫南鳥北飛、禍及朝廷，南人爲相、天下大亂的說法合不合邏輯，只要能加以利用來對付漸趨得勢的王安石，就加以引援，而不去考慮它的後果哩！

這些老臣也好、御使也好，各自都有不可告人的目的和打算。

以反「均輸法」爲例吧！那是官吏與奸商鉅賈爲既得利益結合的反對勢力。「均輸法」實施，官商便無法勾結了，他們不反新法，既得利益就沒法持續。王安石在度知判官任內，太瞭解官員與商人之間的互相勾結，利益輸送，魚肉百姓，他是心知肚明的。「均輸法」多少是針對這些官商勾結而來。說他項莊舞劍，志在沛公也未爲不可。不過王安石還未惡劣到這種程度。

因此「均輸法」和即將頒布的「青苗法」，在解救倒懸才是最終目的，朝廷的財政已是其次了。

反對新法的人，提出的反對理由堂而皇之，沒有誰懷疑新法，也沒有人加入那些既得利益者的反對行列，朝廷政爭初期，只在汴梁宮內展開，但不久就擴及地方，且是一項有計畫的行動。

第二天蘇軾正式以彈劾的方式，不經中書省，直接在文德殿上陳述其反對新法的理由。其主旨說：「上糜帑廩，下奪農時，堤防一開，水失故道，雖食議者之肉，何補於民?臣不知朝廷何苦如此哉?」

蘇軾認爲，新法實行，則商賈不行，商稅也減少，朝野兩失，「均輸法」是虧商稅而取均輸之利，是殺雞取卵。他不知道官商勾結，已經是民不聊生的事實，是一個詩人的浪漫的想法，但他的彈劾已公開替商賈張目了。

趙頊聽完蘇軾的奏，楞在當場，宮外的事，雖然知道的不算少，畢竟住在深宮大院之中，民間的疾苦，他那裡完全瞭解?

除了不瞭解，還得留機會看看王安石如何說。

「陛下，蘇大人的奏章沒有甚麼數字，臣卻可以提出不少政商勾結，上下其手的官吏商賈實例。平民仍爲多數，朝廷是爲民不是爲官商，『均輸法』實施，不是殺雞，而是養雞，讓正當的商人，在公平競爭下發展，至於上糜帑廩，更是不瞭解國用和府庫的情形，歷代無不是食廩足，而國勢強，反之，則國勢弱。」

鎭安坊後來是李師師賣唱的場所，不過在李師師未出名以前，鎭安坊就已是朝官巨賈們聚會的場所。那時李師師還是個八九歲的黃毛丫頭，大官們正眼都沒有給一個，誰也沒想到那麼不起眼的黃毛丫頭，後來被李嬤嬤調敎成爲色藝雙絕的汴梁第一名妓，京師的達官貴人莫不趨之若鶩，連徽宗也成爲入幕之賓。而李師師也成爲汴梁的紅妝布季，直通朝廷了。

這是後話。富弼他們去那裡飮酒作樂時，還沒把那梳兩條小辮子的小姑娘放在眼裡。獻唱陪酒都還輪不到那個小妮子。

再說那天是爲了談事，誰也無心喝酒、聽唱了。

一桌上等酒菜陸續上桌。

酒過三巡，話題扯開了。

「彥國兄，頭天你不是奏准了的嗎，一個九五之尊的人，怎麼說話不講誠信？」文彥博提出他的看法：「一定有人在你之後阻止這件事了。」

「可能王安石在彥公出宮後，他也見了趙頊！」趙汴提出他的看法。
「不可能，下官出宮時，天已快黑，而且王安石也不可能知道我這項保荐？」
「會是誰有這個翻盤的力量？」呂誨輕拍了那堅硬如鐵的黑紫檀木桌沿，發出沈悶的輕響：「我想起來了，一定是她沒有錯。」
「是誰有改變趙頊的力量？」
「向皇后，彥國兄離開宮裡，天已快黑，還有誰能見到皇上？這又不是六百里加急的邊關軍情，不是向皇后在幾杯酒後點醒了趙頊，就是龍床上翻滾騰躍的時候，才能改了皇帝對宰輔的承諾。你們說是不是？」呂誨的推測，也不是不可能，很多軍國大政，趙頊也曾和向皇后商量過，而常有出於意外的決定。
「這次是子瞻吃了虧，幸好還留些情面，未趕出京師。」趙汴說。
「子瞻這次遭貶雖未出京師，但這已不是他個人的事，反對新法已經貶謫不少人，下位是誰，就不得而知了。」呂誨分析：「彥國兄是保舉人，趙頊這種做法，門下省以後恐怕放不出任何一個官。顯然朝廷大政已完全落在王安石那批人手裡了。」
「下一位當然是我富弼了。」富弼獨自乾了杯悶酒：「這明的衝著我來了嘛！」朝議的論爭，不過是讓老臣們，也就是守舊派的一個出氣的機會，但老奸巨猾的大臣卻不出面，躲在背後策劃，讓年輕人打頭陣，就算敗下陣來，文彥博、富弼這些老臣卻屹立不動。
果然，蘇軾受到了懲罰，老臣們還貓哭老鼠地，爲之憤憤不平呢！

10. 幹部不足，地方包圍中央

青州的農村凋敝，插完秧，就要上山採葛藤根、蕨菜根來搥爛，用水沖洗根部的澱粉作爲糧食、青嫩的榆樹葉過了水去其苦味，放點痲油，就是很好的菜肴了。

邊遠的農民不說，就汴梁附近的農民，靠近京畿，算得上是首善之區，農民卻仍然一年有四個月缺糧期，不是借貸度日，就是上山採野生可食的植物爲代用糧食。

這不是單一的現象，非常普遍。所有河東路的農民農忙時，安善良民秋後都出外營生。營生是土匪的代名詞，打家劫舍，明火執杖者有之，拉幫結隊，整村洗劫者有之，已到社會崩潰的臨爆點上，只要有人號召，很可能造成農民反朝廷的大結合，等到這些農民有了組織，有了領導人，軍隊得到處救火。

王安石非常明白，兵老士疲，手不能拉弓，將不能上馬的廂軍，大概是起不了保護社稷作用的，禁軍在調戍的情況下，將不知兵兵不知將，靠軍隊保護社稷和朝廷，恐怕是緣木求魚，一切都會落空。

也就是社會已由這種官商的剝削，無法生存之下，逼上梁山是很有可能的事。這個臨界點，只差一個引爆的火花，很多人不明白趙頊支持王安石革新的原因在那裡？盲目反對，很多人遭貶，還不知道爲甚麼哩！

歐陽修甚至說出這樣的話，歷來只聽說皇帝迷於酒色，好逸樂，沒有迷於大臣。凡大臣能迷惑皇帝者都是大奸大惡，不是大奸大惡，不能迷惑皇帝，而且必然是學養俱佳。因此王安石應是位大奸之臣。司馬光則認定：再加上一個辯才無礙，出身蓁莽的呂惠卿，天不怕地不怕，他不僅頂撞過韓琦、曾公亮，完全不把人瞧在自己的眼裡，加上「三不足畏」的王安石，不知道要把朝廷帶到那個方向。

他們不知道豪強已經控制了朝廷的根基，「青苗法」貸放給農民的生產資金是兩成利，而地主、富戶則是自賣青起，也不過三、四個月，就要對本對利。「青苗法」的確減輕了農民的生產成本，「青苗法」實施不久，農村的生產很快就有復甦的現象。

「青苗法」繼「均輸法」後奉旨頒行了。

這個法案是以諸路平常所存錢穀出貸於民戶，以息二分貸出，春借秋收以後收回貸款，也是隨夏秋兩稅輸納的。遇到災害，可以延遲一年，通一路有無，以行貴發賤斂之政。立法精神甚佳，應當是嘉惠貧苦農民，朝廷、農民都兩利的事。

「青苗法」不同於「均輸法」。「均輸法」只實行於比較富裕的江浙等六路，有試驗的意思；「青苗法」是普遍施行於全國的，所以影響更大，很可以動搖根本，當然也可能使大宋國強民富。

在朝議中，也是爭議盈庭，反對者更是振振有詞，指責朝廷放高利貸，這麼一來，朝廷不是當了大商賈嗎？這樣更甚於商鞅、桑弘羊之「法」了。

看來很多大臣眞的誤解了「青苗法」。

蘇軾反「均輸法」於前，又反「青苗法」於後，而他是王安石最好的朋友之一。

「青苗法」的爭議，文彥博等人還是失敗了。

由於富弼看到蘇軾已成爲反王安石的先鋒，又是當今最有名望的文學家，如果抬出蘇軾與王安石作對，可以增加反對新法的力量。與文彥博商量以後，下午睡了個午覺，進宮求見趙項，建議升蘇軾爲御史，趙項對蘇軾也非常倚重，接納了富弼的此項建議。

此項任命，準備在早朝宣布。未料第二天蘇軾的任命卻由直使館判官，調任開封府推官。

不是調升而是調降；也就是被貶了。

這件任命大出於呂誨、趙抃、富弼、司馬光的意外。這等於打了宰相一耳光，臉上紅一陣白一陣之外，富弼已經感到自己這個宰相的地位朝不保夕。

下朝後，那些與新法作對的大臣，無心上政事堂辦事，相約到汴河街的鎮安坊去喝酒，尋一回歡樂，消消心裡的悶氣。

李嬤嬤一看，來的都是當朝紅得發紫的大官人。

「哎呀！列位大人，今天怎麼有幸光臨我們這裡啊？今天是要在水榭，還是後邊堂屋？」

「水榭吧！」富弼說：「那裡清靜些。」

「是是！這邊請！」

把官人帶到了水榭，這裡引汴河的水，開了個方圓兩百多步的池塘，遍種蓮花垂柳。炎熱的夏天，也涼爽宜人。

「說的也是啊！皇上可以不答應這個保荐，縱然要變更任命，也應當通知一下原保荐人，這明的是蹂躪相權啊！」

的確是如此，要改變調派，至少應知會一下原保荐人，現在說變就變，趙頊根本沒把富弼這批人放在眼裡。

「我眞後悔第二次進京出任宰相，否則不會受到這種侮辱。」

富弼從那天開始，稱病不朝，也不上政事堂辦公事，趙頊也不聞不問，富弼就變成可有可無的伴食者了。

這件事並沒這樣了結。那天鎭安坊的聚會結束後，司馬光、呂誨、富弼氣不過，竟然假蘇洵的手筆，僞造誹謗王安石的〈辨奸論〉，結果被向皇后識破，除了指出〈辨奸論〉是僞作以外，並獻了一計，不追究責任，司馬光、呂誨、富弼都是重臣。她說：「皇上登基以來，連罷舊臣，這樣不好，他們旣然知道文章是僞造的，便會自己告退，何必背負連罷重臣之名呢？」

這實在是很好的上計。

果然趙頊沒有追究是誰僞造的，只是蘇洵背了名，〈辨奸論〉成爲歷史上評價王安石的根據，實際上是出自司馬光的手筆，呂誨、富弼爲共謀，造成歷史上的錯案。

〈辨奸論〉案已因向皇后的獻計，未加追究，這卻造成富弼的莫大的壓力。

九月頒行「青苗法」，十月富弼告老。

「朕正倚之甚重，卿何以告老？」趙頊給足了面子的挽留，但誰都看得出來，趙頊的挽留並不堅決。

「陛下！臣垂垂老矣！且有重病纏身！」

「朕不能准，値茲推行新政，正是有所倚重，卿何忍離朕而去！」

黃門官宣布早朝結束。

這使富弼惶然。

辦人吧！不辦，放人吧！不放，這種不定罪，不殺頭，眞不是滋味，還不如痛快的一刀好。司馬光也爲富弼急了，他認爲不如痛快些，出來承認僞造蘇洵的〈辨奸論〉，要砍要殺，要革職聽命。這樣不死不活地整人，讓共謀者急煞，不知道這個年輕的皇帝葫蘆裡賣的是甚麼藥？

「不如呂誨我們三個人一起出面認罪了吧！」

晚上幾個人不約而同的到富弼家裡，也沒有心情飲酒作樂了。

「君實，你七歲破甕救人，講春秋，但〈辨奸論〉卻有很多漏洞。」

富弼叭嗒叭嗒吸著旱菸。「這也罷了，現在事機敗露，老夫頂住，要死也只死我富弼一個，你們兩個一起出來，就能免老夫的罪嗎？」

這當然是對的，不過司馬光和呂誨在道義上不能不表示共同負責的意思。

「旣不罰，也不追究責任與眞相，皇上到底要幹甚麼？」呂誨也搞胡塗了。

「這是條毒計！」司馬光想通了。

「甚麼毒計？」

「富大人是元老重臣，只因僞造一篇文章就貶人，恐怕大臣不服，太偏袒王安石了。」司馬光說。

「對！誰出的這個主意呢？」呂誨問。

「不是王安石就是向皇后，以皇上的性格，不會處理得這麼妙！」富弼恍然大悟。

「他們的目的是什麼？」

「非常簡單，清除新法實施的障礙。」

「明白了，我知道該怎麼做。」

富弼連上八個告老的本子，最後一個本子准了。還加封左僕射空銜判汝洲，後又加檢校太師、武寧節度使，以同平章事銜出判亳州，但仍與韓琦、司馬光、歐陽修等陰阻「青苗法」，直到眞正除去公職，定居洛陽爲止都在反新法。

富弼告老獲得恩准，總算鬆了口大氣。

這等於僞造〈辨奸論〉的罪，由他一個頂下來了，並保住司馬光、呂誨的官爵，在朝廷仍是一股力量。

心中落下一塊石頭，富弼是受了點委屈，趙頊總還算顧全老臣們的面子，這是僞造〈辨奸論〉的最好下場。而富弼從此離京遠行，離開權力中心，恐怕永遠都回不到汴梁了。

同夥的司馬光、呂誨等人是有內疚的，頗有伯仁因我而死之感。在這種心情下，不爲這位老宰相餞行，不足以減輕內心的罪惡感。

於是約好，富弼離京之前，放肆的玩一次，吃一次，喝一次。

這次分別，說不定就見不到面了，同殿爲官數十年的情誼，也該表示惜別之意，何況司馬光等人，還對他有所虧欠呢！

司馬光在礬樓訂了一桌上等酒席，吳充等爲陪客，呂誨又在鎭安坊包了整個水榭，並派家人呂應忠事先知會李嬷嬷說，當晚的紅牌姑娘，除了姑媽到訪的以外，全部到齊。

眼看這是一筆大生意，那敢怠慢，從早晨起，全茶坊的人都動員起來，布置一新，聽說來的都是當朝執宰的人物，這下可以壓過紅燕坊出口惡氣了。

這一行，就看客人的份量、地位，如名公巨卿時常光臨，無異迎來了財神，所以格外要周到小心。

中午一過，就吩咐姑娘們抹脂擦粉，李嬷嬷不惜一個個檢查，服裝是輕羅薄緞，務要襯托女人的韻味，好迷死那些老色鬼，這就自會有五鬼向鎭安坊的庫房搬銀子了。

礬樓那一頓，富弼的友好故舊都請到了，餞別宴是種官場中送往迎來的例行公事，多少顯赫權重的名公巨卿上升外放，都在礬樓餞別。但送富弼的宴會，多少令人傷感。

司馬光先到了礬樓，禍是他惹起來的，那天的餞別宴也就多少帶有賠罪之意。坐下來，客人都未到，突然想起蘇洵的〈上富丞相書〉，其中有句：「朝夕而侍之，跂首而望之，望望然而不獲見也，戚戚然而疑。」從富弼一生功名去看，除了使遼抗拒割地可以大書特書以外，其他眞是乏善可陳，不過僞造蘇洵作品，以謗王安石這件事，不是富弼一肩擔，恐怕這餞別宴是一大串人。由蘇洵的〈上富丞相書〉，想到富弼，他眞的不該二次出任宰相。

人陸續到了，唐介、邵元、吳奎、趙抃、吳充、滕甫、鄭獬，與富弼一起來的是呂誨，都是在新法的交手中受到貶斥的人物，只有吳充因與司馬光、文彥博、王安石都是姻親關係而暫時保持中立，但這些人卻不避吳充，在政治上，他是最好的絕緣體。

人到齊了，山珍海味也上桌了。

礬樓是當時最有名的酒館，只要有錢，甚麼都吃得到、喝得到。

大家坐下後司馬光舉杯：「來，我們敬彥國兄！」

「敬彥公！」

酒過三巡，司馬光站起來：「三王德彌薄，惟后用肉刑。彥國兄入朝伴君，大概有四十多年了吧？」

「記不起來了！」富弼似乎老了許多，他不想回憶過去。「君實，不是三王德薄，而是我們太粗糙，政治就那麼現實，壞就壞在讀書人常常以天下爲己任這種態度上。談這些幹甚麼？來來……今夜且得千日醉，一飲醉它三五年……今夜不談政治！」

「富大人，今夜可不能醉。」趙抃只淺淺的喝了一口。

「爲甚麼不能醉？趙大人說個理由。」

「人生得意須盡歡，莫使金樽空對月；我們今天有甚麼得意？都被貶了！」趙抃頗有些戚戚然。

「趙大人，今夜不能醉是對的，但並不是不得意？人生有起有落，月有陰晴圓缺，彥國兄的遭遇也沒甚麼奇怪，細數百年來，多少被貶的宰輔？又是多少人幾起幾落？不能喝醉，是我們要盡歡，鎭安坊那邊還有一場盛會。」唐介說。

「另一場盛會？」還沒人告訴富弼，在鎭安坊另有人等他哩！

「鎭安坊！我們是不醉無歸。」

從此，大家只管飲酒，不談王安石，不談大宋社稷。不過提起鎭安坊，富弼臉上沒有出現任何變化，富弼是不大涉足風月場所的，鎭安坊的門向那邊開都不清楚。是呂誨的有意的安排呢還是巧合？原本只想到鎭安坊樂一樂的，沒想到竟演出一場樓台會。三十年了，富弼都未到過那些歡場了。

不談政治只喝酒眞好，富弼突然一下頓悟，似乎白活了幾十年，結果呢？不堪問也不堪答。

飲了此杯，即將離開汴梁，這一生能不能再回來，誰也不知道。他心中自然有許多感慨。馬行北街燈海處處，遊人如織，礬樓上的特別包廂內的人們都已醉眼矇矓。席撤了。他們下樓驅車向南邊的汴河街走去，鎭安坊那方面已經在水榭雅房裡上了精美的點心和來自古丈的白毛尖新茶。

水榭內的家具、食具都非常精緻高雅，不少名人字畫懸掛其間，哪裡是個教坊？與名園侯門無異，擺飾頗有書香味。

汴梁過去和現在最有權勢，第一流學問家們的馬車停在鎭安坊圍牆外，由司馬光帶頭，繼續進鎭安坊，向水榭那間雅房走去，沿著曲徑迴廊都有鎭安坊的女兒們迎接，那是他們的財神，小心翼翼地侍奉。

「大人請！」李燕，不，鎭安坊的李嬷嬷領著大家進入水榭。

——落座以後，鎭安坊的女兒們，個個打扮得艷麗入時。她們都受到極好的訓練，像是接待這種事，除十分禮貌周到之外，還多少有一種挑逗，縱然有些輕佻，也是男人們更爲期待的。他們不就是爲那點輕佻才到鎭安坊來的嗎？

富弼看到李嬷嬷，頗有似曾相識之感。

那種體態、那種溫馴、那種善體人意和語言都沒有多少變化。

是她嗎？富弼試喊：「李燕……」

李嬷嬷正在指揮女兒們招呼客人，唯恐有甚麼不周到的時候，一轉身，突然發現有人叫這個早已讓人忘記的名字時，她楞住了。

她回頭，並沒有發現一個知道這個名字的人啊！

「李燕，是我？是彥國！」

「彥國！」

她注視著富弼，依稀看到一個曾經熟悉的輪廓，卻是垂垂老矣。

「你是……」

「富弼大人，當今宰相。」吳充說。

「大人！過去彈弓打鳥的慘綠少年當了宰相？」

李燕呆在那兒笑了，命運多麼捉弄人？仁宗朝到汴梁應試一去不回，等煞了在那麥稭堆裡滾在一塊兒的少女，這一等就是三十多年近四十年了，住在一個城裡也數十年，怎麼就沒有碰面，老天怎麼這樣會作弄人？
「當了宰相又怎麼樣？怎麼頭髮都白了才讓我們見一面？」這把所有的人都看傻了。「妳怎麼進京不來找我？」
「進得京來，你已使出契丹，而且也是使君有婦了。」
「我們不是有山盟海誓麼？」
李燕搖搖頭。「你出使契丹回來，我已成為教坊姑娘，那有臉再去找你啊！曾經滄海呀！」她仰著臉，富弼才發現伊人亦已老去，兩鬢灰斑、眼角魚尾滿布，早已不是在麥稭堆裡說夢的少女。
「好吧！阿燕！」
李燕一點頭，眼淚珠兒便滾滾流下，沾滿了織錦的金縷。「你呢？」
「罷黜之相！」
「人生無常呀！登了山峰，必然就是下坡……」
「妳說得是。」
「好了，你們只管唱一齣樓台會，倒把我們這些觀衆也陪了不少眼淚，我們不是來狂歡的嗎？」司馬光提醒了沈醉在夢裡的一對老情人。

「對！大人們是來找樂子的，不是看我們哭啦！」李嬤嬤一拍掌，箏樂奏起，酒菜也上來了。

大人們紛紛落座，姑娘們殷勤奉侍。

「來吧！這也算是斗酒隻雞之約！」

「最好來一罈千日醉！讓彥國兄在此睡三年，補償呀！」吳充說。

這時絃歌大作，李嬤嬤吟了歐陽修的〈臨江仙〉：

柳外輕雷池上雨，雨聲滴碎荷聲。小樓西角斷虹明，闌干倚處，遙見月華生。

燕子飛來窺畫棟，玉鈎垂下簾旌，涼波不動簟紋平，水晶雙枕畔，猶有墮釵橫！

吟完了〈臨江仙〉，李燕又是滿臉淚珠。

相公雖已垂垂老去，但那舊情難忘，便以晏殊下片〈破陣子〉相回：「巧笑東鄰女伴，採桑徑裡逢迎。疑怪昨宵春夢好，元是今朝鬥草贏，笑從雙臉生。」

眞是此情堪追憶，但各種條件，兩人永遠都回不到現實了。

這是意外？還是呂誨的安排。

無論如何總是一樁好事。了卻兩人一段相思，卻未想又要受別離之苦。

人生無常。

那夜大人們都去掉人性的護甲，盡情酖飲，廟堂上的聖賢都現了原形，曉市開始，有人悄悄溜了，最後只剩一對曾在麥稭堆裡打滾的老情人了。是否「水晶雙枕畔，猶有墮釵橫」，醉裡偷歡，再續前緣，就沒有人知道了。

恐怕是往事只堪回憶！

11. 上下聯手，反對青苗法

汴梁的初冬已經很涼，護龍河邊的楊柳在北風中搖曳，人們口中吐出白氣，四條通過汴梁的河道，都趁秋後水淺疏浚，汙泥堆在沿河街道旁。

——爲航運必須清除汙泥！

富弼坐的仍是宰相雙馬車，冷風從窗外颯颯地如刀般吹進車裡，把衣領緊了緊，無意間打了個寒顫。

——汙泥？

富弼笑了笑，他只帶了夫人和少數僕從，此去亳州，還不知道今後又徙那裡，所以家人暫時仍住京都，不好全家搬去。

「怎麼了？」夫人深情的看了身邊的相爺一眼。

「汙泥？」

「爲了春來的航行，疏濬是必要的。」

「唔……」富弼似乎有什麼感觸，卻又把話嚥了回去。

夫人十六歲嫁到富家，已經五十年了，富弼在事業上青雲直上，宦途順利，千不該萬不該再度爲相，如今眞的受了委屈，一夜之間兩鬢皆白，蒼老許多。幾十年在官場中打滾，甚麼怪事沒有碰到過？只是如今落在自己身上罷了。

「一切都是虛幻，別想那麼多了。」

夫人握了握富弼那雙厚敦敦的手。

「人都有下場，沒想到敗在一位後生小輩的手上！不甘心啦！」富弼還是沒有悟透。

「相公，恕妾說句你不願聽的話，一朝天子一朝臣，你足足大了皇上四十六歲，又是三朝元老，如在民間，他要叫你爺爺啦！你縱然忠心耿耿，皇上也不便指使，其實你這次入相，我就不贊成。」

「這個我懂。」

「懂就不該反對新政，更不該受司馬光他們的撥弄。」

「爲天下蒼生啦！我那裡是受人撥弄？」

夫人沈默了許久才接話。

「人人都說爲天下蒼生，改朝換代也沒看到百姓都死。」她頓了頓說：「仔細想想，官爲蒼生？還是蒼生爲官？你知道歐陽修他們爲甚麼那麼激烈反對新法？」

「爲甚麼？」

「歐陽家在洛陽還不是以貸放爲業？不然以他所領的俸祿，怎麼會有那麼多家業？依妾看『均輸法』對很多老臣都有害處。所以……」

「妳說！」

「『均輸法』使大商賈無法再囤積居奇，『青苗法』更是擋了地主大戶的財路。不然歐陽修曾保舉過王安石，又是他的老師，肯定他在鄞縣政績，聽說，這很多法，都曾在鄞縣辦過，老百姓感謝王安石的德政，還爲他建生祠呢。還有，在知常州時修運河，增水利，聽說是富紳反對，大家集資到京師活動，才罷了知州的……」

「妳都聽誰說的？」

「相爺，官老爺們上衙門去了，三親兩故的串門子，朝廷的大政，那一件瞞過官夫人們？歐陽夫人自己說的啦！」

富弼聽到這裡，眞正懷疑自己是否已被那些人利用了。問題是自己明的栽在王安石那批新人的手裡，這口惡氣不能不出，反正大不了告老休息，不管朝政，只要還有一點權力，就要鬥到底了。旣然已因〈辨奸論〉被人玩了，已是沾染上反對派的惡名，盡汴河之水也洗不清了。再說自己豈是搖擺不定的人？現在再擁護新法，也沾不上邊了。他告訴自己，回頭已萬萬不可能，那就身隨勢轉吧！

太祖立下不殺大臣的鐵律，趙頊總不致要自己的命。

這時已來到西角子門，富相爺的家人上完船，舟子一篙子，船離了岸，出城後轉入通濟渠，那正是王安石上京應詔入對的路線。

路雖相同，際遇卻是不同的。

領了牌、出水門，開封已在烟塵之外，漸漸消失在地平線上。

富弼是不甘心，但不甘心又如何呢？天下是皇帝的，是趙頊的，他只不過是個臣子。在罷京官爲地方的高官之中，韓琦最佔便宜，出知相州，還距離開封不遠，富弼是等於充軍。安徽的亳州位於魚米之鄉的江南，氣候適於養老，如不再有變動，他眞想就此終老亳州。那裡是魚米之鄉，人民富裕，氣候也溫和，夫人贊同他的意見。

把心裡的話說出了以後，反而暢快多了。

「終老是鄉也不錯，夫人只是要妳從頭做起，勞累是難免了。」

富弼罷相，司馬光，呂誨內心愧疚不已，他是等於頂罪外放了的，他只要在朝堂上供出同謀，恐怕罷京官的不止富弼一位，是一大串。

經過這次設計未把王安石扳倒，他們不會就此罷手，那樣一來，他們就對不起那些打衝鋒的盟友，如韓琦、富弼這批人，司馬光和文彥博邀來呂誨，決定與王安石那批人鬥爭到底。如今已是沒有妥協的餘地了。

從趙頊支持王安石的情形去判斷，要從朝廷把王安石排除，幾乎已是不可能的事。

文彥博突然想起王安石知常州，興水利、疏濬運河這個計畫中止，是地方紳士和地方官吏聯手杯葛的結果。這段往事，可供借鏡的地方甚多，何不故技重施，老謀再用？

文彥博靈光一閃，臉上出現了笑容。

韓琦在相州。

御史錢顗在秀州。

劉琦貶處州，現在遷歙州。

流放的人很多，只要是因反新法而貶官的，都可以聯手起來，新法固然在朝廷無阻的頒行，到底新法要地方官去實施，王安石再能，也只有一個人一雙手。

——妙極了。

但是結黨是滅族之罪，不能有形勢的聯合，那必須有巧妙的安排。

他仔細研究「青苗法」，一遍又一遍，突然他發現，呂惠卿雖然聰明絕頂，畢竟還是百密一疏。

他是讀「青苗法緣起」中發現問題的。

其中有句：「諸路平常廣惠倉錢穀，略計貫石爲千五百萬貫石以上，斂散未得其宜，故爲利未博。今欲以現斛斗，遇貴量減市價糶，遇賤量增市價糴，可通融轉運司苗稅及錢斛，就便轉易者，亦許兌換，仍以現錢，依陝西青苗錢例，願預借者給之。隨稅輸納斛斗，半爲夏料，半爲秋料，內有清本色，或納時價貴，願納錢者皆從其便。如遇災傷，許展至次料豐熟日納，非惟足以待凶荒之患，民既受貸，則兼併之家，不得乘新陳不接以邀倍息。……」

立法是美意，不過漏洞就出在自願與強貸，且仍以償還能力爲標準這裡了。

「青苗法」內未規定貸出是自願呢？還是所有農民都得借貸，還有借貸戶分等，貧窮者，也是最需要借貸的人，卻因償還能力問題，反而不能多貸，故「青苗法」有聯保性質的借貸法，因此還不能說它是完全爲貧窮的農民設想的法律，故給保守派有可乘之機了嗎？

他還發現，「青苗法」實際是陝西轉運使李參曾經實行的「青苗錢」。當年以境內多戍兵，糧儲不足，乃令民自隱多餘的糧食，政府須先借出錢，農作物成熟時，以糧食抵其借款；後來王安石在鄞縣任內，也曾經實施過，而且很成功。所以嚴格來說，「青苗法」不是什麼新法，實在呂惠卿太聰明，法律訂得太周密，反而有機可乘了。

現在只要聯合被貶的官員，從借貸上動手腳就行了；願貸者當然借出，不願貸的也強迫借貸，這麼一來，不願借貸的要多負擔利息，而需資金孔急的，卻又不能多貸，必然造成民怨。這時文彥博不能不佩服蘇轍了。

在擬訂「青苗法」之前，他說過：「此法本以救民，並非為利，然出納之際，吏緣為姦，雖有法不禁。錢入民手，雖良民不免妄用；及其納錢，雖富民不覺踰限。」想起這些，文彥博哈哈大笑了。

「百密一疏呀！介甫啊！恐怕你的失敗就在此了。」

辦法雖然想好了，他卻不願背負破壞新法的罪名，讓歐陽修他們去幹，或者韓琦還是司馬光呢？不過他自信，只要把破壞的方法傳出去，無論誰幹都一樣對王安石造成無可彌補的傷害。

於是他逢人就以剖析新法的姿態，把他的想法說了出去。

文彥博非常瞭解，被貶的人，絕不會甘心就這樣倒下去，在京一定安置有心腹，瞭解朝廷的動靜，以圖反撲之計，這些消息當然是他們要蒐集的了。

阻撓新法中，出現了一位戲劇性的人物。

范仲淹不僅抵禦西夏入侵有功，西夏嘗說：「有范老子在，永不做入主中原夢。」范仲淹有兩個兒子，老大純祐，除追隨老父在西北領軍作戰，一生侍奉父母，未作京官，純仁是弟弟，後來當過御史，知諫院。

行新法中，他是陝西轉院副使，三年任滿入朝述職，曾與薛向是同事。如今薛向當了天下第一轉運使，心裡有說不出口的不舒服。而富弼是他父親推荐給晏殊的老臣，如今被貶徙，再加上劉琦、錢顗都因新法被外放地方，更是憤憤不平。故藉入朝述職之便，這位名臣之後到京的第二天，就見到神宗。

神宗問起陝西的兵備情況。他回說：「城郭還算好，武備粗備……」反正不誇不浮，都照實說。

他是憋一肚子氣在回話。

「陝西地處前線，面對野心勃勃的西夏，聽卿這麼說，陝西的兵備令朕憂心。」

「陛下，請不必擔心邊防，倒是應當留意一下新法了。」

這是話中有話，神宗很想聽聽這位來自邊防大員對新政的看法。

「朕深處宮中，實在不瞭解百姓對新政的看法，與新法對社稷的利弊，有話直說。」

「天下人是敢怒不敢言。」

「卿所指是甚麼事？」

「回陛下，凡反對新法者，皆被貶徙，『均輸法』等於與商爭利，『青苗法』有利有弊，窮者借不到錢，而獨厚富戶，三司條例司所擬頒布的法令，都是桑弘羊、商鞅之法。如今合則視爲賢能，異己則排斥貶謫！諫官、言官三緘其口。被貶徙者多數爲有風骨之官，有的人，只爲保官位，貪俸祿，不是阿諛附庸，就是好自爲之，殺子自宮，易牙、豎刁、開方之流充滿了朝廷，陛下除了聽到歌功頌德之聲以外，那裡還聽得到民間疾苦……」

這一席話，等於摑了趙頊的耳光。想想范純仁說的還需要時間的檢驗，不便有所斥責，何況他又是忠臣之後，雖然一肚子火，還是隱忍不發。不過用易牙等人的典故，把趙頊比喻成齊桓公，固因齊桓公重用管仲而稱霸，卻也因用小人，喜歡阿諛奉承，餓死於壽宮的事，是多麼傷人？趙頊已是火冒到喉頭了。

「令尊是我大宋功臣，也是慶曆新政的實行者，老實說，慶曆新政，和現在的改革，事實上是有相因的關係，都是爲了我大宋江社稷設想，新法眞的那麼可怕、王安石眞是那麼可惡嗎？」

「慶曆新政，終歸也是變祖宗之法，所以實行還不到一年就結束了。」范純仁已經昏了頭了，口不擇言地說：「當然，那也是先父的失著處……」

「那麼你是連仁宗也詆毀了，新政不是出自令尊，而是西夏寇邊，軍費支出龐大，改革實在是出自仁宗的旨意！」

這等於說，趙頊暗示，變法是出自誰的主動，說得范純仁慚愧十分，但話已出口，收也收不回來了。

「臣惶恐！」

「慶州是防西夏的要關，你到慶州去吧！」

才從陝西回來，如今又要外放到甘肅去，這下臉都綠了。可是他能抗旨嗎？

侍御史劉述有今天，是得到范仲淹提攜的，便出來替范純仁說話，公開指摘王安石棄儒術，而興法家苛政，又侵三司大權，開局設官，爲滿朝百官鄙視，妨礙賢能，除了請罷王安石，凡未盡責的言官，都應貶斥。趙頊一生氣，把劉述也貶到江州。

一天罷了那麼多大官，是宋朝開國以來未有的先例。

趙頊堅定支持王安石的改革，可以由此看得出來，當然王安石也樹了不少敵人，對新法的實施，更增加了阻力。

歐陽修在京的家人，從朝官的閒談中，知道「青苗法」的漏洞以後，很快這些訊息就傳到歐陽修、韓琦的耳裡，他便把此一消息再傳給被貶的同仁們。而且，他在自己轄境內，普遍放貸青苗錢，把兩分利息提高爲三分，不想借貸的農民，強迫借貸。陝西、河北一帶的農民叫苦連天，而韓琦、歐陽修、司馬光都暗暗的笑了。

最爲得意的是文彥博，他燒起的一把野火終於燎原，誰說毫無一用是書生？激怒農民，可以動搖社稷根本。搞新法的那一批改革者還在睡夢中，夢見田野都是金黃的稻穗麥青，倉廪充實呢！

12. 聯合捭闔，新法頓挫

自趙頊登極以來，至熙寧二年底，已罷了不少官：歐陽修與王安石不和，以刑部尙書知亳州（安徽），八月轉兵部尙書改知青州（山東），充京東東路安撫使，十一月加食邑五百戶，食實封二百戶，在安徽潁州西湖築第，圖作永久之計。告老時，曾有「思輔治於和平，務敦行於仁厚」的想法，因目疾不能從政，加觀文殿學士太子少師致仕（退休），終老於此。

熙寧二年五月翰林學士鄭獬、宣徽北院使王拱辰、知制誥錢公輔又因反新法被罷；六月御使中丞呂誨、八月判國子監范純仁、條例司檢詳文字蘇轍、十月富弼；熙寧三年尙書張方平都罷官外放。到了這時王安石的政敵滿天下。

富弼罷相時，趙頊問：「誰可以爲相呢？」

「文彥博老成持重，應可爲社稷之臣。」
「他老了！王安石如何？」
「介甫治國太急，恐非得人。」
「你下去吧！」

趙頊不置可否，富弼便黯然的走了。

王安石並沒有當宰相，由共領三司條例司的樞密副使的陳升之出任同平章事。此一任命，出於朝野的意外。爲甚麼王安石自己不升宰相？卻推荐陳升之？一是陳升之在三司條例時期唯唯諾諾，沒有太多政敵，如由他任宰相，以王安石的影響力，雖然是副相，掌握尙不成問題。這是趙頊和王安石的如意算盤。二呢？也可避外界認爲王安石行新政就是爲執政。故此任命都認爲得計。

這就同用陳升之當樞密副使，與中書省參知政事王安石兼領條例司一樣，等於是中書省與樞密院共同組織的一個聯合機關，獨立於三省之外，專爲訂立條例，推行新政而設立。陳任之在條例司期間，從未反對過新政新法，現在由條例司升了宰相，應當可以便宜行事，他又是福建籍，也可算是南人，而江西與福建比鄰，更算得上是大同鄉了。何況他這個宰相又是王安石推荐的呢？

雖然趙頊不想用文彥博在前，但任用陳升之卻是王安石開的口。論功勳、資望、文采，陳升之都難以和文彥博抗衡，畢竟他也已六十四歲，年齡上算是老一輩的人了。

既然從條例司升了宰相，至少不會對所頒布的新法持不同的意見吧？

但權力使人腐化，而保住權力更是政治人物難免的行爲。陳升之在條例司期間，主導權在王安石手裡，唯唯諾諾也有好處，不像王安石、呂惠卿一樣成爲箭靶。不過他看得多了，老臣們排山倒海的反對聲浪的確可怕，他更深知被貶的大臣們雖然已不是權力核心，卻成爲一方的封疆大吏。那些反對派老臣的背後，又有地方豪紳鉅賈支持，更可怕的還有后黨，和幾十年經營的人脈。朝廷詔頒的新法，能不能實施，成敗關鍵還在各州路的官僚群手裡，他深知新法的阻力是很大的。熬了幾十年才等到這個位置，得使盡所有權謀保住這個位置，才能當幾年太平宰相。

首先陳升之在趙頊面前，奏請撤銷條例司，恢復中書省的舊權。恢復司農、度支、戶部三司，消息傳出，引起王安石、呂惠卿的強烈反對，蜜月期未過便翻臉了。

條例司後來撤銷，但陳升之也沒保住他的位置，被司馬光說成南人狡險。因爲曾公亮、陳升之都是閩人，王安石、趙抃是楚人，北方人大權旁落，陳升之不久也罷相。

經筵上，司馬光在邇英殿借古諷今，公開批評「青苗法」是朝廷放高利貸，盤剝農民。豪紳都能剝削下戶，如今以朝廷的力量來放貸，不借的也要借，還不起債務的，賣妻鬻子，今後百姓將永無翻身之日。借債是容易，收回債務就困難了。收不回貸出去的款子，當然就是朝廷損失，老百姓還不了債務，便得逃跑，骨肉離散。他認為一路哭之日不遠了。

碰到呂惠卿伶牙俐齒，提出反駁，原本是講經的早朝，卻成為新法的辯論會了。

趙頊也不以為忤，趁這機會，想瞭解「青苗法」在民間的反應。

「臣是陝西人，『青苗法』的貸放，官員有責任，貸不出去就是執法不力，農民不是普遍缺糧缺錢，而官府貸放少了，利錢不豐，政績就差，盈利也少，因此有的富戶不願貸也得攤貸，說穿了，百姓繳兩成利就是了。」司馬光望了一眼呂惠卿。「因此，『青苗法』是只有弊沒有利，貧富都反對的一種新法。」

「這種情形是有的。」呂惠卿說。

這話使司馬光很得意。

新法名義是出自條例司，其實，多數出自文字詳檢之手，曾布、呂惠卿、蔡卞是主要擬稿人物，再由條例司提出草擬「青苗法」者都承認其中有弊端，新法的前途可想而知。不過呂惠卿和司馬光交過手，他比王安石還不留情面。司馬光知道，面對這個尖銳人物不能不小心。

「陛下，『青苗法』是閉門造車，公事房想出來的東西，並不一定能推行，那裡能和祖宗之法相比？」

趙頊知道司馬光是舞項莊之劍。他說：「徒法不能自行，執行的人關係極重要。」

「回陛下，『青苗法』沒有規定要把所有的官倉和官錢都貸出去，也不是所有農民都要貸給，富裕的不必向官府借貸。」王安石不得不站起來爲新法辯護。「臣在鄞縣就曾效法李參的做法，開倉借貸，只取兩分利，較之民間放青加倍利息要低得多，因此佃貧農得以免被地主豪紳的剝削，農民耕種意願高，也有施肥的能力，農業立即增加；在常州任內，興修水利，改良耕地，也得到可觀的成績。」王安石停了停，繼續說：「這些經驗，都是新法的張本，怎麼能說是閉門造車呢？」

「司馬大人，惠卿來自布衣，出身莽野獵戶，現在雖爲京官，錦衣玉食，閒了還逛逛相國寺、瓦子、教坊，汴梁是火樹銀花，城開不夜，但惠卿還深知民間疾苦，不但是閩侯，同樣也知道山西、陝西、河北等地實行新法的情況。河北不說，陝西竟然有京官家屬，夥同豪紳富戶放高利貸，官商沆瀣一氣，坑害窮苦百姓。新法實施後，唯一受損害的是這些官紳。至於農民，他們是歡迎的。傳說，有的路州，貸放錢糧，要提高利息，有的更怕收不回貸放的錢糧，把錢糧貸給殷實戶，五等戶再向他們借貸。官紳以爲農民、窮苦大衆無知可欺，故官商上下其手。更有的怕收不回，還了債，不願貸放給五等戶以下。不錯，回收貸放的錢糧，不能說沒有困難，的確有農民逃債，自鬻妻女爲奴，入寺爲僧的。不過貸放這是方法、執行的問題，不是詔頒新法的缺失。而有人稱新法是禍國殃民之法。司馬大人是陝西人，諒一定明白。不過這還只是傳聞，敬請陛下明鑑……」

呂惠卿眞是伶牙俐齒，指桑罵槐，尖銳極了。司馬光自然有心病，對於地方脫離太久，也不甚瞭解，但官紳勾結的確是事實，他自認官箴無愧，沒有特別在意呂惠卿是有所指的，但誰又敢說呂惠卿是有所指呢？

趙頊對於呂惠卿的指控，雖說是傳聞，畢竟不會空穴來風，沒有所本是不放在廟堂之上，說出這樣驚人之語的。

「知道了！有關新法執行的弊端，御史台立即派人調查。」

趙頊離座，尖銳的辯論總算結束了。

一場講學，竟然演變成新法的爭端，創了歷代經筵的先例。過去縱有爭執也限於學術範圍之內，絕對不會這麼針鋒相對。

最難過的是司馬光，出仕以來，未受過如此的羞辱，離開家鄉已經多年了，難道家人眞的有甚麼把柄落在呂惠卿一幫人的手裡嗎？倘使家人眞的如呂惠卿所說放高利貸，如何對得起朝廷。這時司馬光不僅不怪呂惠卿刻薄，反而以爲他太厚道了，給不少京官留了餘地，顧住同僚的面皮。

出了禁城，御街上再也沒有過去的朗笑了，呂惠卿的一番議論，人人自危，不過也有人不在乎，御史台那一位的屁股是擦乾淨了呢？查，認眞下去，還不是大水沖到龍王廟裡？誰敢不官官相護？瞞上不瞞下，老韓相那裡正是取的三分利。

也有膽大的，查，那是虛應故事。

不過司馬光還是捏了把冷汗回家，越想越可怕。不與新政爲難嗎？這口氣嚥不下去，管下去，不知那天會惹火燒身。眞是進乏媒梯退又難，利害權衡，談何容易？

一般人都認爲這是新政的一項勝利，曾布卻有不同看法，他認爲司馬光是何等人物，能在洛陽沈潛十幾年完成一部書，又是幾起幾落政壇老手，在政壇上打過多少滾的人，豈肯就此認輸？曾布判斷，司馬光決不就此罷手，反而因此沒面子的事，不知會變出甚麼花樣來呢！

王安石頗爲同意曾布的看法。

司馬光號稱博學，仍有所短，除了古代史，本朝的歷史反而忽略了。

巧的是，李參當陝西轉使時，就曾貸給「青苗錢」挹注糧食之不足，不數年倉有餘糧，軍糧也不用由外地運補。陝西爲西夏前線，駐軍甚多，由外地轉運糧食耗費極大，一旦前線發生戰事，軍隊缺乏糧食，仗也不用打了，後果怎堪設想？就地取糧是上上之策，那等於把糧食藏在地裡，藏百姓家。

鄞縣的施政，也只不過參考李參的經驗與「平準法」後的成果。因此，新法也不是憑空而來，只是司馬光未曾注意這些小節，或者一時記不起來，才在邇英殿上被駁得啞口無言罷了。不過這也說明了一點，王安石不只是讀經，也重術。

最不該的是，司馬光不應以陝西為例，作為批評「青苗法」的武器。不過「青苗法」也不是全無漏洞，例如請貸糧款，需五戶結為一保，需有三等戶以上，有物財者充當甲頭，作為衡量借貸戶的償債能力的準據，以定貸給數目，河北的五等戶只能借給三貫，三、四等戶六貫，二等戶十貫，一等戶十五貫，仍是以償債能力為放貸標準，違反了扶助赤貧的「青苗法」的典型做法。

朝堂上反新法失敗，便從地方向中央來反。

王安石、呂惠卿、曾布等新法要角，對於這種危機仍渾然不覺。不過王安石早已認為新法、新政的實施，成敗在人才。執行是很重要的，必須上下一心才行。王安石所遭遇的難題，正是執行有偏差。而反改革派對此已充分加以利用。

無論如何這次邇英殿呂惠卿的機智和狂野，終於使反對新法先鋒司馬光受到一次嚴重的挫折。

這是値得慶祝的事。

曾布約大家到相國寺去飲一杯，素來不去教坊的王安石也答應去了。從曹門大街向西，在馬行北街轉角上的瓦子熱鬧得很，刀槍棍棒、軟骨硬功已經登場。汴梁的夜生活已經在太陽落山之後開始。

「開封有多少這種瓦子？」燈紅酒綠這種夜市，王安石是極少涉足的。

「多！中瓦子，黑瓦子還賣人肉哩！」呂惠卿生於獵戶家，中了進士，又被王安石引荐當了大官，仍改不了平民習性。有時披件平常衣服就出去逛，對開封府當然瞭解。司馬光家放高利貸的事，是從瓦子中聽來的。

「京師還有人敢賣人肉？眞是無法無天了。」

「不是那種賣人肉。」

韓絳悄悄對王安石說了幾句，不苟言笑的王安石更沉默了。

汴梁在大宋熙寧年間，已是人丁近百萬的城市，分新舊城，三重城牆，內爲皇城，唐時原爲宣武節度使的衙署，五代衙署已改成宮殿，太祖曾加以擴建，皇城四大門，皇城外爲里城，沒有護龍河，各門有瓮城，軍事上的需要，各門不對正開。兩城有七座水門，二十座樓門，以宣德門爲主軸。

四條御路，主要是南薰門，專爲皇帝走的，商業區則是金錢會子交易的潘樓街爲主，潘樓街對面是汴河街，相國寺在那一帶，是教坊、茶樓酒肆的集中地。汴梁除了四條御路爲井子型而筆直以外，其餘街巷沿河建築，到神宗一代，開封仍是城開不夜，火樹銀花、州橋夜市的彩燈，在河水裡蛇般晃動；夜市一結束，朱雀門外的曉市接著已經開始人聲鼎沸了。

汴梁的街頭巷口原本設有街鼓，不過自商業發達以後，日夜都有營業，娛樂活動，除了防火、防兵災的碉樓、城門巡夜的士兵以外，街鼓早已廢了，老百姓已不照街的鼓聲作息，代之而起的是城開不夜、火樹銀花的繁華世界。

這個景象王安石是陌生的，他的世界，是從家到朝廷，下了早朝到公衙，辦完了事又由原路回家，水磨子一樣規律的運動。

曾布告訴他，瓦子、教坊都有等級，相國寺一帶是太學生、文人雅士的「晚朝」場所，在野的廟堂，互相酬唱，競作新聲，很多新詞的條件，便在這種場所完成。很多政治得失，也在這裡議論。

呂惠卿帶他們走進相國寺左邊一間叫仙閣坊的酒樓，門前有觀魚橋，門前一式彩繪排樓，後有照壁、石獅瑞獸，雖比不上皇城大內的建築，排場也相當了。壁照後是庭院，一些蒼勁樹木點綴其間，氣勢不下公侯宅邸，夠得上一個雅字。

燈籠已經點著，映在汴河上的是千條波光粼粼、楊柳輕拂，把個汴梁點綴得更美，也就難怪太學生們要流連忘返了。

一聲聲新詞，透過紙窗傳來；

鳳髻金泥帶，龍紋玉掌梳。走來窗下笑相扶，愛道畫眉深淺入時無？

弄筆偎人久，描花試初手。等閒妨了綉功夫，笑問雙鴛鴦字，怎生書？

「這不是歐陽大人的〈南歌子〉嗎？」王安石問。

「市上流行的是柳永之作，怎麼也有人唱歐陽公的作品！」韓絳也覺得奇怪。

「歐陽修也寫這種豔詞？」曾布是不太重視文學的。

「不只這些：『涼波不動簟紋平，水晶雙枕畔，猶有墮釵橫』，想入非非都寫了，〈南歌子〉又算什麼？」呂惠卿一向能損人，明明寫的只是蓆子、枕頭和玉釵，但只要一聯想，那風景的確是能讓人血脈賁張，不能自已的。

一行人進入仙閣坊，劉媽媽便上前打了招呼。那一行，眼尖得很，雖然王安石囚首垢面，身上都發臭，但陪同前來的，卻都衣著華麗，氣勢不凡。教坊招待也自一套不成文的規矩，視人的身分，招待的等級自然不同。

把王安石等一批人迎到奇石異花滿廳，陣陣麝香把整個屋子都弄成清幽的調子，雖然味道濃了些，但不俗。

「歐陽修不是這方面的頂尖人物，『綉床斜憑欄，爛嚼紅茸，笑向檀郎唾。』那才露骨呢！」韓絳插進來。

「李煜如不當後唐皇帝，他是個好詩人，詩也非常清新。」王安石搖頭：「可惜錯當了皇帝，國破家亡，落得個違命侯，最後還被毒死。可惜！」王安石同情南唐後主李煜的處境來了。

「據說，他要不是寫那闋〈虞美人〉，還不致吃了趙廷美送給那包牽機藥，一命嗚乎了呢！」

「其實留下他，可以寫出更好的作品，這個亡國之君，根本起不了任何作用了嘛，了不起是些哀哀怨怨的新詞罷了，何必一定要他的性命？」

韓絳愛才，同情李煜是很自然的。

「政治這東西沒有是非對錯，有的只是力量。」呂惠卿說：「不要忘了，野火燒不盡，春風吹又生，對敵人，絕不手軟。」

有人說呂惠卿是狼子野心，有幾分道理，也只有他在朝堂上才能對司馬光施以無情的打擊。呂惠卿看看沒人搭腔，便繼續他的議論；他認爲不僅對李煜那樣的人不能手軟，就是對那些反新法的，也要同清除河中的淤泥一樣，要徹底的清除，開封的四條水系才能暢通。

歐陽修曾警告過王安石說——要防小人；而王安國指哥哥用奸佞，指的就是呂惠卿。他的話，使人聽了不寒而慄。

這種人就像一把兩面刀子，正砍反劈都可以傷人。

進入清香廳，與外間大堂佈置又完全不同。

牆上是名人字畫，黑檀木的家具擦得發亮、茶几、太師椅、博戲的桌子，一塵不染，地上花崗石打磨得光可鑑人，地氈來自西康。

几上擺架古琴，雕工細膩，書桌上備有文房四寶，看來不少人曾在這裡舞文弄墨，可惜就少了些書籍。

放眼望去，得一個雅字。教坊不下公侯家，這也就難怪文人雅士要趨之若鶩了。

這樣的一個地方，怎麼竟賣起人肉來了呢？

很多豪強的巨宅大院都曾去過，一個歌妓教坊竟然如此豪華，出於王安石的意料之外。

出來接待正是劉媽媽，打扮入時，淡施脂粉，雖已是半老徐娘，風韻猶存，可也不是庸脂俗粉呀！

「呂大人，怎麼這久沒來？」足見呂惠卿是那裡的常客了。

「最近忙一些。」然後把帶去的人一一介紹，只有王安石用了假姓名。

一位副宰相逛勾欄院，究竟不成體統，尤其是政敵那麼多，可能成爲攻擊的把柄。在那一行中，常常以達官貴人光臨爲榮的，消息很容易傳開。後來李淸照跟趙明誠逛相國寺夜市，趙挺之、李格非就大不以爲然。不過這又是幾乎隔代的事了。

「今天叫誰呢？當然燕非是少不了的。」

說話間，棗泥糕、飫飥與時興瓜果等名點已經上在茶几上。

「除了燕非，把仙閣坊的紅姑娘都請來。」呂惠卿說。

「好的，呂大人！」

「劉媽媽：列位大人都是雅士，可不許來些低俗脂粉。」呂惠卿又叮嚀了一回。

「你放心！仙閣坊不能砸自己的招牌呀！」

琉璃燈點得室內光明如白晝，陣陣歌聲傳來，檀香裊裊，綉幔之外是一處小花園，幾方奇石和翠竹，與室內的布置成爲有趣的對比。

酒席上來了，都是山珍海味，烹調得法，可說是色香味俱全。

「燕非！來一曲助興吧！」

「獻醜！唱得不好，各位包涵！」

說罷，起來唱了一闋〈清平樂〉：

雲垂平野，掩映竹籬茅舍，閒寂幽居實瀟灑，是處綠嬌紅冶。

丈夫運用堂堂，且莫五角六張，若有一卮芳酒，逍遙自在無妨！

唱完〈清平樂〉下片，王安石心理暗暗一驚，分明是呂惠卿有意的安排了。

「王安石的這闋〈清平樂〉並不適合練唱，還是唱柳永的吧！」王安石說。

當時汴梁傳說過這麼一段佳話：蘇軾的詞填得好，氣魄宏偉，柳永的詞通俗，只要有水井的地方，就有人唱他的作品。蘇軾很想知道自己與柳永的地位如何。蘇軾還是翰林院學士時，有人善歌，問他：「柳七（柳永行七）和我的詞怎樣？」

那人回答得妙：「柳郎中的作品，只能由十七、八歲的姑娘，拿著紅牙板，敲著桌子唱『楊柳岸，曉風殘月』。學士的作品，那就得由關西大漢，用銅琵琶，鐵拍板，大喊大叫地唱『大江東去，浪淘盡，千古風流人物』了。〈念奴嬌〉的氣勢，自非柳永的〈雨霖鈴〉可比的。」蘇軾滿意的笑了。王安石講的是實話，他的詞不適合傳唱。

菜一道一道上，酒一杯一杯飲，新詞一闋闋唱，眞是步舞金蓮，歌迴九轉，這種場合，王安石不十分習慣。當年包拯宴客有歌妓，他都一杯不飲，沉默終宴以示對奢侈的抗議，如今自己卻也紙醉金迷，那就是牧群司作假了。雖在心裡有些不以爲然，可是在廟堂之上，大挫司馬光，是件值得慶祝的事，如果一味板著張臭臉，那就掃大家的興了。新法的推行，完全要靠這些人，想到這裡，王安石只好隨俗。

宴會完了，已過午夜時分。

王安石回家，呂惠卿等則再去逛曉市，過州橋，拐個彎兒就是朱雀門，在蔡河與朱雀門之間，北爲保康門，西至新門瓦子。那一帶曉市是接夜市而開。不過朱雀門外的曉市，無非鮮果菜蔬之外，便是酒店和雜耍場子。

在朱雀門外的小吃是有名的，田雞、蚱蝦、蟋蟀、虎肉、汴梁的新奇吃食都在那一帶。

呂惠卿他們慶祝朝堂上給司馬光等人的難堪，一場反新法的風潮又在陰暗的角落裡悄悄地串聯。

正當呂惠卿他們狂歡之時，司馬光的房子裡燈火通明，呂誨、趙抃、張方平、文彥博那一批人也正在飲酒，同時也研究反王安石的方式。

酒過三巡，呂誨打開了話匣：「皇上太慫恿王安石那批人了。」

「對啊！講經筵上向來只有主講的講經，今天竟然允許呂惠卿那個獵戶出身的人越職言事，眞是氣人。」司馬光有些憤憤地，餘恨未消。「那也罷了，那小人竟然說出一套歪理……」

「我看王安石早晚會栽在呂惠卿手裡。」李大臨反對新法，卻不反王安石這位好友。「他用的全是奸佞，那是遲早的事，我關心的是社稷、是老百姓，更怕的是天譴。」司馬光說：「可惜就是不旱不澇。」

「會的，王欽若不是搞過降天書封禪的事嗎？天那有不旱不澇的？」張方平在新法實施中，曾激烈反對過。「老天同吃五穀雜糧的人一樣，沒有不生病的。本朝百年中，每十五、六年北方諸路州就發生一次天災，不旱就澇，再不然就是蝗蟲。人家可以降天書，我們就可以用天怒天譴來解決新法。」

接著他舉出歷年的天災，算一算，眞是有一定周期，而且很快這個周期就到了。司馬光不得不佩服這位宋城（今商邱）人的細心。當趙頊重用王安石，張方平曾在早朝上公開說新法「必有覆舟自焚之禍」。但是李大臨卻另有看法。他擔任神宗的起居注，當然最瞭解當前趙頊和王安石的關係。

「安道兄，你的確細心，不過靠天反新法並不實際。」李大臨說。安道是張方平的號，小他兩三歲，做官也沒他那麼順利，卻相當實際，像降天書等裝神弄鬼的事，他視爲鬧劇；「等待天災來阻止新法的實行是不切實際的事。」

「何以見得呢？」張方平說：「因反新法被貶的大臣已經不少了，皇上沒有一點手軟之意。你在皇上身邊，應當瞭解皇上到底有甚麼想法？」

「皇上是個好皇上，的確想有一番作爲，如說他是一位中興大有爲之君也不爲過。」

「但他卻支持像王安石這種雜家。」

「安道兄，憑良心說，新法也不是毒蛇猛獸，不過像均輸，青苗等法，是取得姑嫂歡心，卻得罪了婆婆罷了。」李大臨不願說得太露骨，當然很多人聽得懂言外之意。

「我們不懂才元兄說的什麼？恐怕這是蜀人比較接近楚人那種鄉土感情吧！」李大臨的話，正好碰到司馬光的痛腳了。「我們是爲蒼生計，反對新法不是針對王安石，而是天下蒼生，社稷安危呀！」

「不然，兼併土地和商賈聯合的剝削，使貧者愈貧，富者愈富是個事實，河北、山東盜賊蜂起，皆因這種不平，這的確是個問題。還有大遼與西夏的歲賜，皇上也認爲是種恥辱，這都是北人的治績呀！在這種情形下，皇上圖強而想有所作爲，這是實施新法，支持王安石的原因，並非王安石眞有三頭六臂。這是下官觀察所得的結論。」李大臨頭腦十分清晰。「不錯，下官是蜀人，但皇上是北方人……」

他不說了，再說下去要得罪人。

這百年來，不都是北方人主政嗎？澶州的城下之盟、西夏的逞兵勒索、府庫的空虛，都不是北方人主政時造成的嗎？邵伯溫的說法是裝神弄鬼，不顧事實的胡扯，豈是南方人之罪？

「照才元兄的說法，新政是出自皇上的意思了？」呂誨是不以爲然的。

「可以這麼說吧！且看只一反新法就遭貶官的情形就看出來了。」李大臨頓了頓說：「范純仁就是好例子，富大人則更是明顯，對整個事件，皇上和向皇后都十分清楚，只爲顧念老臣功在國家，未加深究罷了。」

「照才元兄的說法，我們是一籌莫展了！這一來，我們眞是尸位素餐，連伴食都不是個好伴食，那就不如唯唯諾諾，甚至該退出政壇算了。」司馬光非常反對李大臨的說法。「既然新法新政出自於皇上，我們卻扯王安石的後腿，我們是應當在內心自訟才是。」

「司馬大人，我李大臨何德何能，敢要大人自訟？不過實事求是，應當是從政者的態度，呂大人既要下官把所見所聞說出來，在下只好息心頭的怒火，平和的回答。至少，反新法、新政目的是要爲天下蒼生，而阻止新法絕不能靠天災。」

「那麼依才元兄之見，又當如何？」

「罷了那麼多官，他們都在地方上有權有勢啦！何妨以子之矛攻子之盾？」李大臨喝了杯酒說：「地方官也是一股力量啊！可用之法甚多。」

這正暗合司馬光之意，他日前散播「青苗法」的漏洞，就希望韓琦這些人從地方反對新法，與在朝的反對者聯合夾擊。只要做得技巧些，是人不知鬼不覺的。

「才元兄，我敬你。」乾了杯後說：「有見地！」

李大臨的意見是與司馬光的看法相同的，不僅這一點，而且兩人都不願背負聯合地方來反新法的意思，結黨不僅是重罪，是犯了皇家的大忌，削藩與釋兵權的做法，就是防止結黨造反，大臣功高震主，很多宰相大多數遭貶就是這個原因，連范仲淹那樣的賢相都難以避免，王欽若、韓琦、富弼是個異數。這個異數誰都知道爲什麼，不倒翁的條件之一，便是不要讓自己衝鋒，不把自己暴露在前線，進退才能自如。

那麼用地方的力量去對付新法，是地方官只可意會、不可言傳的事。司馬光在這方面，對韓琦寄望甚高。他對朝廷的忠誠沒有人會懷疑，由他來打先鋒，是最利的一把刀子，只要刀出鞘，保證王安石那批人就血淋淋了。司馬光不斷的把新法中的「青苗法」不周延、有漏洞可鑽的消息傳播出去，就是希望韓琦那些人自發的利用「青苗」等法的缺點，鑽它的漏洞。

反王三巨頭之中，司馬光只躲在背後，始終不出面，只有韓琦和富弼打前鋒，如今這兩人一判相州（今河南），韓琦等於回家養老！富弼出判亳州（今四川境），一南一北，富弼太怕事，由汝州（今河南臨汝）千方百計再入見時，竟要一個年輕皇帝二十年不言兵事，這與趙頊的積極圖強求治的性格扞格不入，罷相在任相時就已成定局，反新政只是個導火線罷了。

呂誨分析，富弼嚇破了膽，由地方反王安石只有寄望於韓琦，司馬光認爲甚有見地。於是決定向韓琦故舊透露這個消息。旁觀者李大臨這下領教了司馬光的手段，覺得官場爾虞我詐眞的可怕。

那夜在司馬府上的宴會，除了由擔任起居注的李大臨的口裡，獲知新政實出於趙頊的主動以外，諸多措施，只是與王安石的理念暗合罷了。

司馬光由這些訊息，知道今後要更小心了。

畢竟皇帝的威權是不能碰的。

司馬府上的宴會，目的在找出新法的漏洞，給被貶在外的官員運用。這種傳播也只是廣種薄收，成效是很難預期的，司馬光也只希望能把這些訊息傳到地方就已心滿意足，不能做得太明顯，那是違反保護自己的原則，非爲官之道。司馬光是何等人物，六、七歲就能打破水缸救人，他之所以在政壇上成爲不倒翁，原因是他從來不站在第一線上涉險，這是他爲官的原則。光讀新法也翻來覆去還是那幾句冠冕堂皇的官話：爲天下蒼生，爲大宋社稷，朝廷不能與民爭利，在這些美麗的包裝下的眞正目的，無非既得利益者將受到損害，這都是那些慷慨激昂之士心知肚明的事。

政治骯髒得很！

酒喝了七、八分，大家對新法似乎沒有興趣了，注意力轉移到從相國寺請來的歌伎身上。巧的是其中有呂惠卿的粉紅知己燕非。

兩面的爭執她們這些姑娘都看得一淸二楚，只是她們有一個行規，不得搬弄是非，否則在政治漩渦裡，那些腰只盈握，嬌嬌嬈嬈的女子，受得了朝廷大員的擠壓嗎？一個浪頭就把她們打入十八層地獄，永無翻身之地，可也還是有大膽在火中取粟的，燕非就是其中之一。

她旣是呂惠卿的老相好，當然不是等閒之輩，若不是爲了名聲，她早已嫁給三司條例司的文字檢詳做如夫人去了。

司馬光喝了幾杯，原形畢露，歌聲繞樑，醉舞金蓮步之中，醉眼矇矓的司馬光眼前的燕非姑娘已是一塊肥敦敦的上肉，細皮白肉得可以擠出水來，一雙水靈靈的眼睛會說話，從那油光滑亮的髮髻，到豐滿如丘的胸部與結實的肥臀，逗得老相爺喉嚨直冒嚥不完的唾液，口乾舌燥。

「今夜留在這裡吧！」司馬光在她耳根輕輕地說。

坐在懷裡的燕非磨蹭，「小相爺」直生氣。

「相爺，今夜……」給了個眼色，慾火在司馬大人的胸中更加燎原。「不行啦！」

「付不起纏頭錢！」

「那當然不是。」

「哪……」

「姑媽來了，我得陪姑媽啦！」

司馬大人像洩了氣的皮球，這麼巧嗎？他得求證，那女子沒說假話，這使司馬光心裡好過一些，卻不得不去淨手。

酒後舞文弄墨，是文人雅士稱雄之時，可是司馬光除了治史學之外，對於文學卻沒有甚麼建樹，有的人很想揮毫作新聲，卻礙於主人之所長與愛好，而沒有甚麼收穫，只是點到爲止，那個盛會便這麼草草收場了。

司馬光出生於以文藝獵取場屋富貴工具的時代，一旦得了功名，就不再重視文字，這恐怕是司馬光一生中最大的遺憾。與會的人士既受到豐厚的招待，還有誰願意去掃主人的興？投其所好，附庸風雅，這早已在汴梁形成風氣，官場上是一團黑，也是一種文化吧？

聯合反新政的陣線，在司馬光積極的運作下，已經形成。

這種事，在汴梁是無法瞞住誰的，高級教坊就是這種情報的交換站，何況司馬府上這場反新法的大戲，已瞧在燕非的眼裡，當然很快就傳到了呂惠卿的耳裡。

一場新的風暴就要開始了。

呂惠卿把司馬光公然運作的情形又告訴了王安石，只是王安石認爲新政新法並不是爲了自己，而是爲朝政改革，爲國家的長治久安，爲黎民百姓，自問於心無愧。反新政的人，任由他們去。呂惠卿卻不以爲然，不可小看那批失勢了的老人，何況這些人，都與兩宮太皇太后和高太后有勾連呢！

依呂惠卿的意見，還是小心爲上，這意見並未被重視。

13. 罷新政，朝野交征

「錢糧借貸，不是兩分利嗎？現在怎麼變成四分利了？」蔡有土貸得五貫錢，卻先扣了四分利，只實得三貫。這個老實的農民，實在不瞭解：「聽說一渡黃河，到了南岸就是兩分利呀！」

「有土，能借到就好，總比向大戶人家對本對利要輕得多了，這是朝廷體卹咱們百姓。」楊家憲向南方拱了拱手。「皇上仁民愛物，眞是位好皇帝，我們不能再有抱怨！總比過去強嘛！」

「但是不能說一水之隔，就有那麼大的差別！」

「嗨！你沒聽說，靠山吃山，靠水吃水嗎？麻雀過山也得拔根毛，不然那些官老爺一天到晚吟詩作詞，難道那些詩詞也同咱的田地一樣能生長出禾麥？他們不加利吃甚麼呀！」

——飛鳥過山拔根毛？

爲甚麼河南河北、山前山後都不同，還得感謝一等戶的甲頭慈悲，不然他們從那裡去借貸？總是朝廷恩典呀？

民怨就這樣造成了。

每個小村，每個角落議論沸騰，相州的百姓對韓琦有些失望了。老實的農民，只知背朝青天，面向黃土，把汗水滴在泥裡，總能長出麥青禾苗，至於爲甚麼造成這種不平，他們只有怨天，而無法知道爲了甚麼。有位書生梅堯臣和「晏殊相公」詩有「微生守貧賤，文字出肝膽」句，就是看到了兼併之下，路有凍死骨，朱門酒肉臭的不平而吟詠的，貧孤無告的社會現象，到處都是。

很多人當了大官，便看不到民間疾苦，以歐陽修來說吧：景祐四年當乾德（今湖北光化）縣令時，祭雨文中也曾說災難是「吏之貪戾，不能平民，而使怨吁之氣，干於陽之，和而照也」的話，後來又在〈答楊子靜喜雨長句〉中，也曾說：「軍國賦歛急星火，兼併奉養莫過王公，終歲之耕幸一熟，聚而耗者多如蜂，是以比歲屢登稔，然而民室長虛空。……」的話，現在是民窮財盡，這些愛民之官卻貪得兩手墨黑。

民窮不要緊，問題是國也未富。奇怪的是年輕的時候歐陽修已經看出政治的腐敗，也是支持慶曆新政的要角。為甚麼卻在晚年反王安石的新政呢？在相州利用「青苗法」的漏洞捭闔新法，實在是令人難解，韓琦也是慶曆新政的主導者，如今卻成為反王安石的先鋒。說穿了，這就叫做政治。

「青苗法」的實施，已陸續由各地奏章中反映出來，為甚麼各路州有截然不同的民間反應呢？一本本奏章看得出王安石既困惑又憂心。司馬光卻暗暗的笑了，他知道自己的計畫已經部分實現，韓琦果然打了先鋒，接著來的可能是富弼，還有許多被貶的官。

最為得意的是司馬光，他已從李大臨那裡得到消息，韓琦相當成功的用「青苗法」反「青苗法」，而司馬光卻躲在背後竊笑。因為韓琦當了多年宰相，又是與范仲淹共同抵禦西夏的名臣，三朝元老的結果，荐舉過不少人，而且也當過主考官，可說桃李滿天下，由他們來反新法，就不可同日而語了。

蘇軾本是王安石的好友，蘇轍又在三司條例司當官，照理蘇氏兄弟都會支持王安石改革才對。那裡知道，新法一實施，蘇軾就和王安石分道揚鑣，不兩三年，蘇轍也反了王安石，多少都與韓琦過去有恩於蘇氏父子兄弟相關。

蘇軾反王安石，不是理念不同的反對，而是情感的。

他在〈決壅塞〉中主張「厲法禁，自大臣始」和王安石在〈萬言書〉中主張「夫合天下之衆者財，理天下之財者法，守天下之法者吏也：吏不良，則有法莫守；法不善，則有財莫能理。」與〈度支付使廳壁題名記〉與〈決壅塞〉的主張大同小異，只不過施行的方法不同。王安石要主張征誅，並從更易法律風俗，做根本的改革，蘇軾主張循序漸進，一人強調治標，一人重視標本兼治，所以王安石變法激進，失敗也在激進上。蘇軾在「策略」裡，檢討「慶曆新法」失敗，是范仲淹在仁宗不耐等待中，催他條陳利害，匆匆忙忙的行新政的結果，是范仲淹黯然下台，王安石新法後來的失敗也頗類似。

蘇氏兄弟之所以在反新法中與韓琦、司馬光等站在同一立場反王安石，是因爲蘇氏兄弟及其父蘇洵，受到韓琦很多幫助，與恩情有相當關連。

蘇氏父子三人嘉祐五年二月到汴梁，歐陽修推荐蘇軾、楊畋、蘇轍應策試，不料蘇轍病倒，韓琦知道以後，向神宗奏明：「今歲應名制科之士，唯蘇轍、蘇軾最有聲望。今聞蘇轍偶病未可試，如此兄弟中一人不得就試，甚非衆望，欲展限候俟。」仁宗准奏，等蘇轍痊癒才開考！蘇洵沒有經過考試，韓琦又保荐他出任秘書省校書郎，等於是黑官，這種關係的密切，蘇軾兄弟當然同情韓琦，而反王安石就是必然與當然的事了。

蘇軾是一個矛盾的人物，同情農民的痛苦，也想從法律上、制度上、澄清吏治上，來扭轉兼併、重稅、剝削的現狀、官吏貪瀆的情況嚴重，但他無能爲力，畢竟老了。

蘇軾看到的社會是：「……但恐城市歡，不知田野愴。穎州七不登，野氣長蒼莽。誰知萬里客，湖上長獨思。」（荊州十首），在〈上知府王龍圖書〉也說：「有田者不敢望以爲飽，有財者不敢望以爲富」。認爲重賦的結果，是官逼民造反。

官吏貪瀆嚴重，在〈抑僥倖〉中說：「凡賄賂先王者，朝請而夕得，徒手而來者，終年而不獲。」〈決壅塞〉又說：「舉天下一毫之爭，非金錢無以行之」。

國家的實力又如何？在〈策別·教守戰〉一文，他說：「今者治平之日久，天下之人，驕情脆弱，如婦人孺子不出於閨門，論戰鬥之爭，則縮頸而股慄，聞盜賊之名，則耳而不願聽。」士大夫口不言兵，這種國勢是令人擔憂的。

爲官自肥，他於嘉祐六年被任爲大理評事，簽書鳳翔（今陝西），對於官吏的情況是：「衣中甲厚行何懼，塢裡多金退足憑。畢竟英雄誰得似？臍脂自照無須燈。」雖然表面上是諷刺歷史上的董卓，又何嘗不是借古諷今，寫的是現實呢？

這首詩有個典故，即呂布殺董卓，守屍的士兵看他肥胖，便在他的肚臍上打個洞，把他的油膏當燈來點。

這樣的思想，是應當爲新政的信徒才是，而他卻與王安石分道揚鑣，實在友情、思想都敵不過韓琦給他們一家的恩情。蘇東坡、蘇轍也都是以私害公的人物。

如今司馬光用迂迴手法，讓韓琦作爲反新法新政的先導，蘇氏兄弟跟進，乃是極自然的事。司馬光七歲擊甕救人，智慧超人一等，他的目的是達到了，只是害了相州的窮苦大衆。

從地方包圍朝廷的構想實現，首先跟進的是富弼等貶官，「青苗法」立法美意，並未嘉惠農民，剝削雖然已經少了很多，也減輕了部分高利貸的負擔，卻距離王安石的理想甚遠。擇術是對了，卻不幸被蘇軾而言中，執行新法沒有人才，終爲韓琦所得逞。

裡應外合時間到了，司馬光都各自心裡有數。司馬光冷冷地笑著：任你王安石有三頭六臂，也鬥不過那麼多罷官的地方官吏一起反新法。這副爛藥下對了。

對於人才，王安石非常注意網羅。鄭俠和鄧綰就是一例。

兗州（山東掖縣）司法參軍鄭俠秩滿入京述職。這位治平進士福建福清人。小王安石十八歲，但認眞清廉，著有政聲，受到王安石的重視，爲求才，王安石曾多次召辟都爲鄭俠所拒絕了。原因是他同那些老臣一樣反對新法。

召辟是對年輕人很大的一項榮譽。所謂召辟便是破格任用，很多人都求之不得，鄭俠卻淡然處之。外界的說法，主要是不願倖進，王安石自然也不能勉強；另一位是鄧綰，成都雙流（四川雙流）人的遭遇就不同。熙寧三年他當寧州（今雲南曲靖縣）任通判，上書讚頌新法，最初被提拔爲集賢校理，遷知諫院，以侍御史知雜事判司農寺，主要推行「平準」、「水利」、「免役」、「保甲」法，有相當成效。對於新法的貢獻有目共睹，但鄧綰太熱中當官的結果，因擁護新法而起，也因立場不同，王安石罷相而附呂惠卿，在政治鬥爭中浮沈，最後不免罷黜的命運。

這是熙寧七年以後的事。

這兩個風格不同的人，也只是以不同手段去取得官位罷了，並沒有人格的高下之分。鄭俠受到王安石的重視，並想破格任用，最後卻趁天災之危，獻「流民圖」而使王安石下台。

其實「流民圖」有多少眞實性，是非常可議的事，他也不過看到王安石在諸元老攻擊下，又逢天災，王公國戚又不滿新政，而落井下石罷了。但他的那幅「流民圖」對新法新政的殺傷力都非常大。

大老們反王安石的新政，鄭俠完全淸楚。不過誰勝誰負，在王安石要進用他時，還在未定之天，這時候投入那一方面，都要冒極大危險，還不如暫時中立，伺機而動才是爲官之道。

所以鄭俠、鄧綰誰更得計，那就很難說了。

政治原就這樣，各彈各的調。

司馬府上的宴客放話，導致韓琦提高青苗錢的利息，都是各逞機巧的事。倒是王安石只管良心，自認是非，尚不失爲君子。大概那也就是所謂的知識良心、文人風骨了。

其中最厲害，最懂得用手段的，非司馬光莫屬。由他導演，韓琦、富弼在自己轄區內演出的加成抽稅，強貸青苗錢的事，消息已陸續傳進了朝廷，使朝廷震驚不已。

「青苗法」在經筵上熱烈辯論過，會錯法意的事果然發生了。熙寧三年正月曾頒詔糾正詔旨說：「請略平常，廣惠倉給散青苗錢，本爲惠卹民乏，今慮官吏不體此意，均配抑勒，反成騷擾。今令諸略提點刑獄官體量覺察……」無奈錯誤已造成，沸騰的民怨已經擴散。

於是二月河北安撫使韓琦上疏請罷青苗法說：「臣請散青苗，詔書務在惠小民，不便兼併乘急，以邀倍息，而公家無所利其入。今所列條約，乃自鄉戶一等而下，皆列借錢貫數：三等而下，更許皆借。且鄉戶上等，並坊郭有物業者，乃從兼併之家，今借錢一千，納一千三百，是官自放錢取息，與初詔相違。條約雖禁抑勒，然不抑勒，則上戶必不願請，下戶雖或願請，請時甚易，納時甚難，必將有督索同保均賠之患，陛下躬行節儉以化天下，自然國用天下不乏，何必使興利之臣，紛紛四行，以致遠邇之疑哉？乞罷諸路提舉官，第委提點刑獄，依平常舊法施行。」這明明是地方官吏誤解「青苗法」，卻把新法當成了社會救濟。不僅如此，連開封的推官蘇軾都以「青苗法」爲據，而讓市民借錢，左正言李常就提出了疑問：

「市民又不種田地，他們有甚麼青苗可做借青苗錢的抵押？」

這項奏章曾引起討論，蘇軾卻故意裝傻，瞪著眼睛辯道：「開封府的青苗錢乃臣貸放，青苗法既有利於民，就不能獨厚農而薄市民，他們同是黎民百姓，怎麼能薄此厚彼呢？」

「這完全誤解了法律的立法精神，也違反了皇上體䘏農民的本意，『青苗法』並未規定貸放給市民。市民既非靠耕作謀生，自然不需要耕種的資本，蘇軾大人顯然不察新法的精神而失職，應當負有責任，……」呂惠卿還要說下去，蘇軾有再度遭貶官的危險。

神宗望了望蘇軾，顯然是給予這位才子的答辯機會。

蘇軾翻著雙眼說：「『青苗法』雖未規定貸放給城市的黎民百姓，可也未禁止貸放青苗錢給城市黎民，況且朝臣不能獨厚老農老圃，城市也有過不去的窮苦大衆。臣是依法行事。」

這套詭辯法，呂惠卿最擅長，蘇軾裝傻，他卻一點辦法都沒有了。也許這正是「青苗法」疏漏之處，蘇轍和呂惠卿都是三司條例司的文字詳檢，認眞說起來，都有責任。

這裡的關鍵，是法無明文，尤其是自願借貸，或者是強迫攤借也沒有明文。李常看時機成熟，也對「青苗法」補了一鎗，說強迫借錢的確造成民怨，接下來是范鎭、孫覺都加入了請罷新法的行例。王安石雖然極力爲「青苗法」詔頒施行的立法本意辯護，但在面對排山倒海而來的反對，也有招架無力之感。

擅長觀風的曾公亮，已經看出反對勢力，是當前的潮流，他早已忘記韓琦沒把他瞧在眼裡，冷凍的往事，被皇帝罵爲「伴食」的恥辱了。當趙頊把奏本給他看過，讓他提意見時，他卻說：「韓琦不忘王室，忠於朝廷，所奏似有所本。」這話聽起來模稜兩可，維護韓琦卻是顯而易見的。

他曾經推荐過王安石，沒想到王安石一得勢，也沒把曾公亮擺在眼裡，曾公亮是血肉之軀，既舉王安石對抗韓琦，現在未嘗不可與韓琦結盟反對新法的主流結合，殺殺王安石的霸氣。這也就看出曾公亮的投機性格來了。

神宗要王安石提出辯解，可能他已被那些反對派激怒而昏了頭，認定是三朝老臣破壞新法，說話也就激烈刺激一些。

「回陛下，臣自認讀經不足以知經，今有法而大吏不知其法度，更不知朝廷之財力日益窮困，實源於生產之不足，生產不足在於豪強剝削，至窮者愈窮，富者愈富，此實風俗之日益衰敗也。『青苗法』旨在濟窮，如今卻用府庫的錢，普遍貸放，這豈是府庫百萬錢所能負擔？如此，『青苗法』實足以傾斜天下，臣罪大矣哉！願陛下聖明決斷，事涉臣所提新法之爲禍爲福，致未便爲自己推諉罪責而有所辯言。」

王安石已動了肝火，司馬光暗暗竊笑，當憤怒沖昏了頭腦時，必失之於冷靜理智，這本是激怒王安石，使之下台的好機會，司馬光卻絕不輕易露出頭來做王安石的目標。他要使王安石四面受敵，卻還不知道主要敵人在那裡，弄得他草木皆兵，四面楚歌時，再來補最後一刀。

這場辯論，他都事不關己似的冷眼旁觀。

神宗也是位急躁的人，聽到王安石一頂撞，立刻火就上來。

便對曾公亮說：「法既不便於行，不如罷了。」

這已然是鬧僵了，萬一眞罷了新法，王安石卻是自己荐舉的，有責任不說了，政潮一起，恐怕動搖根本，到時不僅是伴食宰相當不成，君是亡國之君，臣是亡國之臣呀！

——茲事體大！

曾公亮一看勢頭不對，只好轉圜。便出班奏道：「律法頒行，是朝廷頭等大事，朝令夕改有損威信，而利未見，弊端呈現。」

「甚麼弊端？」神宗氣得提高聲量的問。

「臣之愚見，已貸青苗錢者，多數爲需資金孔急的百姓，還債不易，造成府庫損失，其次，需生產資金者，一旦罷法，必然失望而激成反心，再復次是有損朝廷威信，很可能遼夏趁內部之亂，聯手寇邊，我內部又問題叢生，這……」

神宗很煩地說：「卿等再去調查，阻撓新法、破壞朝政者，無論是王公大臣一律究辦；『青苗法』等如眞正窒礙難行，再議罷法。」

就這麼散朝了。司馬光非常失望，並未一舉擊倒王安石。

14.罷朝以抗，新法頓挫

這是一個令人沮喪的時刻。

趙頊由主動積極支持新政，到要罷「青苗法」不過兩年時間，趙頊卻只因遭貶的大吏以玩法的手段，挾民意之利以攻新法，顯然趙頊對新法的信心已經動搖。這是王安石難以接受的事實。

接著罷新法，批評新法的奏章如雪片進入朝中。

河北的安撫使韓琦。

淮南承興軍的文彥博。

慶州的范純仁。

江州的劉述。

亳州的富弼。

還有劉琦、錢顗等等，都是反新法遭貶的京官，加上王廣淵、李常、李大臨、孫覺、司馬光，已經成爲反新政的官僚團，反攻的勢頭實在可怕。

王安石心有些冷冷地，回到家裡，鼻子已經凍紅，加上冒了些風寒，涕淚交流，早朝又受了那麼大的打擊，顯得蒼老而沮喪。夫人見了又憐又惜，遞了條熱手帕，撥旺了缽子裡的炭火。

王家用了個女傭，男僕則只有王忠一個，裡裡外外都是婆媳兩人打點，王雱又與龐碧英不合，每天吵得頭昏腦脹，哀哀怨怨地，媳婦也不便在照顧公公上幫什麼忙，一切都是夫人打理。

「怎麼了？」夫人坐在他旁邊柔聲的問。

王安石喝了口茶，看看陰沉的汴梁上空，嘆口氣說：「天道無常，聖心難測！」

這時王雱由外面回來，本是單薄的身體，在寒風怒號中顯得更爲虛弱。

「爹，孩兒都聽說了。」他有些兒氣喘。

「聽說甚麼？」

「韓琦那老賊，聽說上了一本，趙頊又不支持。」

「小聲一點，怎麼直呼皇上的名諱！」夫人立即制止。王雱個性一向烈躁。「會闖禍的呀！」

「娘，不要怕，爹了不起不幹這個宰相。」

「雱兒，這不是個人的進退官位問題，天下蒼生呀！」

「爹！我早說過，要行新政就得殺人，打蛇不打死，留著明天反噬，你看看，如今被貶的官反撲，而司馬光那老匹夫卻躲在背後操縱那些貶官，一下子聯合起來反新法。」王雱有些激動。「爹，我早說過，不殺人就別想改革，朝堂上反不了，卻放到地方去反。這是誰造成的呢？趙頊呀！」

王安石望了兒子一眼，想想也有道理，翻開歷史，凡鼎革那一代不是殺人盈野，血流成河才成功呢？

大家如沒有趙匡胤不殺大臣的家誡，又那裡來廟堂上滔滔雄辯呢？

「不行新法而失大宋江山，亡社稷；殺人行新法，勝過商鞅、桑弘羊，兩難！兩難呀！」

王安石眞是面臨了天人交戰的時刻，眞是進乏媒梯、退也無路的難題。他得好好的去思考，揮手讓王雱下去，王雱當然知道輔宰之難，尤其是父親，他是深深瞭解的。

王安石走到案前，擬了稱病暫免早朝的摺子，休息一下再說了。

最使他難以釋懷的是蘇軾也參加了破壞新法的行列。

蘇洵在〈審勢〉中主張嚴刑峻法，不赦有罪而「尙威」，蘇軾是改了父志，最使人不解的是他自己。蘇軾參加「直言極諫科」考試的「進策」、「進論」也曾有「治事不若治人、治人不若治法」的主張，王安石眞想直到蘇府問問蘇軾，現在行的新法，不正是他所主張的嗎？

——爲甚麼好朋友也扯後腿？

怎麼也想不通。是否要逼得同商鞅一樣處罰公子虔、公孫賈一樣，再施劓刑黥面？也在渭水濱殺七百反新法的人才得以推行新政呢？

他在想：一念之仁，自己是否也要同商鞅一樣被車裂而死？想到這裡，不寒而慄了。

但無論如何王安石不是商鞅，了不起回鍾山去蓋間茅舍，念書拜佛，何必政海浮沉？這一夾殺的挫折，竟然萌了退志。

看了王安石的稱病免朝摺子，趙頊也生氣了。

——再好的良法不能實施也是枉然！罷了，不如歸去！何必心有刑獄，重囚累梏？

事情的發展，比王安石想像的更爲惡劣，趙頊一氣，竟然把韓琦的奏疏交給司馬光來覆，當然沒有甚麼好話，尤其是「今士夫沸騰，黎民騷動……卿（指韓琦）之私謀，固爲無憾，朕之所望，將以委誰」句，明白要廢法更張，使王安石最受不了。曾公亮看到了代擬的詔書，吃了一驚。便差人抄了一份送給曾布，當他把這抄件送到王府時，曾布和王雱都主張進宮，找到皇帝理論一番，但王安石卻說，天下是趙家的，行新法新政是他，廢新政新法也是他，皇上作得了主，由他去。

似乎王安石已不再是王安石，他被司馬光完全擊垮了。

曾布不信邪，鬥性也堅強，回衙門見到呂惠卿，他也已經知道這個壞消息。

「子宣，你有甚麼打算？」呂惠卿問曾布。

「要寫個摺子直駁韓相。」

「有用嗎？」

「出口惡氣也好。」曾布是劍及履及的人物，他往硯池倒水研墨。「吉甫兄，你如何？」

「寫摺子，沒那閒工夫，我要直接見趙頊那昏皇帝。」

「小聲一點！」

「不用怕，這是鬥智不是鬥力。」

「對！我們分頭進行，縱然出口氣，也要爲介甫兄爭一爭，了不起貶到地方去，倒也可經營一州一縣，免得受司馬光那批人的鳥氣。」呂惠卿果眞把草莽中人的性格發揮得淋漓盡致，也是眦睚必報。

有人說呂惠卿奸佞，那得看從甚麼地方去看，天下人那裡不自私的呢？司馬光、文彥博、歐陽修一遇到一個私字也不能自禁，放眼天下有幾人眞爲蒼生社稷，只要有利害衝突，必然是得一個私字。即以太祖來說吧！將宰相權一分爲三，設副相削弱相權、設台諫牽制宰輔、廢坐論之禮，空設樞密使部自掌軍力，那一項不是爲家天下？玄武門之變、曹氏兄弟豆箕之煎，骨肉都相殘，何況是同僚。呂惠卿奸詐，司馬光、歐陽修、文彥博、蘇軾又是什麼？說穿了不過成王敗寇，趙頊一代政爭也就不足爲奇了。不是官吏，所有的聖賢、帝王、將相都有見不得陽光的一面，聖賢奸佞云乎哉？如此而已。

曾布奮力疾書、呂惠卿則去找繆芒，摺子和求見趙頊都不能透過任何人，否則便可能功敗垂成。

趙頊在宮內走來走去，坐立不安，看在向皇后的眼裡，蘭心蕙質的向皇后猜想，朝廷一定發了重大難決的事了。但是她又不好問。恰在這時繆芒送曾布的摺子進來，又說呂惠卿爭著求見，趙頊正愁沒有人轉個彎兒的時候，曾布的摺子和呂惠卿的求見，都是難得化解君臣之間的誤解的機會。

絕頂聰明的趙頊當然明白，王安石一去，新政等於宣告結束，那不又是一個「慶曆新政」

嗎？「慶曆新政」已成爲歷史名詞，他卻不願當仁宗，當然也不希望王安石變成范仲淹、韓琦等人的下場。

天晚了，趙頊就在便殿接見呂惠卿，君臣有一場對等的辯論，精彩也可以說是荒唐。

「陛下，聽說在覆韓琦的詔書，有罷新法之意！」

「新法已沒有人推行，不罷留了何用？」

「那不是『慶曆新政』的歷史重演嗎？」

「卿巧言醜詆？」趙頊已有慍怒之意。

「臣有包天的膽也不敢至此，是皇上醜詆自己。」

趙頊楞了一下，雖然是相當自制，維持君臣之間的最低尊嚴與和諧關係，但內心十分震怒，這個臣子也太大膽了。

「這話怎麼說？」

「法是誰頒的？」

「朕！」

「那必然是經過朝野的辯論，皇上鄭重的詔令天下頒行。」

「是的。」

「新法雖出自臣等之議，王安石的核，卻也是經宰相副署，皇上頒行的，它是大宋之法，而非王安石之法，韓琦請罷『青苗法』，是罷皇上之法，這樣的逆臣，依臣之見該殺，雖然祖先有不殺大臣之禁，可是要救天下蒼生，國祚的永久綿長，而開此誡……」

趙頊這下眞的楞住了。

——對呀！法是朝廷之法呀！爲甚麼不照曾公亮的建議，調查以後再談維持新法推行或罷掉呢？顯然是太急躁了。

「朝令夕改，民何以安？再說韓琦加息普遍貸放錢糧，明的是蓄意破壞新法了。」

「加息？」

「對啊！河北是三分息，『青苗法』明文規定是兩分，這是違法、玩法，韓琦當過宰相，不能說不懂此中的嚴重性。」呂惠卿眞是豁出去了：「司馬光、韓琦都是朝廷重臣，輔佐三朝，弄到今天國弱民窮，他們卻反對新法。試問，這些老臣拿出甚麼辦法，國家弄到今天這種地步，陛下變法圖強，他們能沒有責任？願陛下對新法行與罷之間，要加以思考。何況韓琦還強迫民衆借貸呢！」

「朕去想一想。」

趙頊已經有收回成命之意，當然面見也該結束了。回到內宮，再展開曾布的密奏，把罷新法的利害得失，說得更爲透徹。這才使趙頊冒出一身冷汗。

看完曾布的摺子，閉眼冥想，向皇后一雙纖纖玉手搭在趙頊肩上。

「怎麼善後對不對？」

趙頊把手輕搭在那雙柔滑的手背，拉她坐在自己的旁邊。

「當時氣昏了。」

「當皇帝不能急怒。」

「秉性難移呀！」

「還是找呂惠卿，封還王安石的辭呈。」

「有效嗎？」

「再讓呂惠卿去勸勸。」

趙頊搖頭。

「那就照曾公亮的辦法，派員調查『青苗法』的執行情形，這樣便可以緩和王安石，也不至造成韓琦、司馬光這部分人的再抵制。用時間來緩解爭議是最好的藥方。」

向皇后的確有高度的政治手腕。

這新法要罷不罷，轉變成「調查再議」，這一百八十度的轉變，曾公亮已瞭然於胸。於是派誰去調查，甚至調查結果都已出現了。司馬光一批人正在慶祝勝利時，聽到這個消息，驚若雷殛，神情嗒然，由喜變憂。

「看來我們高興得太早了。」孫覺說。

沒有人答話，慶功宴草草結束。

十天後王安石重入衙門辦事。神宗委婉解說：「『青苗法』朕爲公論所惑，寒食假中靜思，此事一無所害，極不過失陷少錢爾，何足恤！」

一個皇帝能如此低聲下氣，王安石也只能釋然繼續任事了。

15. 改組台諫，去除障礙

新政推行的官員士氣大振。

「均輸法」、「青苗法」之後，繼續頒行「市易法」、「免役法」、「方田均稅法」、「農田水利法」、「保甲法」、「將兵法」與「保馬法」。

這些法中「保甲法」、「將兵法」、「保馬法」屬於整軍經武的範疇，其餘諸法是經濟改革。新政的法律是整套配合的，應已大備。各地雷厲風行，突破了暮氣沉沉的局面。當年實行「慶曆新政」的老臣如韓琦、富弼、歐陽修都自嘆弗如。但奇怪的是，當年激烈主張變法行新政的老臣，卻變成了保守而更激烈的反對新法了。

基於韓琦在河北利用新法的漏洞反新法的教訓，採取了防範措施，堵塞破壞新法的漏洞，要求各地官吏嚴守法律分際。

後經查出，河北提高「青苗法」利息，強迫借貸的是王廣廉，把他加以懲辦，只保全了三朝元老的韓琦。但是這個風波才平息，另一風波又起。

「免役法」在開封府試行期間，東明縣的賈蕃故意把戶等提高，以減少免役的戶數，使黎民背負徭役的分擔加重，也就是降低了免除徭役戶等，朝廷增加收入。

此一措施，違背了「免役法」的立法美意。原來官府的徭役非常沉重，常使當役人家傾家蕩產。現在「免役法」改成按不同戶等，負擔免役錢，再由官府自行雇人充當徭役。這個法有一項彈性規定，各地方政府可依當地的事務繁緊自定數額，在「免役法」的定額之外可以提高兩成徵收。

這增加徵收的兩成，叫做「免役寬剩錢」，各地留用，原來不必負擔徭役的官戶、女戶、寺觀、未成丁戶，自「免役法」頒布後，都需按定額的米數交「助役錢」，其中官戶免役，是不公，是特權，但女戶、寺觀、未成丁戶也要繳定額米數免役錢，未免失之過苛了。寺觀、未成丁戶猶有可說，女戶是沒有男丁，由女人當戶長的戶口，已是孤苦，現在又增加免役錢的負擔，當然議論紛紜了，何況賈蕃又提高戶等徵收免役錢呢！

東明縣離汴梁不遠，是天子腳下的地方，賈蕃居然敢於玩法，足見官吏之黑。新法新政推行，就受到了這些惡霸、官吏的破壞。他們之所以敢以一州一縣來對抗朝廷，主要是有那批反新政的元老重臣在撐腰，裡應外合，便有恃無恐了。

司馬光煽動韓琦，成功的上奏請罷「青苗法」，反而使韓琦受到批駁之辱以後，實在心有未甘，現在又鼓動東明縣降低戶等增收免役錢，似乎不扳倒王安石不罷手之勢。

韓琦只不過加息強貸、鑽法律漏洞，與東明縣不同，那是明顯的違法了。賈蕃這樣做，已引起民怨。紳士與平民，都向縣府反映。

怒火已經燃燒起來，但他卻推說是新法規定，奉命行事。時間應當成熟了。

賈蕃偷偷蹓進汴梁，到司馬府上求見。

這是一樁可砍頭的事，主意出自司馬光，賈蕃自然要找他，萬一鬧到不可收拾，也有個靠山。

老家人見到是個小小縣令，便不允通報。賈蕃是何等人物，便向老家人手裡塞了一袋沉沉的東西。

「賈大人，實在是太晚了。」

「求求你，下官有急要的事向大人稟報，而這件事，極爲重大，務必要通報。」

凡這些家人，當差久了都知道，有些事是耽誤不得的。於是前往通報，並獲得立即接見。

「怎麼這樣晚還……」司馬光一見賈蕃便這樣問。
「急事！大人。」
一聽說是急事，當然也是機密。「書房談！」
才落座，下人奉了茶，便摒去所有閒雜人等。
「什麼事那麼急？」
「大人吩咐的事成熟了。」
「喔！」司馬光捋了捋鬍鬚，漫應一聲。
「升等增收免役錢，不滿的人將到王安石那裡告狀。」
「爲什麼不找台諫，找王安石呢？」
「大人，卑職想過，找諫官，了不起劾王安石一本，大人算算，從熙寧二年到今天，貶了多少朝官，誰進諫就貶誰，你說是吧？」
司馬光點了點頭。
「讓老百姓直接告訴王安石，新法不可行，這不是更直接嗎？」
「萬一要露了底，那是鼓動百姓造反的事，要棄市的呀！」
「我們也只是提高戶等，多收點免役錢，而這個錢也是上解的，又沒有貪一緡！」

「賈蕃，抗旨比貪汙更嚴重。」

「這當初也是大人吩咐辦的。」

「我是說萬一。」

「這你放心，到王安石府上去告狀的人，每人都領了兩貫錢，除了訴苦，說『免役法』不可行之外，其他都不談。」賈蕃對自己的設計非常滿意。

「人上一百，形形色色，那些土老百姓怎麼知道適可而止？」司馬光眞沒想到這回可能惹火燒身了。「我說賈蕃：萬一有事，你要……」

「大人，不必吩咐；下官懂。」賈蕃這回眞是看清了司馬光的眞面目了。「這件事請大人放心，一定不會出事，告完狀就走，到時候也設法去找人，就算被邏卒抓到，下官也一肩承擔。不過那些告狀的老百姓也不好對付，這……」

「錢是不是？」

「當然，能多給他們一些錢，嘴便穩一些。但是下官……」他吞吞吐吐：「談錢就不好意思！」

「你這是要脅。」

「下官哪敢，人上一百啦！」

賈蕃算是抓住了司馬光的弱點，雖然老狐狸沒落下片紙隻字，但犯在刑部手裡，只要一攀上，十個司馬光也擔當不起謀反這個罪名，別的罪，就算頂撞了皇帝老子，了不起由京官外放荆蠻，宰相變成州官，還是個帶相銜的官兒，唯獨謀反，要奪取趙氏江山，鋼打鐵鑄的脖子也砍得下來。

腦袋可不是阮陶瓷，弄壞了可以再捏過。司馬光甚麼都敢，只有掉腦袋這種事怕死了。

「大人，加點兒錢就消災免禍了。」

「你不是有公使錢嗎？」

「那兒夠！東明縣是個南北交匯點，官來官往……」

司馬光知道遇到對手了，只得讓帳房再支二千四百貫。叮囑他要辦得了無痕跡，乾乾淨淨。

拿了錢，起身要走。

「大人放心，老百姓怕管，也怕官，他們總還是東明縣的子民呀！」賈蕃把一大捲四川交子、銅版會子往袋子裡一摁，心想撈一把再說。「這一鬧，亂民四散，大人只要準備通知諫官就得了。」

賈蕃拿了錢走了，並沒有向司馬光要官。要官的機會多得很呢！以後再說吧！但是這些卻聽在媳婦的耳裡。

汴梁的新曹門一開，賈蕃溜出城去，把那批拿了錢去告狀的農民接進城。

五月十四日，是個不祥的日子。

馬行東街曉市五更就已經人聲鼎沸，王安石家東巷內仍是安靜如常，所有的人都還在睡夢中，誰都不知道東明縣的老百姓已齊集在曹門外，只等待邏卒開門就進城了。

縣老爺請老百姓進京，有得玩，有得吃還有得拿，三天還拿到兩貫，有這等好事，田也不必耕了，地也不必種了，天天到相府告狀，吃香喝辣，賈老爺賈大人眞是活菩薩。這樣的人，應當升更大的官，就會有更多的人發財受惠。

看起來雖是三三兩兩，可都是五人一小甲頭，叫什麼喊什麼，都由甲頭號令。不聽指揮得扣錢，有錢好使人，他們比禁軍還頂事。這點有人說是王安石的「將兵法」就遠不如賈蕃的銅錢。教什麼說什麼，教不說什麼，就不說什麼，否則扣錢，這厲害。「將兵法」不如錢多了。

曉市才收，王安石家門前已人聲鼎沸，吵著要見相爺。

王安石不在，上朝去了。婆媳兩不知道發生了甚麼事，手足無措，夫人跟著王安石走遍了大江南北，也沒見過這種陣仗，只好趕忙打發家人把上朝的父子倆找回來。

人一多，院子、房子都顯得小了。相府來了人，連水也供應不起，夫人過意不去，來者是客，而且口口聲聲要見相爺。雖然是相爺夫人，見過的場面都是文謅謅地吟詩作對的人，沒接見過白丁。這下好，全是農民，兩位婦道人家更不知道如何處理了。

蹲著的、坐著的，院子裡全是抽旱菸袋、聒噪著河南那土腔土調，夫人既聽不懂，也不敢做任何主張。

農民們有些失望，相府只比農舍多幾間屋子，還比不上東明縣的頭等大戶。要說有點特別，就是那些不能吃喝的書本、骨董字畫，還有就是院子裡那幾塊七凌八怪的石頭，不知道這些大官怎會喜歡那玩兒，送給人還嫌它礙手腳哩！在相府可就成爲寶貝了。

有一點不同，相府園子那幾叢，比農舍的竹子要長得秀氣多了。

不久進來兩個人，一位像乞丐公，另一位年輕人瘦得像蔴稈，都不是宰相模樣，沒人理睬。但那兩人卻大模大樣走了進去。

有人想，大概是王相爺的下人吧！就是下人，也夠寒傖了。

那貴婦人叫那穿著平常、囚首垢面、身上可能蝨子滿身的人管叫「相爺」。

相爺是那種樣子？傳說的錦衣玉食全都破滅。

那些甲頭想：一個宰相還不如老農，怎麼治國？眼前這個老頭能做出甚麼壞事？

帶著相爺回家的那老頭出來，叫排頭們進入大廳，也不過是幾張字畫、幾架書、幾張木頭太師椅和腳踏子，沒看到金壁輝煌，西康地毯、江南的絹帛，比一等戶是強些，還不一定比賈蕃的府第豪華。

「各位東明縣的鄉親，請坐！」

上來的茶倒是好茶，自榷茶（朝廷公賣）以後，民間就很難喝到上好的三月茅尖、雨前包種茶了，粗葉雜枝，茶癮倒是過夠了，可沒那清香溫潤味兒。相府的茶眞是民間難以喝到的。

「各位鄉親走百十里路，到舍下來，有甚麼指教？」王安石開了口。「在這裡呢！有話儘管說，錯了也不要緊，言者無罪，聽者足誡。」

「俺們是到相府來向相爺告狀的。那『免役法』不能實行。」甲頭人說話了。

老鄉們立刻附和。

「有甚麼理由，大家說說。」

「俺東明縣老百姓要告的是相爺，也告的皇上頒的『免役法』。」

「爲甚麼要告『免役法』，說點道理我聽聽看。」

都是甲頭人說話。

他說：「老百姓有力氣，可沒錢，現在要錢不要力了。老百姓到那裡弄錢去？所以很多人都賣了田地逃了。」

「這個法是要有錢的出錢，由衙門來雇用願出力的老百姓去服役，過去徭役都攤在三等戶以下的情形不同了，服役的人可以得金錢的補償，這不是很公平的事麼？」王雱也回來了。他是崇政殿說書，當然能把這部法律用最淺白的方式說出來。

「少爺，你說的和實際情形不是那麼回事，現在是升戶等收免役錢呀！不僅未減少徭役，反而增加了負擔。」甲頭似乎說露底。

到相府告狀的都是老實的農民，有的還不會寫自己張三李四那幾個字兒，他們那裡知道朝廷勾心鬥角這種事，拐著彎兒一問都漏了底。上京告狀的老百姓降低戶等納免役錢，原是賈蕃的指揮，幕後的操控者，也已經呼之欲出。

這又是一樁破壞新法的典型疑案，與韓琦玩的把戲是一個劇本。不過王安石不願拆穿。

「元澤：招待這些叔叔伯伯到潘樓吃早點，願回東明縣的回東明縣，有親戚在京城的去玩兩天，你們升戶等交免役錢的事，包在我王安石身上。」

拗相公軟化，顯然有許多進步，也是王安石第一次用公使錢請客，而請的竟是要告他的老百姓。

不過這下子老百姓被弄糊塗了，請上京喊冤告狀有工資，被告的人請吃飯，背朝青天，面向黃土，一鋤一耙的去耕耘還不得溫飽幹嗎？天下有這樣美的差遣還沒聽說過。天天都有狀要告，老百姓有福了。還用得著去跟牛屁股？

誰說官都是冷酷無情？這個王安石就這麼有人味，那種粗糲布衣，那裡是個掌理國家大政、權大如天的宰相？倒像極了尋常百姓啊。

幾個甲頭悄悄說話：

「我們是不是弄錯了。」

「不會吧！大甲頭由縣役帶過路的。」

「不像個壞人？」

「壞人裝好人才更糟！」

這些話都被王雱聽去，忍不住回了話：「你們對了！」

一場告狀的苦戲，就這麼喜劇收場。

上京告狀的老百姓，在馬行東街的早市中吃早飯，那是生平第一次，農民都是一天兩餐，只有農忙才是兩乾一稀，還有一餐是雜麵。

有宰相肚皮的農民，這下闖開胃囊撈本，反正有王公子付帳，不吃！白不吃！

嘻嘻哈哈，馬行東街一下子增加千人，小攤子鋪都是摸黑來的老百姓，頓然熱鬧了許多。

老百姓走後不久，有個丫環送了件沒有署名的字條，把告狀這事，由誰指使寫得一清二楚，送到相府來。王安石看罷笑了起來。又是老戲新演，卻比王廣廉的事件曲折離奇得多。而司馬光露了底。露底的，正是司馬光的兒媳婦，王安石只說了句老天有眼的話，便把字條收了起來。不過這張字條始終未派上用場。

16. 舊人行新法，弄權作奸

夏夜，青紗帳隨風搖拽，流螢飛舞，四下蟲鳴蛙唱，覺明館卻燈火通明，賈蕃與幾位上京告狀的地方「紳仕」猜拳行令，歌妓演奏，雖比不上汴梁相國寺附近的教坊高尚，在東明縣卻已是最好的交際場所了。

「賈爺，小的恭喜了；」龍應舉向賈蕃敬酒，端起杯子一仰而盡。

「甚麼假爺眞爺，大人……」賈蕃是半眞半假。

「沒法，賈大人也不雅！」杜少陵說，「不過這次賈大人升官倒是眞的。」

「沒法子，這個姓，幹甚麼都是假的，平章事是假平章事，就是當了皇帝也是賈皇帝呀！」和那幫人混在一起久了，一下子也不便翻臉，只好自諕一番來解嘲。再說，也還不是翻臉的時候。不過終究有把柄握在他們手上，要如何把這幫混混擺脫才好。

河北王廣廉的案子是很好的例子，還好，韓琦挺直了腰桿頂住，否則豈能摘了烏紗帽了事？朝廷雖然不殺大臣，可是王廣廉和自己都是芝麻綠豆的小官，包拯還鍘過皇親貴戚哩，何況自己呢？

——萬一司馬大人不像韓琦那樣，護著王廣廉，而自己又屬開封府官，那不是等於到了刑部？

賈蕃倒不怕王安石，如只辦到東明縣知縣，又落在呂惠卿、章惇或蔡卞手裡，不丟腦袋也要剝層皮。想到這裡，那幾個混混敬的酒也下不了喉嚨。現在除了扳倒王安石才有官可升之外，最壞的打算就同王廣廉的案子一樣，派員察訪。到那種地步，也只有一個法子：把司馬光攀進案子裡去，縱然頂了罪，也還有個人照會或墊墊背。

「大人！」這次不加那個賈字了。「你想，你會不會升轉運使。那是肥缺。」

「錢缺！」杜少陵的外號錢缺，他永遠都是缺兩文，口袋裡沒有兩個銅板，根本不會響，那兒有婚喪喜慶去打個雜，混吃混喝，運氣好，趁亂撈兩文。他原是秀才，考了幾次貢舉不中，改學武藝，都是半瓶子。「升官沒你的好處，坐牢倒是有份了。」

「坐牢，賈大人，你眞是會說笑話，你當我白癡，告狀的事，連司馬大人和文大人都有份，不然，你賈大人有這個膽，我們還沒有哩。」

「你怎麼這樣說？」賈蕃卻暗喜，攀下司馬光的事，已用不著他教唆了。「錢缺，你不能在外面亂說。」

「反正升官也沒我這半吊子，劍書都學不好的人，給官給我當都當不好，還是實在些。……」

「怎麼實在法？」

「我叫錢缺，有一天叫錢足的時候，聽的曼妙歌聲，喝的是二鍋頭，我還能記得那酸大夫呀！」

「你這是敲詐？」

「賈大人，別說得那麼難聽。」龍應舉出來解圍。「大人升官，我們發財，跑到福建路、廣東路去，萬一破壞新法的案子發作了，大人可以一推六二五，就算推不掉，也沒有人證，王安石再能，也辦不了你賈大人，何況還有司馬光、文彥博、吳充那些人幫著你？」

「相信你不是我錢缺……」

「老缺，這用不著你擔心，賈大人在修東明縣水利時也撈了些，這次升等徵免役錢……」

「好！不要說了，你們開個價！」

「賈大人賞吧，開價！這不是成了敲竹槓了嗎？」杜少陵讀了幾句書，說話尖酸刻薄，聽起來卻不怎麼損人。

「對了，向來只有官坑百姓，那有百姓坑官的呢！」

「好好！好兄弟，咱們喝酒，錢！生不帶來死不帶去。我賈蕃一生做事就講個爽快兩字。」

「來來，賈大人，你老升官，咱們兄弟發個小財，公道吧！」

「公道！公道！」

皮笑肉不笑的賈蕃知道，兩個禍頭子是留不得了。那夜賈蕃留宿教坊裡，連夜渡過五大河的兩個頭人，船翻落水，只船老大水性好脫了生，兩個頭人屍也沒撈上來。

他們在地方上是紳仕，賈蕃按著禮數，到頭人的靈堂祭拜，又送了豐厚的奠儀，一副哭喪的臉，心裡卻暗暗慶幸除了心腹之患。

沒幾天，船老大也落了水，東明縣一連串出事，上京告狀的頭人死了不少個，當然杜少陵、龍應舉也在內。

正當賈蕃悄悄地消滅證據時，開封府也在進行調查蒐證。王安石非常清楚，再刁的老百姓，也沒有膽上京告狀，而告狀不向御史台，卻向相府告，這是個大破綻，何況王雱也留下不少人的地址，那一定有蹊蹺，已讓呂惠卿去調查這件事情的因果。至於那女子送來的證據，王安石不想用，都是姻親啊！

他派人到東明縣調查，這件案子實在太怪了。大宋雖說不殺大臣，可沒說不殺百姓。那已屬於準造反的行為，百姓那有這個膽？

調查的人到了東明縣，聽到這麼一首童謠：

東明百姓升户等，為的多收免役錢。

棄田棄地棄妻子，逃避如虎苛虐政。

這裡透著一些消息，升戶等多收免役錢，法無明文，「免役法」是徭役公平化，這是明顯違法。賈蕃為甚麼這樣做？歛財？還是立意破壞新法，沒有答案，恐怕得由戶部來查縣衛的度支，才能明白賈蕃的目的。察查員們遍訪民戶，升等納免役錢可以確定了，至於背後有沒有人支持指使，則需送到刑部嚴訊才能獲得結論。

呂惠卿接到調查報告，寫了個奏摺，經中書省，王安石透過曾公亮，呈到趙頊那兒。

司馬光早已接到線報，便找到吳充商量，希望在明天的早朝上，能得到聲援。

到了吳充家，略為寒暄，便入了正題。

東明縣縣民到王安石家告狀這件事，早就是汴梁家喻戶曉的事，現在司馬光一提起賈蕃，吳充已明白大半。

「聽說賈蕃已被削官，並由開封府拘辦了。」

「我就是爲這件事來的？」

「賈蕃是下官的遠親，如今落在王安石他們的手裡，大臣反新法，貶個官，下去獨霸一方，免得在朝看了心煩也就算了；小官犯了這罪，恐怕不會輕饒。」司馬光自恃文名滿天下，一向眼睛長在頭頂上，這回低聲下氣求吳充，看來眞是嚴重。「不看僧面看佛面，我們可是老兄弟呀！」

「要犯其他的還好說，反新法這事難辦了。」吳充分析：「如今新法已不是王安石的新法，而是趙頊的，上次韓琦和你聯手罷新法的事，你也在朝議中，那麼多元老重臣都扳不倒王安石，其他可想而知。」

「這事我也知道，賈蕃已經犯了，怎麼辦呢？」

「這件實在難辦，」吳充搓著手。「我看只有相機而行，希望這件案子不要出現兄的大名才好。」

吳充這話，使馬司光寒透了背。當然他也知道他的難處。

第二天早朝前，人陸續到了。習慣上，朝臣都應當提早半個時辰，作爲整理衣冠與當天議事的交換意見，請託和提出不同見解，都在那個時間裡進行。

那天三五人一堆，都在議論賈蕃升等額外徵收免役錢的案子，大多數都還不明白案情，有幸災樂禍的，也有同情新法的，議論紛紜，不過多數有一個共同看法，背後沒有人支持，一個小小東明縣知縣，不會有這個膽，案子說不定要往上發展，但都還不知道是誰燒的這把火罷了。

鐘響了！

大殿門開了！

人們魚貫而入。一切程序依舊，各派人馬都緊綳著一顆要爆炸的心在等待。這的確是個大案，不僅玩法，而且鼓動了老百姓到天子座下來鬧事，已經形成造反，是對皇權的挑戰。誰都知道，這已不是王安石和新法的事了。

殿上沈默得落下一根針也可以聽得清清楚楚。

「臣有事啓奏。」

「有事奏來。」

王安石先叙述五月十四日東明縣百姓到相府告狀的事。話鋒一轉，說：「『免役法』是經皇上詔命頒行，法是變了，徒法不能以自行，具體執法者仍然掌握在舊官吏手裡，那些殘民以逞的人，腐朽體系，仍然緣法爲奸，不知因法利民，拒絕執法不是很重要，最怕的是玩法，先有河北的王廣廉，擅自加息強貸，後有東明縣的賈蕃，升戶等增收免役錢，這也算了，還煽動百姓上京告狀。」王安石有點近乎激動。「法是王法，卻有人敢在皇上的腳下玩法。要想新法成功，只有戮力同心，否則……」

「臣有事啓奏。」出班的是翰林學士范鎭。

「說！」趙頊知道范鎭是有名的硬槪子。

「自熙寧元年以來，三月罷歐陽修、九月罷司空韓琦、十月罷張方平、二年罷開封知府滕甫、五月罷翰林學士鄭獬、北徽北院使王拱辰、知制誥錢公輔、六月罷御使中丞呂誨、八月罷判國子監范純仁、條例司檢詳文字蘇轍、十月罷富弼，三年二月貶知番官院孫覺，四月貶御史丞呂公著、趙抃、宋敏、李大臨、張戩、李常等。這些官，當然不全爲反對新政而遭黜，但絕大部分是反對更張祖宗之法而受的處分。這證明了一點，皇上是支持新法的。不過王大人說舊的官吏體系執法也有偏頗，這是人才的問題。」范鎭停了停：「那朝那代能一下子把縣令都換了？連天下換了姓都還不得不用亡國之臣，新法的執行，如要把基層都換人不僅辦不到，恐怕這將是一場災禍，所以王大人的說法，下官無法苟同，我看不如罷王安石，罷新法，安定是很要緊的。」

司馬光得到很大的安慰和鼓舞，他和范鎮並沒有甚麼深厚的交情，甚至沒有交往，今天他等於幫了賈蕃一個大忙，總算還有人能說些公道話，范鎮一說完，司馬光不再覺得自己孤立無援了。

呂惠卿出班了。

「臣有事啓奏。」

「說！」趙頊已鐵青了臉。

「范大人所舉，皆爲事實，如果這些人都爲新政而被罷、被貶，則證明了一點，新法新政乃陛下富國圖強，銳意改革非常明顯。既是經聖上英明聖斷，就不是甚麼亡國之禍。」

趙頊點了點頭說。「說下去！」

「新法新政初行，可能有許多人不能適應，這是人之常情，但是如王廣廉、賈蕃的案子，就不是執法偏差的問題，而是有人與朝廷作對，這才是亡國之禍。」

接著他分析，這一場權力鬥爭，朝中有大臣介入，否則誰會去冒殺身之險呢？所以主張刑部和度支兩部分，應當藉此機會，查出幕後的主使者。

「朝廷百年無事，固然是諸先帝的聖明，但百年來三朝老臣因循守舊，暮氣沈沈，蔭恩倖致的官吏，眞可說是一人得道，雞犬升天，賈蕃就是一例。蔭恩過於浮寬的結果，既增加了冗員，權貴親友尚攀附之風，蔭恩也有能力很強的人，但是有更多的倚勢爲害百姓者出自蔭恩官員，這是新法實施的大障礙。」曾布也出班議論。

「這種說法，臣不敢苟同，記得司馬光曾上書說過這樣的話：『安石以爲賢者則賢，以爲愚者則愚，以爲是者則是，以爲非者則非，諂附安石者，謂之忠良，攻難安石者，謂之奸慝……』那麼多貶謫之官，不能說全都是奸佞無能，有的執過政，有的治邊有功，其去者，不過意見相左、與新政杆格而已。」蘇軾有些激動。「王廣廉、賈蕃應是個案，請陛下詳察。」

還有人要提出不同意見，但趙頊制止了，這樣攻訐下去，更不堪收拾。

關於賈蕃一案，下旨嚴查嚴辦。

那天司馬光、吳充都沒有爲這件事提出意見。

趙頊已經看出，反新法已由朝中大員與地方官吏勾結成一體，除了更強力支持新法的推行者王安石等以外，稍稍鬆懈，必然半途而廢，富國強兵，雪恥復仇終將成爲泡影。這是王安石革新政治的一大勝利，但樹敵也更多了。

這兩件案子，雖沒有把幕後指使的人牽扯出來，誰幹的好事，已經呼之欲出，眞正往上辦下去，必然引起更大政潮，不僅扯出元老大臣，甚至後宮也涉入案內，怎麼辦得下去？

范鎮說得對，實施新政已經貶罷不少大臣，對新法新政的支持應當夠了，改朝換代尚須借重舊吏，何況是行新法而已呢？辦太多的人，也替王安石樹立更多政敵，實在不利於新政的繼續推行。

議論到此，也該散朝了。讓時間去解決這兩個案子。皇帝自己也不願案子向上發展，免得越來越棘手。另外，牽涉這案子的大臣元老們，大概也應當知所警惕，收歛一些才對。所以不想再往下辯論，免得扯出案外案。

17.設宮觀院，化除阻力

如何化解新政阻力，已成爲王安石的急務，經與趙頊商議以後，決定設立養老院，給予德高望衆，卻又年老力衰的老臣保養生息之所。

「在設計上，官名要大，地位要崇高、待遇要優厚。」趙頊說。

「這是否又增加朝廷的支出呢？」王安石不能不顧慮。

「參知政事、樞密副使、計相五品以上才可進入這個機構，以下的則只准致仕，不能進入這個機構。要增加的支出，也不會太多。」

「那就仍然用前朝的宮觀院吧！」

「總要有點事給他們做，不能讓他們有尸位素餐之感。」趙頊眞是仁厚，爲臣子設想周到。

「管管寺廟，讓他們與出家人、道士交往，也可清心寡欲。」那原是眞宗設立，安插反對派的官員，原來規定只給三十個月的任期，現在改爲終身職。

事情就這麼定下來了。

宋朝自神宗起，宮觀院成爲一個養老機構，張方平成爲宮觀院的第一位官員。不過這樣一個機構，對於一位有強烈權欲的政治人物不具誘惑力，所以作用不大。

經過王廣廉、賈蕃事件以後，使王安石體會到，僅擇術爲先還不足以改變現狀，必須從培養人才做起，連整個行政結構都需要改造才能達到改革的目的。

王安石在回家的路上就決心要從學制與考試制度來徹底解決政治問題，改革教育是唯一的辦法，也是根本之道。

韓維提出改革考試的議案，主要是停止以詩賦取士的考試科目，各習六經，問大義十道，以文解釋，不必全記注疏，諸科以大義爲先。本來從開寶六年開科到嘉祐八年，都以詩、賦、論三項爲禮部試主科，叫做三題，宋朝文風因之而起，卻也輕了策論和其他各科。韓維的禮部試改革，正與王安石的想法暗合。

這已是朝適用的方向取士，也就是禮部試取得進士資格與條件的改革。

在此之前，也曾下詔兩制、三司、三館討論貢舉法的改革。貢舉是進士的來源。而貢舉的弊端在於平民太少，起於布衣便流於口號了。

改革是千頭萬緒的，這與教育制度又有密切關係，所謂牽一髮而動全身。只有從教育改革，才是根本之道，考試之變，只是手段罷了。

三個機構擬議了很久，都沒有甚麼結論，兩制是翰林、知制誥；三司包括了鹽鐵、度支、戶部；三館包括了昭文、史館、集賢院，都不是主管教育和考試的機構，科舉改革卻沒有禮部參加，當然難獲結論。

這個詔旨議事也非常奇怪，而這三個機構只是合議，沒有主事機關，所以沒有任何結論，也就不足爲奇了。而新法、新政的改革，最基本是在於教育，而推動者爲三司條例司，直到王安石眞除爲宰相，才併入中書省，是有些道理的。

這種久議難決，性子急，立議立辦的王安石大不以爲然，才有韓維的議論。但卻被蘇軾激烈反對。

他說：「貢舉的弊端，責任不在學校，也不在各州路，只是目前興學校，是發民力，斂民財的事，糾紛必然增加。」他頓了一下說：「大家應當還記得慶曆新政的時候，也曾經做過考試和興辦學校的改革，如何呢？」

「如何?」韓維逼問，他不是不知道那段歷史，而是明知故問，逼蘇軾說出問題的核心。

「如何?」蘇軾攤開雙手。「不過是個歷史名詞。不錯，貢擧是有很多問題，鄉擧也是，重德行與文采而忽略經世文章。現在想專取策論，罷詩賦，但是能策論就是人才嗎?想變經義生樸學，不帖墨而考大義，這固然是考驗考生的思維能力，卻也可能使學子不去精讀，改是改了，是否又生出敎天下人爭相作僞呢?」

「讀書不精到，就不可能有高明的議論。」王雱一直沒有插嘴，只是聽他們的論爭。「要說到作僞，詩賦一樣可以，自詩經以來，多少摹仿作品呢?不過說詩賦無用，學生不敢苟同，春秋、周禮又有甚麼用?不過罷考詩賦，讓應考的學生可以多讀些別的書，譬如律算、醫藥，甚至工藝，沒有工藝，便不可能有連弩機、刻版、秧馬的發明。對不起，實在輪不到學生的議論，我覺得要改革，必須由學制做起。」

三舍的改革，受到王雱的影響很大。雖然他只不過是太子中允的小官，看法都相當深刻。

對於考試，與敎育的改革，趙抃比較傾向支持蘇軾的想法，爭論互不相讓，這本是件百年大事，草率不得。不過蘇軾還沒有完全和韓維、王安石對立，所以，他婉轉地說：「我承認科擧不是盡善盡美，不過在沒有取代的方法之前，科擧是還是選擇人才的一個較好的制度，考試科目不能說廢就廢。」

「我不以爲然，科考三門功課，詩賦佔了兩門，到他們入仕做官，不知世俗，詩賦不能給他們辦事的方略，取得之士不少人呆若木雞，這樣考來的士，請問又有甚麼用呢？」韓維毫不讓步。

沈括更是主張重實用的一位，他更主張多給庶民的機會。中書門下省贊成去病聲求對偶，科舉改革雖然沒有結果，卻使宋朝的詩賦面目一新，詞更是在這種論爭中得發展。

教育、科考改革，目的在爲朝廷選眞賢能，如今七、八品官都來反新法，更凸顯培養人才急要了。於是王安石找韓維、曾布、沈括一起研究改革教育、科舉方法，取專精務實而不重華采、主張專精，並普辦教育，及於庶人，擴大人才晉用基礎，三、五年或十年，則基層官吏皆可一新。

於是找家人約韓維、曾布、呂惠卿、沈括再到王安石家，討論改革的科舉教育興革的事。熙寧變法之前，太學、宗學、州學都是毛病，而貢舉更是一代爲官，世世爲官的辦法，等於是一種恩蔭，難免良莠不齊，於是紈袴子弟當道。

貢舉又稱貢士，州郡試中舉，進京就禮部試。這種晉用人才基礎上就已不公。那夜討論的時候，曾布分析那時的學制和科考時說：「國子學下之國子監之學，專教京官七品以上的子弟，都是貴胄，太學又限八品以下子弟入學，雖然也收庶人俊秀，都有名無實，但國子監的房屋才二百楹，太學更小，容納學生有限。至於廣文館，只是獲得執牒求試的一個途徑，入學限制也寬，凡入京應科舉試落第的舉人、國子監學生都可以入館，無肄業期，沒有入學試，四門學、宗學更無足論了。這些都是教育的病，依此途取得官位，可能通識，卻無專精，似乎考試又是通過仕途的一個驛站，他們不能用那些浪費很多時間學習的詩賦去治世，實在是一種浪費。」

「不僅如此，太學學生，在沒有待遇，爲了防火，學齋不僅不供膳食，晚上也不能點燈，當然給學生很多不便；但供給待遇之後，學生可以住進學舍，學生卻又視爲寄食之所，有十年太學生者，滯留京師而不作歸計。反而成爲秦樓楚館的常客，互相酬唱，以靡費淫樂爲能事。這樣的學生，考進來又能有甚麼用？」韓維研究教育制度與考用方法相當深入。

曾布的哥哥曾鞏，撰有〈高安學記〉謂：「論士大夫之師友淵源，常出於一世豪傑之士，至於長育人才而成就之，則在當塗之君子。」由此可以看出互爲攀附援行，好的是可以如手使指，但也形成集團派系，再加上蔭恩又都是官吏的子弟親友，眞是成爲老子英雄兒好漢，起於布衣那是神話。

太學生也極敗壞，智巧而營，倡爲混補，演變爲後來的文弊，譬如徐振甫榜、問策有邊防與外交一題、論宋與交趾的事，竟以馬援傳作對，但馬援誤爲馬愿，董仲舒不知爲何代人，可知太學生水準的低落了。

後來有人做打油詩，諷刺太學生之不學無術謂：

鼙鼓驚天動地來，九州赤子哭哀哀。

廟堂不問平戎策，卻把金錢媚秀才。

太學生留連歌台舞榭，稍予抑制，圍府攻訐，成爲學潮的案例不少。學風敗壞，是政風敗的淵藪，王安石認爲非從根本做起不可。士大夫之所以無恥、無行都與貢舉息息相關。「考試使全國的教育定型，改變風俗，一新社會，要下猛藥。」曾布說。「首先要改太學，使之各有專精，不十年，就可見到教育的成效。」韓維也是贊成的。「那麼就去研究一項改革的方案吧！不過重點不完全放在太學、貢舉，州縣也要興學校，才會有更多布衣子弟出身，那才是國家的根本。」

王安石下了結論，夜談到此爲止。

當時的風俗，重士而輕商農，曾有「某愚無似，家世業儒，而名不隸於農工商賈之籍。」陳子誠的女兒入宮，只因爲他是大臣的家僕，而使皇帝都愧對士大夫，足見階級之嚴，代代讀書，代代做官，王安石已見到社會流風的敗壞。其實士大夫之無恥到甚麼程度？「見利而已，不復知有其他」，而「進士登科，娶妻論財，全乖禮義。衣冠之家，隨所厚薄，則遣媒妁往返，甚於乞丐」。所謂「家世儒業」，說穿了無非是「書中自有黃金屋，書中自有顏如玉」罷了。有甚麼恥格，大成問題。

王安石早已窺透了，王廣廉、賈蕃的行爲，促使他下了決心，做更大幅度的改革。改革科舉不是自王安石起，富弼曾經提倡、孫復講春秋尊王大義，胡瑗、范仲淹也曾倡導經世治術之學，期能實踐躬行，社會得到改革，可惜都未能從教育做起。

雖然當時屬於高等教育的有國子監、太學、辟雍、四門學、廣文館，也有律、算、醫、道、武、畫等，地方則有州、軍、監、縣學，但都以收權貴子弟爲主，可惜貓不一定生貓，有時候會生老鼠，變種是有多方因素的。譬如陽翟大賈呂不韋，是位販賤賣貴而家累千金的投機商人，以子楚爲奇貨可居，後來子楚尊爲仲父，傳說是相當難聽的，呂不韋用偷天換日方式竊得天下，不過最後被逼遷蜀，飲鴆而去。天下事很難說了。所以士大夫未必就代代都優秀，眞的是老子英雄兒好漢。

「三舍法」仍出呂惠卿之手，法凡四百一十條，規定詳密，但眞正實行的，只是把原來的高等學府，改爲上舍、內舍與外舍。生員的來源仍採分解方式到這裡來的，也准許權要官戚入監聽讀。

熙寧四年正式實行「三舍法」，太學生員依學業等差分隸三舍，歲時考試藝能，依次升舍，初入學爲外舍，外舍初無定員，後來三舍定額七百人，生員各選一經，隨講官（教授）修業，每月行月考，每年歲考，優等升舍。這些生員可以荐入中書省、免經解，省科試，就視同及第出身，上舍生可兼任學正、學隸，內舍卓異的可直接任官，但科考仍然舉行，不過科目上已不再以詩賦爲取士的重點，策論受到重視。

最重要的是地方官學，改變了有學無教的因循。

「三舍法」頒布，詔令東京、陝西、河東、河北、京西五路置官學，不僅允許布衣清寒生入學，也允許布衣有經術行誼的人擔任教授，館閣、台諫等京官專職任教之外，也允許州縣官兼任。這樣一來，教員人數倍增。

這又引起爭議，布衣教授與布衣學生將損及官吏子弟權益，尤其是教授任免由中書直接任命，更是士大夫不能接受的事。

有學校、沒有經費還是不能使教育發達起來。於是撥官田爲學校產業，並鼓勵私人興學，形成了整套教育網絡。

「三舍法」中最受優遇的太學生，有齋舍，有待遇，三舍學生的伙食也有差別。

這項改革，學風丕變。

王安石的普及教育思想，不是始自執政，而是在鄞縣任內就已經萌芽，他寫的〈慈溪縣學記〉和在江寧所撰的〈虔州學記〉，都一再強調：教育的目的，在於講明道德和性命之理，學知而不行，便失去學的意義和本旨。將聖人之道實用實行，才眞是教育的目的。

另外他在〈改科條制劄子〉中，也強調科考要去「聲病對偶之文，使學者專意經義」，也就是說，他對教育是重視實用，而不是去考應制詩。文藝只在有感而發的作品，才是感人。

太學是一大鼓舞，御史知雜事鄧綰，本是王安石的學生，加上王拱辰、田況、王洙、余靖等請獲准撥錫慶院爲校舍。該院原是蕃使的招待所，後再撥馬都虞侯公廨爲太學學舍，也才開始解除夜間禁火的禁令，並供膳食，有齋舍。創造了極好的讀書環境。

士大夫、太學生之受到優遇，王安石執政是黃金時代，直到北宋終了，高宗南遷，陸秀夫負帝投海，這部「三舍法」都一直實行，中途有些修改，幅度不大。

這個法實施，南方人受惠較多，因其文質優而厚，重視實踐，中試及第比例較多，洛派之學相對黯然失色。

「三舍法」實施尚不滿足，熙寧四年再設經義局，王安石子王雱、呂惠卿修三經，《周官》、《尙書》、《詩經》等，頒爲官書，作教材，統一經書的釋義，不用先儒的傳注。

這就引起當代諸儒的批評，反對的聲浪不斷，尤其是「廢黜春秋」，史學式微者最可議，才發生以馬援為馬愿，不知董仲舒為那一朝代人的學界笑話，而廢詩賦取士對文學的發展也有極大的影響。神宗後，幾為一家言。王安石午夜捫心，或未為一己之私，卻已造成這種印象。但這和罷黜百家，獨尊儒術又有甚麼分別？

「外界誤解很多！」呂惠卿有一天到天章閣去，把外界的議論說了個大概。

「誤解甚麼？」

「認為相爺是新秦始皇。」

「這是從何說起？」

個性急躁的王雱幾乎跳了起來。

「想想看，修經義的，一個是他的兒子，一個是他得力的幹部。而新書又成為教育的基本教材，也難怪！」

「吉甫公，新經義不過是讓學子們不再泥於背章句，沒有獨見，修新經義不過是為了適用，並不是想當思想皇帝呀！」王雱一向叫呂惠卿號，呂惠卿也不以為忤。

「元澤老棣，我何嘗不知道新經義是為了學子有學有用，卻不能不讓人做其他的聯想。」

「我們要解釋？」

「怎麼解釋？一個一個去說嗎？」

「這……」一向反應敏捷的王雱也不知道怎麼辦了。

「元澤老棣，我看這件事還是暫時不要讓相爺知道才好。」

「爲甚麼？」

「你知道司馬光不就樞密副使這件事是爲甚麼嗎？」

「知道！不是聖上詔命司馬光爲參知政事，家父反對，結果改任樞密副使，起初拒絕，後來不是又就任了嗎？」

「是！一方面是曾公亮把消息先透露了，弄得司馬光難堪是拒絕出任樞密副使的原因，更重要的是在三舍法不僅不以詩賦取士，相對的教育上也重經義、重策論而輕史，剛好司馬光是位史學家不說了，洛河學派也是經史並重的，這就……」

經過呂惠卿這一分析，王雱才恍然大悟。

兩年前吧！曾公亮、李常提前告訴司馬光要出任參知政事一職，司馬光在家一連請了三天客，後來經過呂惠卿、王安石的反對，趙頊收回成命，大大的下了司馬光的面子這件往事，竟然是那麼曲折。

當司馬光在宴請的親友之中，全都是反新法派的人物，也曾以爲當了參知政事就已執掌了大政，當然包括如何收拾新法、罷黜新法的所有擁護者，要「好好」地整頓朝政。而且也準備人事方面的部署，口頭放了不少官。

當司馬光得知自己要更上層樓的消息時，計畫推張方平當宰相，貶陳升之、曾公亮、王安石，流放呂惠卿、曾布和沈括。

他以爲僞造蘇洵〈辯奸論〉的文章，唆使韓琦提高青苗錢利息，強逼農民貸借、東明縣賈蕃提高戶等超收免役錢等案子，都有了替死鬼，自己已經脫身了。有了自己要出任參知政事的消息，證明了一點，那些反新法新政的活動，趙頊不是被蒙在鼓裡，便是有默許的味道。那批搞新政的仍不知死活，還在計畫改革科考、興辦教育，從基層官吏改造呢！

當司馬光得到自己要當執政的消息時，暗暗的笑了。

——不知死活的新黨！看你還繼續橫行到幾時？

他不知道呂惠卿面見趙頊，曾布的劾奏已經改變了趙頊的決定。由參知政事改派樞密院副使，那還是曹太皇太后和高太后的壓力。同時朝中老臣已經沒有幾位，如再把司馬光也貶出朝廷，很可能使老臣反撲而生變。

王安石本是想設宮觀院，使功在朝廷的老人有位高無權的養老去處；改變科舉教育，徹底改變基層官吏結構，化解阻力，正確執行新法。絕未想到因司馬光的任命改變，和旺盛的企圖，另一場更大的風暴已經暗中形成，而且這風暴勢不可當。而推行新政的王安石等人，對於此項新風暴渾然不知。反新法已由商賈、舊官僚、大地主擴大到皇親國戚的結合，範圍相當廣泛。

18. 開罪巨室，后族反撲

司馬光的任命忽然改變，皇室子弟受考試的約束，「市易法」引起宦官和巨賈的反彈，科舉的罷詩賦以策論與專科取士等新政措施，都會損及部分人的既得利益。

由於重文輕武，社會流風丕變，要擠入上流社會，獲得更多利益，經由考試進入仕途是條捷徑。

四民之中，農工商沒有地位。不過富而不貴，或貴而不富都是遺憾，如何獲得更多利益，更高的社會地位，政商是必要的一種結合。大商巨賈的後代削尖了頭參加科舉，轉變社會階級，進入官僚體系，大小官吏也都與豪商地主沆瀣一氣，從中取得利益。

這種結合，形成新政改革的巨大阻力。

柳開曾有「人之不爲兵農工賈之徒，生而讀書誦習，有所成立，由有司而得仕也。」蘇轍在熙寧二年三月〈上皇帝書〉中也說：「今世之取人，誦文書，習課程，未有不可爲吏者也。其求之不勤，而得之甚樂，是以群起而趨之。凡今農工商賈之家，未有不捨其舊（農工商業）而爲士之者也。」這會造成甚麼結果？是「曹州於會儀者，市井人也，長厚不忤物，晚年家頗豐富，擇子侄之秀者，起學室，延名儒以掖之。子伋、姪傑、倣舉進士第，今爲南曹令族。」從正面看，工商界對知識分子、士大夫的崇拜，是一種好現象，但入仕以後，更多的是朝中有人透過商人做生意而上下其手。夏竦經營西北，還有些政績，死時諡封號，竟被封還（退回皇帝的詔命），換了多次諡號，仍未能通過，原因是他搞官商勾結，利益輸送。學者司馬光、歐陽修家族都曾放過高利貸。

夏竦之例，還不能算是北宋的政治弊端，北宋初期的政治本不達邊陲，所以稅收、榷場（即交易所）均由撫邊大臣便宜行事。風氣敗壞如夏竦等，還是少數。

後來政風敗壞，是御史胡愛陟所說的賕賄買官，姦兇取位的變化，便是一種將本求利，要把政治投資回收，貪賄的政治風氣於焉形成。

純由士大夫統治，尙難以清明，何況是工商界向政治伸出他們的髒手呢？淳化三年已是「不於本貫取解，多隨處荐名，行址莫知，眞虛罔辦，乃至工商之子，亦登仕進之途」了，到咸平元年，禮部貢院，舉人中有工商雜類，甚至犯刑責及素無行止之人，也輒玷士流，冒取文解，造成士這個階級出現工商子弟攻佔官吏這一圈子的現象。這種議論，是出自於士這一階級的自我膨脹與歧視，但也確實發生了。到了南宋變成甚麼樣？將帥惟務裒斂刻剝、經營賈販，百種搜羅，以償債負，債負既足，則又別生希。這不就是楊朱說的規死後榮辱的重囚累梏嗎？希望什麼？愈肆誅求，上奉權貴以求陞擢，下以飾子女而快己私。

這已經把當官作爲一種事業來投資。投資當然是爲了利益，老百姓被剝削搜刮就不意外了。后黨也參與作弊收買，百姓成爲砧板上魚肉是不足爲奇的事。

眞宗更有劉后的親戚馬季良考館職，即受到當時還是妃子劉后的關照，朱勔接交閹人童貫，搞花石綱，從太湖造船搬石頭到汴梁造園而得官的事，更不在話下了。

這種社會病態，王安石與新法諸人已看得相當透徹，「均輸法」是就賤避貴，防止商人的囤積居奇；「青苗法」是促進農業生產，減輕農民生產的成本，水利興建增加可耕地面積；「三舍法」是使庶人可以起自布衣、防止投機取巧，當然也有更新官僚結構，新法得以實施的作用在內。現在又詔布「市易法」，平衡市場，貨暢其流，但卻嚴重的打擊了既得利益者，惹毛了閹官與后戚親貴。新法眞的捅了馬蜂窩。

改革幅度愈廣，反對新法的人愈多，新政的阻力也就愈大了。

司馬光顯然已是新政的最大障礙，也是元老重臣的最後堡壘與領袖。

恰在這時，刑部和開封府審賈蕃的案子已經獲得結論，其間確實有朝中大臣操縱，這就坐實當初呂惠卿的想法：司馬光果然涉入這樁破壞「免役法」的案子。不過開封府與刑部礙於司馬光是元老重臣，在賈蕃的供狀與判決上有很多保留。

「我看同駁韓琦罷『青苗法』的奏一樣，好好參司馬光一本。」呂惠卿建議說。

「我看不必。」曾布不同意。

「這是一個很好的機會，千載難逢，過此村就沒這個店了。」呂惠卿向來說話不管文雅粗俚。「介公！你看呢？」

「聽聽曾布的意見。」

蝨子一遇暖和，就大肆活動，弄得王安石癢得難當兩手揑著雙袖拉扯背上的衣服，正圖擦死蝨子。

「這種事，皇上一定知道，我們何必做劊手子？」

「要是皇上仁厚，裝聾作啞呢？」

呂惠卿是比較傾向積極由此一事件，去掉心腹之患的。

「不必我們動手；靜觀其變。」王安石說：「縱然皇上仁厚，司馬光也已是坐立不安，難以立足了。」

果然不出所料，趙頊有意罷黜司馬光，但是還未草詔，已被高太后知道了。

這是不會有甚麼結果的，不欺暗室，光明磊落，都爲了朝廷，王安石不會在背後放冷箭，爭也是在廟堂之上。只是呂惠卿不同，說他是大賢就是大賢，說他是小人就是小人，後來在西北築寨有效的對抗西夏，除了三經經義參與撰述之外，還著有《莊子解》，可以說有相當的成就。

呂惠卿眞正是一位術家，至少是縱橫家。

離開相府，在汴河街與曾布分手，也不去看名歌妓燕非，獨自踽踽而行。

他覺得王安石其爭如君子，他卻深不以爲然，不徹底拔除司馬光那一批人，新法就不可能順利推行，要想富國強兵，洗雪前恥，那裡能辦得到。而除去司馬光，這是唯一的機會。

既不能明鬥，又不能捅到皇上那裡，怎麼把司馬光拉下馬來，搜索枯腸，最後終於想到繆芒。

他曾和繆芒交過手，知道他的性格，旣勢利又貪心，過去靠韓琦、文彥博他們，現在眼見元老派逐漸失勢，沒行可靠呢！

——不妨一試！

呂惠卿下了決心，透過繆芒這條線，讓趙頊或向皇后知道賈蕃的案情正向上發展，而涉入此案的正是反新法最力、最陰的頭頭，必然可以拔除了眼中釘、肉中刺了。

有人說呂惠卿大奸大惡，從這一點去看，應當是不錯的，不過像玄武門之變、陳橋之變、呂不韋的偷天換日來看，他實在還算不上奸。政治本就那麼殘酷，不擇手段去打擊對手，不但是應該，而且是必要的，這不正是無毒不丈夫嗎？

想到了繆芒，司馬光只有回洛陽去栽培牡丹，著書立說去了。

果不出呂惠卿所料，見過繆芒後的第三天早朝，刑部侍郎被留下到後閣奏事。

「教坊的燕姑娘還眞的有用。」

「燕姑娘？」曾布問。

「對！汴河邊上的燕姑娘，我只約繆公公在那裡喝一次酒而已！」

「吉甫！花了不少銀子吧？」

「花錢？我這獵戶出身的進士，又是跟著一位清官，衙門前用五丈河的水也洗不出一粒沙子。我又沒有商賈的朋友，你以爲繆公公是什麼？」

「燕姑娘對繆公公，還有用嗎？」

「有沒有用管他去，繆芒還有十根修長細白如葱的手指呢！」

「太刻薄了！」

兩人哈哈大笑。

「把賈蕃受指使的案情送出去，這是目的。」

第二天傳來銀台司對罷黜司馬光的詔命封還的事。

銀台司的范鎭是位枵頭巾，一連封還了七次。不錯，銀台司是有封還詔命之權，但禮不過三，封還七次，趙頊就是木頭也還有那點木性。

皇上火了，把詔命改發中書省。

司馬光也明白，王安石是個君子，不爲己甚，背後不說話的呂惠卿才是個關鍵人物。

這件事，已牽扯到內宮的不同見解。

仁宗的曹皇后、英宗趙曙的高皇后與曹皇后是姨表關係。女人家傾向安定，所以信任仁宗、英宗留下來的老臣。趙頊在治平四年正月繼位，改元熙寧，四月召王安石進京越次入對以後，激進的變法，已違反了太皇太后，和高皇太后的疑慮，改革幅度太大了，曹老太后年紀已大，而高皇太后還不到四十，年輕喪夫，自然趨於保守。

祖孫、母子之間，對於百姓百年不識干戈，府庫空虛的事已有不同的看法。兩后認爲百姓不識干戈正是社稷之福，府庫窮一些，只要過得去，百姓有生機，也不會有甚麼大禍；趙頊年輕，要有一番作爲，尤其對北遼西夏虎視眈眈，更是寢食難安。即位以後，西夏屢次寇邊，雖然都不是什麼大戰，卻不無以這些小接觸刺探虛實之意。

對這些軍情，後宮自然不十分明白，趙頊也不願老太后再爲朝政憂心，所以也不會詳細的說明國勢的發展。因此在變法與常規之間，便多少有些衝突。尤其用了王安石以後，不少持重老臣被貶外放不少人，已經相當不耐。對於高太后得過且過的心態大不以爲然。

趙家有一項慣例，舉行家宴，連絡皇室之間的感情，故皇室之間很少血腥的鬥爭，紅燭斧影也還止於傳說。趙頊自行新政，貶了不少忠耿之臣，他們成爲地方官吏以後，朝政洶湧，兩位太后不得不插手了。

兩位太后都重視這次家庭晚宴，過去這種宴會，都是談一些家庭瑣事，牽涉到大政的不多。

這種家宴有嘉王阿顥、岐王阿頵和幾個王妃、孫子都會到，是皇室享受天倫之樂的一刻。但今天卻不能不談現實問題了。

兩位太后還是過去家宴一樣的高興，尤其那些少不更事的王孫，活潑可愛，縱然有違皇家規矩，也都一笑置之，甚至還認爲是一種樂趣。那些刻板的皇家規矩，反而不能得到民間倫理之樂。

「市易法」的施行，已經損及內務府和那些採購內侍的利益。不少內侍已把「市易法」對皇室採購的不便，市面的蕭條面報了兩位太后，再加上「三舍法」等的措施，已使王公大臣的子孫，只要在宗學的太學之間混時間，就可獲得功名的便利完全取消了。

這使他們必須與其他貢舉生公平競爭，通過那些層層考試才能升入高等學府，所以對「三舍法」也恨之入骨。

採購的好處沒有了，商人的孝敬沒有了。

老太后大壽，宮裡張燈結綵，各府王爺王妃，大臣都忙著祝壽，坤寧殿雖然一片歡樂，可是比起往年的排場大不相同。過去從東華門到西華門、丹鳳門到南薰門的御街、皇儀殿到宜和後殿，甚至寶文閣、天章閣、龍圖閣都是燈火通明。今年簡單多了。

——自新法實施以後，府庫不是充裕了嗎？怎麼會一年不如一年。

怎麼朝廷越有錢，卻越寒傖？是否孫兒已經不再重視這種慶典？原來就對新法有成見的曹老太后，自知道府庫充盈以後，也就對王安石不太排斥了。

府庫豐盈、青苗、均輸與市易法實施之後，戶部增入四千萬緡。

曹太后找到陳衍。

「今年的壽慶似乎不如往年了。」

「彩燈減少了些，賞賜也減少……」

「是府庫無法負擔麼？」

「那倒不是，自新法實施後，戶部增加四、五千萬緡。」陳衍說。

「那為甚麼慶壽反不如往年？」

陳衍想，這下機會來了。

「稟太后，市易法商業官辦，採購無論皇室平民採購都有了限制。」

「市易法竟然限制到皇家採購嗎？」

「回稟太后！這是皇帝頒行的法令呀！」

「那就是說，皇家吃喝都受到限制了？」

「回太后，過去供應皇家的幾間商店，都沒有貨源，譬如江南花燈吧，就少買了一千二百盞。……」

「懂了！下去吧！」

不久趙頊帶著兒子趙煦前來行禮。

她把孫子摟在懷裡，但是曹老太后雖是萬壽，卻不曾像往年那樣興高采烈，趙頊沒有注意到這種變化，仍然閒話家常。

每年只有曹老太后、高太后的生日那天，才不談國事，享受天倫之樂。今天不同，曹老太后板著臉兒，寒霜似的。

「皇上，聽說新法實施，府庫豐盈了！」

「老奶奶，安石確實是理財之臣。」

「可是皇家的採購也受到限制，這是太祖皇帝以來沒有的呀！」

「這……」

「不要這呀那的，市易法使大商行無法經營下去，已經是要什麼沒什麼了！」

「回稟太皇太后，市易法實施後，回易已不再發生，史嵩之席捲部內帑藏，囊諸路利源，借國用匱乏之名，鹺販易，寵歸私室，爲蠹盜的事不會發生了。」

「但內侍省的取索司卻辦不到貨，皇室修繕，慶筵也已遠不如過去，衣物節料都已減少供應，你這皇帝知不知道？」

趙頊的確不知道這種情形，自然回答不出來。

「今天老身向內衣物庫要一些錦絹、綾羅、色帛、腰束帶賞贈皇親，也在哭窮，一問，其他掌內庫的大臣都大嘆採購不易，是大宋版圖縮小了呢？還是百姓更窮，供物減少了？」曹老太后數落了一大堆，口也乾了。「朝廷也不是浪費，譬如老身今天的生日，陳衍說宮燈就少了一千二百盞，過去是整個汴梁，對這種喜慶是火樹銀花，城開不夜呀！怎麼朝廷府庫增加，反而不如往昔呢？」

「兒臣惶恐，我會去查。」

「不必查了，市易法是跟皇家作對嘛！」

「其中必有緣故，新法不致於此。」

一場本應歡歡喜喜的慶祝，卻因布置、供應不周全，演變成內宮反新法的局面，這是趙頊始料所未及的。

看來新政之爭，已由大臣間波及內府了。連皇宮大臣都加入了這場政爭，這也就可以看出，王安石行新政的孤軍奮鬥之苦了。

內侍單位已經加入司馬光的行列，他不信汴梁市面買不到禮壽的應用物品，一定是那陳衍變的花樣。

19. 浩浩東流，煙塵如寄

賈蕃擅升戶等加收免役錢一案，經開封府審結，念他還未貪瀆，經刑部批覆發配海南，免於牽連太廣，幕後主使也不再深究。司馬光已無法立於廟堂之上，判西京（洛陽）留司御史台，名義上行香拜表，還能糾舉違失，實際已形同宮觀的養老職務。

自太祖起，宋置西京、南京（商丘），北京（河北大名）爲陪都，均置有留司御史台的官職。既是閒官，當然也就沒有公事可辦。從此司馬光留西京十有五年，和劉攽、劉恕、范祖禹編《通志》與《資治通鑑》，直到哲宗即位，高太皇太后垂簾聽政，才召回再度拜相，已歷四朝了。他一上台廢盡新法，罷蔡確、章惇等，算是報了一箭之仇。但只當了幾個月的宰相便死了。與王安石的恩恩怨怨，也帶進了棺材裡，一切都化作歷史，灰飛煙滅。

文彥博爲吳充的親家，而吳充的兒子又娶王安石的女兒，也算是姻親了。但自王安石入對起，文彥博就反新法新政。

他曾揚言：「天子與士大夫共治天下，不與百姓治天下」，直把王安石比成草莽匹夫，連山崩也說是新法的「市易法」引起民怨而招致天變。這種反法，已不是法理之爭，當然無法相處，終於罷樞密使出判河陽（河南孟縣），仍反新法如故。

在抗論「青苗法」之非是不被接受後，歐陽修竟自行決定停放青苗錢，等於抗旨。只因歐陽修名氣太大，神宗也只申斥說他「不合聽候朝廷指揮」，命他繼續貸放。這已經相當寬諒了。因這種原因，曾多次遷調，簡直就像個陀螺被鞭著到處轉。

這種情形，歐陽修已經明白對自己非常不利，便一再懇辭新職，改判蔡州（河南汝南），但仍反新法。他曾因消渴症及目疾上表告老（致仕），自稱：「中痟渴淌、注若漏，弱脛零丁，兀如槁木；加以睛瞳氣暈，幾已廢瞻，心識耗昏，動多健忘。」於六月十一日加觀文殿學士致仕，七月歸隱穎州。

由這份告老奏摺，歐陽修的糖尿病已相當嚴重，眼睛幾近於瞎，而尿更不能控制，滴哩搭拉。告老一事，曾前後上過廿七次劄子，足見他的糖尿病是多麼嚴重。

不過雖已致仕隱居穎州，還是對新政非常不滿，他不會為反對而反對，是認知的不同，政見不同。熙寧五年好友趙概遠從睢陽（河南商丘）來看他，呂公著以穎州知州身分招待會飲，相談甚歡。歐陽修本與呂公著的父親呂夷簡視歐陽修是范仲俺的同黨而生嫌隙，歐陽修卻不記仇，推荐呂公著，並爲朝廷重用。足見他雖然對王安石不合，並非爲人，而是爲了政見。

他在穎州退休後，生活非常愉快。他在近體樂府中，有詩說：

金馬玉堂三學士，清風明月兩閒人。

紅芳已盡鶯猶囀，青杏初嘗酒正醇。

另外，他給親家吳充的詩，也有：「春寒擁被三竿日，宴坐忘言一炷香。」可惜他已患糖尿病多年，恐怕早已不能「日上三竿猶未起，愛情濃厚雪深幾尺不知塞」了吧。

人老了有很多值得回味的往事，除了政海浮沉，慶曆、濮議兩大政爭以外，王安石執政以後，又醬在新法的反對中。如今致仕了，閒下來，想想非常無聊，一天坐在廊詹中晒太陽，在暖洋洋的日光裡，閉了眼睛，眞是「風流明月兩閒人」。過去那些爭執是多麼的無聊。

最使歐陽修難以釋懷的是兩件亂倫案。

這兩件事都已過去幾十年，卻總難以平靜忘懷。

那一抹暖暖的陽光，溫暖得使病懨懨的歐陽修腦海裡，又浮出那兩件使他終生蒙羞的往事中。兩件案子，都受了處分，又都似乎沒那回事，但盡決黃河的水，也難以洗清那些嫌疑，只要外出，就好像有千萬人在他背後指指點點似的。雖然沒有坐牢，其實歐陽修知道，心中刑獄，比坐牢更難受。

這兩個案件的眞假，不少人說，歐陽修受政爭之害，在慶曆新政和濮議中得罪了政敵，僞造的控案，是耶非耶，外界無從判斷，不過這兩件案子饒有興味。

歐陽修有一位名義上的外甥，七歲就隨著他的寡妹住到歐陽修家裡。

這位女主角「張甥」是張龜正前妻的女兒，歐陽修的妹妹嫁過去做續絃，後來張龜正去世，這位妹妹便帶了張甥投靠歐陽修。

張甥長大後嫁給族侄歐陽晟，與僕人通姦下獄，據說張甥爲兩件事把歐陽修拖下這件亂倫案裡。

一說是歐陽修地位高，有權勢，把歐陽修拖下水，可減輕通姦罪。另一說是歐陽修侵佔了張甥的財產，挾恨攀誣。

此案曾由參知政事賈昌朝派戶部判官蘇安世勘判，內侍供奉官王昭明監勘。歐陽修始終沒有承認，以通姦只是張甥片面之詞結案。但歐陽修卻貶滁州（安徽淮泗道）。歐陽修到了滁州上謝表時，把此案歸因於「議論多及於權貴，指目不勝於怨怒」，意思便是政敵的構陷。

張甥案是政敵錢明逸檢舉的沒有錯，可是張甥是受到歐陽修養育的恩惠，何以恩將仇報？亂倫和侵佔財產之間必佔其一，否則張甥實在沒有攀牽名義上是舅舅的歐陽修下水的道理。

與長媳通姦一案，也弄得歐陽修尷尬不已。

歐陽修的長媳通姦案，出於第三位薛夫人從弟薛崇孺攀誣的結果。薛崇孺因案下獄，找到歐陽修設法開脫，歐陽修卻說：「不可以臣故僥倖。」因此薛崇孺免官。於是薛崇孺懷恨，揚言歐陽修與長媳有染。事被劉謹知道，就傳給御史中丞彭思永，被殿中御史蔣之奇知道以後便加以彈劾。

這回歐陽修閉門不出，連連上表要求調查，滿朝大臣沒有一人爲之辯護，還是親家吳充代爲申辯，剛即位的趙頊本來有意深譴，天章閣待制孫思恭替歐陽修說了話。飭查的結果，只是傳聞，而且因濮議案的報復，彭思永、蔣之奇貶官，神宗派遣禮官到歐陽修家，下慰問詔旨說：「數日來，以言者污卿以大惡，朕曉夕在懷，未嘗舒釋。故累次批出，再三問所從來事狀，迄無以報。前日見卿文字，力要辨明，遂自引過。今日已令降黜，仍出牓朝堂，使中外知其虛妄。事理既明，人疑亦釋，卿宜起視事如初，無恤前言。」這個詔慰，還有漏洞，既未拘訊薛崇孺，又未傳其長媳，只憑吳充、孫思恭空口白話就結了案，怎麼能說「事理既明，人疑亦釋」了呢？

當然這兩個案子都是歐陽的家務事，究竟如何，只有當事人才淸楚。不過可從歐陽修的婚姻和年輕時的生活去衡量這兩個案子的眞假。

歐陽修在天聖九年到西京（洛陽）當推官，與胥偃的女兒結婚，生長子一個月後胥氏去世，第二次婚姻，是景祐元年出任館閣校勘，再聚諫議大夫楊大雅的女兒，結婚只一年楊夫人卒，歐陽修經三年後，也就是他三十一歲再娶薛奎第四女爲第三任夫人，胥夫人所生子八歲夭折，娶吳充女兒當是薛氏所生，因楊氏也只結婚一年就死了。如歐陽修次子二十歲結婚，歐陽修也已經五十一歲，熙寧元年歐陽修六十二歲，與長媳有染的事，應當在這十一年之內，這段時間他已爲糖尿病所苦，性的需要已不會太強烈。

那麼這件翁媳通姦案的可能性便降低了。

不過歐陽修初任西京推官，留守王曙對他的評論是「游飲無度」。因此「恐其廢職，欲因而戒之」。王曙的說法，後來歐陽修給好友孫正之的信說：「僕知通曉，三十以前，尚好文華，嗜酒歌呼，知以爲樂，而不知其非也。及後少識聖人之道，而悔其往咎。」這證明了年輕的歐陽修的確荒唐過。

這種荒唐，是因西京好友錢惟演家境富裕，幕客爲尹洙、梅堯臣等，又都是才子，秦樓楚館是難免的。洛陽是古都，繁華不下汴梁，要說沒有一點風流韻事，誰會相信呢？

如今這些事，俱往矣！歐陽修想想，那些爭議是多麼無聊！

歐陽修致仕，新政障礙大致已經排除，接著而來的是削弱台諫，反新政的阻力都由那裡釋放出來，釜底抽薪便是更換台諫幾位反新政的人物，新政新法便可順利推行。那是個關鍵。

接著便罷知制誥宋敏求、蘇頌、李大臨、監察御史程顥、張戩、右正言李常、知諫院胡宗愈、呂公著知太原府、直史館蘇軾通判杭州、曾公亮罷相、台州司戶參軍孔文仲被黜、陳升之也被革了、秦鳳路經略使李師中貶知舒州。熙寧新政以來，不到六年，被貶、黜、罷與法辦的官員，是大宋開國以來，折損率最高的一朝。

其中，司馬光被罷一事，范鎮進諫未被採納，一氣而請求致仕（退休），此事曾引起軒然大波，但在支持新政的需要下，趙頊准了范鎮的請求。從此，新政的推行，應當沒有阻礙才是，事實上恰恰相反，反新政、新法的人還是前仆後繼，探求其原因，百年來形成的官僚結構性的保守，又有不殺大臣的祖誡，且官僚的政商關係，已是血肉相連，要想一下扭轉，自然不是件容易的事。

反彈力是隨打壓的程度而定的，既不殺人，當然樂得反了。

這點王雱、呂惠卿看得比王安石透徹，不殺人新政就難有成功的一日。反新法不僅僅從儒法的立場，那只是反新法的一件美麗外衣，實則是既得利益者，維護利益的一種行動。

蘇軾在開封，韓琦在河北強貸青苗錢，全國要多少錢去貸放呢？開封人都做生意，卻貸放青苗錢，等於利益輸送，也等於給一位體質本來就已衰弱的人吃瀉藥。莫說宋廷府庫空虛，就是豐盈，那能禁得起這樣全面貸放？不必敵人來進攻，這些反新法的花樣就可能把財政拖垮；利用新法的漏洞，蘇軾在開封撒錢就是一例。

法律本身訂得不周全，才有漏洞可鑽，王安石一點辦法都沒有，廷議時蘇軾裝傻，像東明縣那種蠻幹，是最拙劣的手法了。從這裡看，蘇軾畢竟是不世之才。

趙頊支持新政，但他不瞭解整個政府結構，已是積重難返，這才是新法的致命傷。所以貶的官愈多，反彈的力道愈大。

現在加上後宮也對新政不滿，形成兩面受敵的情況。

范鎮、司馬光被罷的事，便這麼擴散開來，玩法的人就更多了。

爲了堵塞這些漏洞，不斷的派大員察訪，得回來的報告是令人鼓舞的，絕大多數地方的生產都出現了新機，再辛苦，再委屈，再遭謗也值得了。

這不代表新法就此一帆風順，更險惡的事，還未發生，而且就要發生了。

眼前還有一個政爭的引爆點。

翰林學士司馬光本已內定出任中書省參知政事，都已經宴客了，親信師生也都有了新職的安排，沒想到聖旨頒布時，卻成爲樞密副使，雖然都是副相，樞密院卻只是個管官兵花名冊的冷衙門，那些花名冊，可能還有一百二十歲在籍的弓箭手，死不除軍籍，禁軍號稱一百二十萬，能有一半作戰的兵就不錯了。自王安石主政以後，中書省已是宋朝的眞正權力中心，本來做參知政事，就可以抑壓新政的氣焰，尤其是呂惠卿，那知道空歡喜一場。

那還不要緊，未上任先宴客、先放官已成爲汴梁街頭巷尾的一大笑話。

這就使司馬光受不了而拒就新職，幾度上表，始終未曾到任的原因。

現在反新政的人，告老的告老、罷黜的罷黜、貶官的貶官，連台諫都是王安石的人馬了。今後堅持守祖宗之法的只剩下司馬光幾個人。眼看孤掌難鳴，興起了告老之意。那知道范鎭也已思退。他上告老書說得非常難聽。

他說：「民猶水也，財猶水也。養民而盡其財，譬猶養魚而竭其水也……陛下有納諫之賢，大臣進拒諫之計！陛下有愛民之性，大臣用殘民之術。」結論當然是新政誤國。但新法卻都是皇帝的決定，范鎭雖然是直諫之官，操守也沒有任何可議之處，他還弄不明白革新來自皇帝那裡。告老摺子批評的是新政，等於間接批評了皇帝。故范鎭的辭呈，沒有經過任何慰留，便准予致仕，不再過問朝政了。

這件事，對於司馬光有相當刺激，雙方互不退讓。終於決裂，司馬光遞出劄子，回洛陽，趙頊多次挽留無效，只得讓他回家，直到神宗去世也沒有回京，一住就是十五年，閉門著書，終於寫成《資治通鑑》這本鉅著。

走前，司馬光憤然上劄子說：「安石以爲賢則賢，以爲愚則愚，以爲是則是，以爲非則非。諂附安石者，謂之忠良，攻難安石者，謂之奸慝。」已是不論是非、直接做人身攻擊了。這種議論，王安石無從駁起，也不想駁，因爲都是莫須有，沒有一件具體事實。

呂惠卿知道這種情形，休大假時，到王安石府上，一進門，就說：「介甫公，終算把反對派的總指揮扳倒，今後再不會有人反新政了。」

「吉甫，司馬溫公也是爲了朝廷，只是看法上與我們有出入罷了。」王安石把呂惠卿請進小廳，那裡窗是透明的綿紙，窗前種了幾叢瘦竹，下午陽光正好照在小廳裡，是一個喝茶閒聊的好地方。「這裡清靜些。」

「夫人布置得頗巧，室內與庭院渾爲一體。」

「我們在鍾山的舊居才好呢！沒有圍牆，與大自然結合，尤其是古松長年蒼翠，比這裡好得多了。」進來的是二小姐王雱。

王安石一向對子女是採取放任的態度，雖然已嫁給元度，還常回家來陪她的老娘，王雱就沒有蔡卞他們這一對幸福，水監都吳安特支持元老派，思想保守，反對老岳丈那套新法，王雱卻堅持朝廷要改革，國家才有希望。小夫妻的閨房常常成爲政爭的場所，哪還有甚麼閨房之樂呢？王雱爲了避免這種爭執，免得公公吳充老教訓：婦道人家，不要介入政治。因此王安石的大小姐很少回娘家。雖然從吳府到馬行東街，走慢些，個把時辰，套車那就更快了，這樣近也極少往來。

這裡有個插曲。

范鎮這個人，算不上北宋名臣，卻是仁宗時的狀元，那時已在知諫院做事，為建儲事，連上十九章。神宗時，范鎮曾任職門下省。宋朝是三相分權的，門下省的職務是掌管詔令的頒發，奏章的收發登錄，公文都由這個單位處理。看起來，門下省只不過是個抄寫公文的機構，卻有扣留大臣文書封還（也就是拒發）之權，連皇帝的詔書也可以壓下。

在門下省期間，他多次封還過王安石駁韓琦的言論，這還不算，又把罷司馬光樞密副使的詔書壓下不發給司馬光，封還趙頊。皇帝知道范鎮那幾根硬骨頭壓不碎，最後詔書不經門下省，直接發給司馬光才解決問題。范鎮的請辭獲准後，作為同鄉，又是晚輩的蘇軾去看他。兩人閒聊中，蘇軾帶著安慰他的口氣說：「景仁公，你現在名氣更大了。」

「為甚麼？」

「王安石詆譭你越厲害，人們便更尊敬你呀！」

范鎮非常不高興。

「人要靠政敵的詆譭而成名，這是甚麼名啊！一個言聽計從，把危害的政治，消滅於沒有萌芽的時候，使天下人受惠，那才有意義。現在阻新法不成，天下百姓受害，而我范鎮獨享其名，我范鎮算甚麼啊？」

蘇軾經此一搶白，自是十分難堪。范鎮死後，為他寫的墓誌銘，有這樣的幾句話：「臨大節、決大義，色和而語壯，常欲繼之以死，雖在萬乘之前，無所屈。」這話倒是非常允當的，可以作為范鎮蓋棺定論的評語。骨頭是幾根硬骨頭，但「熙寧元豐間，士大夫論天下賢者，必曰君實、景仁，其道德風流足以師表當世，其議論可否，足以榮辱天下」的說法，則言過其實了。

號君實的司馬光，退居洛陽，建獨樂園，成為建園史的一個典型，雖然有「王家鑽天，司馬入地」的說法。王家指的是洛陽留守王宣徽，入地則指「獨樂園」，但「獨樂園居於陋巷」的說法就不實在了。司馬光回到洛陽就劉攽等人寫《資治通鑑》，獨樂園不會太小。不過因著書而「骸骨癯瘁，目視昏近，齒牙無幾，神識衰耗」是有可能的。在錦衣玉食，鮮少運動之下，司馬光的健康受損是可以想見的事。

此一政爭，表面上司馬光受挫，卻因此使他完成《資治通鑑》而使他不朽，可能失之東隅收之桑榆，未嘗不是一種收穫。

蘇轍本是新法的成員，因為受司馬光、蘇軾的影響，奏請外調，改任河南府（洛陽東）推官。

朝廷內反新法的阻力可說是清除乾淨了，連原是三司條例司成員的蘇轍都已去職，應當有利於新法的推行。但是罷京官，改任地方官的一些官吏，並未就此停止他們的反對行動，蘇軾就是其中之一。

反對新法運動雖爲強弩之末，畢竟那是執行階層，新法的成敗，不是掌握在擬訂新法者之手，而是那些執行的基層官吏。

新法是有利於經濟改革和生產的，以「農田水利法」來說吧，從熙寧三年到熙寧九年，共修水利工程一千七百九十三處，受益的民田三十六萬頃，官田二千頃。奇怪的是一向主張修建水利的蘇軾也反對。而這些水利建設，最受惠的是北方農民。但在廷議時，卻有擔心北方人只知種旱地、種麥，現在把旱地變成了水田，那些農民怎麼會種植水稻而爲之辯難。足見那些老冬烘既不能想辦法解決問題，人家想出來了，還提出不成理由的理由來加以阻撓，成爲政壇的笑話。

由蘇軾的提倡水利，成爲一位水利的反對者，那已經不是一位詩人的浪漫，是因反對人而反對法，爲反對而反對！是針對王安石一人，不惜以百姓的利益爲犧牲品。政治鬥爭就是這麼回事，爲民爲國，那都是口號罷了。兩位老友反目，直到老去，才又言歸於好。

蘇軾不滿新法諸人，在送劉攽詩中說：「君不見阮嗣宗臧否不掛口，莫誇舌在牙齒牢，是中唯可飲醇酒。」類似的詩文還很多。蘇東坡之所以一再被貶各地，一生不得志，很可能與此有關。不過官場的不得意，反而造就了他的文學成就也不一定。但蘇東坡之所以捲入黨爭，受歐陽修的影響最大，因爲歐陽修對他們父子三人都有推荐提攜之恩。

雖然兩位老友翻臉，又在鍾山共遊，蘇軾曾有「萬事早知皆有命；十年浪走寧非癡」的感慨，他在〈哀此繫中囚〉一詩說：「不須論賢愚，均是爲食謀」，豈止是哀囚而已？恐怕也有自己的感嘆在內。

不錯，眼中釘、芒背刺已陸續拔除。

呂惠卿、蔡京、蔡卞和章惇那批人，一家又一家，飲盡了每間教坊的美酒，也聽了京裡最好的伎樂新聲，城外的瓦舍，以軍卒爲營業對象的娛樂天地也逛過，甚至瓦子勾欄也有他們的足跡，北門新瓦舍都有新貴們的遊踪，狂歡慶祝他們的勝利。

但是他們高興得太早，只有王安石憂心不已。反對新法的台諫雖然都已罷去，誰去填補那些位居要津的空缺呢？如果那些位置落入罷官者的故舊，仍將是功虧一簣啊？

人事的安排眞難。

當初王安石所擔心人才不足的事情終於發生了。

誰去擔任那些已經罷了官空出來的職務？只趕走反對者是沒有用的，找那些人去替代那些已罷官的反對者的位置才重要。

這的確是個問題。

因此，王安石想把呂惠卿荐爲御史。

趙頊向呂公著徵求意見，他對神宗說：呂惠卿獐頭鼠目，必是奸邪，將來反王安石的必是此人。這樣的人，怎麼能進入台諫的班子呢？因此趙頊未用呂惠卿。這件事被呂惠卿知道以後，進行報復。

原來呂公著曾對直學士陳襄說過，韓琦一度想帶兵進京清君側。他把這件事向趙頊揭發，說呂公著不忠，知情不報。

這在朝廷來說，是件大事。這不是陳橋兵變的翻版麼？

「卿又如何知道的呢？」

「呂公著曾對陳襄說過。」

趙頊把陳襄召進宮裡，加以求證。

「韓琦曾有帶兵進京淸君側的意圖，這件事，卿是怎麼知道的？」

「呂公著對臣說過。」

「清除誰呀？」

「王安石，呂惠卿、曾布、蔡京都包括在內。」陳襄知道禍事已經到了。「事情已經過去了。」

「萬一要發生了，會造成甚麼後果？」

「這……」陳襄回答不出來了。

「你和呂公著都參加朝議，也都可以求見朕，這樣的大事，爲甚麼知情不報？爲甚麼不提出彈劾？」

「臣以爲韓大人不至於此。」

「不至於此，甚麼事都可能發生。」

「臣知罪！」

「下去吧！」

沒幾天，呂公著貶潁州、陳襄貶陳州、韓琦請求致仕未獲慰留，王安石的忠貞也受到了懷疑，因爲他未覺察這件事，影響深遠。

趙頊重視清君側這件事，只因韓琦曾和范仲淹在西北，帶兵對抗過西夏，如今還有很多老幹部留在軍中，不僅帶兵清君側完全可以辦得到，再來一次陳橋兵變也都有可能。而王安石是宰相，竟渾然不知，直到呂惠卿被呂公著反對進入台諫班子，才挾恨揭發。

這是非常危險的事，當然宰相和樞密院都有相當的責任。

呂惠卿的揭發，提高了趙頊的警覺。

他找到王安石來一次夜談，那次談話的重要性不亞於金陵進京的越次入對。

王安石到了文德殿西挾，那是一項不尋常的召對。一進入大殿便被宣入西挾，那原是大朝時輔臣休息的地方。

趙頊賜了座。

「韓琦要帶兵進京的事，卿知道嗎？」

「並沒有預聞。」

「但呂惠卿知道了，並經陳襄證實，呂公著也都知道了。爲甚麼獨中書不知道呢？」

「臣有罪！請罷相以謝朝廷！」

「這不是罷官就了的事，朕以卿爲輔弼，是要行新政以強國救民，現在朕所要求的是這案子的眞假。」

「臣慚愧！」王安石的確相當難受，自出任以來，沒有受過這樣的指責。「也許韓大人反新法太激，有些氣話。以韓大人的官箴，對朝廷的貢獻，還不至有二心，他的忠貞應當不容懷疑的。」

「韓琦已經致仕，並未發生兵諫的事，但總要調查清楚。」趙頊顯然對這件事非常重視，並沒有就此罷了的意思。「這件事，要不要交給刑部？」

王安石略爲沈思，立即得了結論，絕對不能送刑部去辦，一是他在做韓琦部下時，有過一段誤會，不修邊幅、午夜耽讀的結果，造成韓琦的訓斥，第二韓琦受到司馬光的影響，成爲反新法的急先鋒，眞正禍頭子是司馬光，復次，他因反新法罷官，如今已經致仕，如把他再送刑部，不明眞相的人一定以爲是報復！再就是呂惠卿、呂公著等人都會牽涉進來，反而爲推行新政帶來更大阻力。

「陛下，韓琦防西夏、阻大敵，功在社稷，再說他是三朝老臣，沒有太大過失，反對新法也是見仁見智的事，過激的言論或所難免，帶兵進京，以韓大人的過去作爲去判斷，應當不會。其中呂惠卿所說，雖有人證，終究沒行動，罪不至送刑部。再說祖宗有不殺大臣之誡，望陛下……」

「但是王廣廉加息強貸，實際是韓琦在支持，這已是違旨，朕憐惜他是三朝老臣，未加深究，已是寬貸了。」趙頊喝了一口茶後說：「如王案中辦了韓琦，也就不會有賈蕃的案子了，如果再予寬諒，往後新法怎麼推行呢？」

「陛下，韓大人已經致仕，已無權無勢，依臣愚見，這事還得再予寬諒……何況臣也有失察之罪。」

「介甫……」皇帝叫臣子的號，足見趙頊對王安石的尊重了。「要記住，君子是可以欺之以方的呀！」

王安石看趙頊的態度緩和，自己也鬆了口，本想趁此下台，趕緊跪下說：「臣謝恩！」

但事情並沒有就此結束。

「你起來，朕還有話說。」

「遵旨。」

「韓琦和范仲淹在西北對抗西夏，功在國家，但是他們帶兵帶了幾十年，禁軍、廂軍都有他的子弟兵。」

「這是的。」

「韓琦沒有二心，難保其他的人就沒有二心，是不是要加以防範？」

「因輪調與將領有任期，以至將不知兵，兵不知將，如再加排除老將，這……」

「朕不是要拔除所有老將軍，但我們的將兵都成爲鬍子軍了，可以給老將軍們休養生息的機會，使部隊年輕化，這也是新政的另一個目標，不然只富國，不強兵，還是枉然！」

「臣遵旨！」王安石趕緊下跪領旨。

事情到此，已非常明白，顯然趙頊要把韓琦的子弟兵完全消除出軍中，防止兵諫兵變。這是趙匡胤的老法新用。不過王安石內心並不以爲然，強兵必須同王韶他們一樣，甚至要師法遼國、西夏，使兵事與生活一致，將兵一體，如楊業父子，才可能使軍隊由弱轉強。但韓琦出了這種事，王安石雖然有滿腹構想，也不便說了。

也難怪，一旦兵變，朝廷都不保，還談甚麼富國強兵呢！那對趙頊而言，是毫無意義的。

事情就這樣結束了，他冒了一身冷汗走出文德殿，已是月落星稀，馬車夫仍瑟縮的在御街上等待。王安石無言的上了車，馬蹄輕脆的響在御街上。

他感到有點兒寒意，把衣服緊了緊。

老車夫王信祥有個習慣，相爺不問事，絕不開口，這是做下人的規矩，知道東家的事情愈少愈好，那些都是是非。不過從王安石一路緊閉著嘴的情形來看，君臣這次相見的事不尋常。不過他們下人是不必去擔心這些的。

默默的回到馬行東街，曉市還沒開始，只是筐筐桶桶已在佔著位置。

生活啦！

「吁！」

老馬懶洋洋地停下，四隻蹄子底哩呱啦，有點兒拖泥帶水，馬也會老、會睏。

「明天！啊！今天照樣早朝！」

老王信祥心裡嘀咕，官兒也不好幹，還不到五十歲，相爺已有點兒佝僂，兩鬢飛霜，是從頭老到腳了。跟這個清官眞是倒了大楣，沒有油水，沒人巴結。不過老馬車夫仍是敬愛這個拗相公的一身骨頭。

下了套，馬兒自己進入馬廄，老僕人只拿了一條從來不用的轡鞭進入自房，倒頭便睡了。

回到書房，王安石了無睡意。

軍隊是需要整頓的，但絕不是趙頊的旨意那樣，把韓琦培養的將軍拔掉，消除出軍中。就是要拔也拔不完，而這種措施，只會增加中書省與樞院、兵部人事權的衝突，和軍中將校的互相猜忌之外，沒有一點好處，不利於建軍整軍。但是皇帝的旨意難違。

——兩難！

王安石搖搖頭，新法遭到強烈的抵制反對已經夠煩了，現在又插手清除韓琦在軍中的勢力，反彈已是必然的，怎麼把衝擊減到最小，是目前王安石唯一能做的事。

這事又沒有人可以商量，新任樞密副使蔡挺雖是個人才，畢竟是新任，吳充又對新法有成見，王安石有孤掌難鳴之感。

20. 農業復甦，府庫漸盈

從熙寧二年變法到熙寧六年，只四年的時間，農村復甦了。「均輸法」首在江浙六路實施，撥支內藏庫錢五百萬貫、米三百萬石供作周轉，節省價款運費，據戶部四年時間計算，撥出銀錢米糧已收回三成，供納依舊；九月頒行「青苗法」，爭議最多，但這部法令已然明顯抑制豪強重利盤剝，兼併土地已經減少，朝廷增加利息收入，農村的生產已逐漸增加、利益之外，夏秋兩稅也有成長，這當然與「農田水利法」的配合有相當關係。加上「免役法」減輕低等戶的負擔，其實這不重要，重要的是雇役要用到朝廷的錢，官吏不敢濫用勞役，而服勞役者有待遇，一改過去敷衍的態度，效率提高。僅僅四年，社會已一片繁榮。

自趙抃被貶出知杭州，凡反新法的言官都已罷的罷、貶的貶了。本來趙抃有鐵面御史之稱，彈劾不避權勢，爲官淸廉，治平年間知成都，匹馬入蜀，一琴箱書隨行，爲政簡，蜀地政風爲之而變。

本來趙抃對新法既談不上反對，也不是擁護。新法有缺點、有漏洞，也有成效。他不是坐辦公室的官，他也常到開封附近各縣去休息幾天，瞭解「靑苗法」、「農田水利法」、「均輸法」是利多於弊的。趙抃能諒解任何改革，都有痛苦得失，也會損及部分豪強的利益，不少反新法的是意不在反新法，而是改革對他們親友的利益造成損害。廟堂之上說的是爲國爲民，目的是什麼，大家心知肚明。在他來說，內心對新法是樂觀其成的，但司馬光吃了虧以後，言官只有趙抃還安然的坐在他的位置上。

大家在潘樓歡送范鎭，司馬光也在座。

「哎呀呀！我們的不倒翁來了。」

這話已是帶刺了，不過趙抃不在意，還是笑著入座。

「君實兄！誰是不倒翁呀？」

「新法實施，言官都盡責了，但只要說了話的都被貶、被罷、被黜，只有你這位鐵面御史還屹立不搖。」

這話實在傷人，令趙抃坐立不安，當然在那種場所，也只有忍耐。但這口氣如何受得了，便也不大客氣的說：「我自認無法攻倒新法，再說新法也不是我們所說的禍國殃民，我做過度支、戶部，最近也曾上奏，近年府庫充盈，如可歸一地官，可夠二十年之用，強國方面，『將兵法』、『保甲法』至少禁軍、廂軍汰老留強，『保甲法』使地方自衛與守望相助，戰力提高了，地方的治安也不全賴步卒。新法又有甚麼不好呢？」趙抃看了看司馬光等人。「不是我為王安石辯護，我們幹了幾十年，只會使府庫空虛，郊祀賞錢都發不出；對北遼、西夏只會增加『歲賜』。『歲賜』？說句大逆不道的話，其實就是進貢。君實，我們慚愧！慚愧呀！」

「明哲保身，並不能升官，照你這麼說，為甚麼那麼多人要批評新法呢？」

「你以為反新法是必要的忠君愛國嗎？」趙抃也有點生氣了。「不反新法就不顧道統，也沒有了骨氣。君實兄，下官很想知道，你劾了他多少次？在廷辯和經筵上，你也曾經吃過呂惠卿的苦頭，而賈蕃案、王廣廉案卻都是反新政的犧牲者，誰替那些人說話了呢！」

趙抃不愧是鐵面御史，左右開弓，那是司馬光的心病。

這些話聽在司馬光耳裡，當然不是滋味，但也不敢再挑趙抃的毛病，因自己有瘡疤，以趙抃的性格，把這兩件舊案的底蘊全部揭發，自己就站不住腳跟了。

時勢所趨，反新法已是必要的「忠」，尤其是王安石似乎已開始整軍，韓琦的許多舊僚屬被整肅了。於是趙抃回到家裡，寫了一道奏疏，批評新法為「騷動天下」的惡法，而王安石則成爲「強辯自用、詆天下公論以爲世俗」了。至於司馬光的罷官，是朝廷「去重取輕，去大而得小」，因此行新法「非宗廟社稷之福」。

爲勢所挾持而反新法的人不少，爲反對而反新法的人更不少，爲狹隘地域主義反新法的就更多了。洛黨、蜀黨、新黨紛爭不已，新法雖然已經實施，但掣肘綑足。不過還有相當成績，除了財用、河湟用兵有相當的收穫，不能昧著良心說新法一無是處。「保甲法」對整軍經武提供了助力，但反的照反，王安石有時也感嘆做事容易而處人難得很。

有時想想：呂惠卿那種以牙還牙的激烈手段，王雱曾經主張，要行新法就得殺人，難道政治就是這個樣子嗎？有人說新法是商鞅、桑弘羊之法，又是個雜家，歐陽修、司馬光都是以維護儒家正統而打著儒家的旗幟反新法。王安石有些迷惑了，甚麼儒法呀！把老百姓擺在那裡？這樣，能讓老百姓過更優裕的生活嗎？

正當王安石面對著滿園子的青色，想那些綠油油的稻田時，蔡卞帶著二女兒阿雱回來娘家來了。

蔡卞很幸運，中了進士時，老丈人已經是權傾朝野的副相。

蔡卞仕途一帆風順，才幾年已由起居舍人，遷同知諫院，他的哥哥蔡京本是王安石非常排斥的人，因弟弟的關係，也受益不少，紹聖初年已權知戶部尚書，協助章惇繼行新法了。

王雱與王霈不同，蔡卞愛王雱，而且是新黨，支持老丈人！王霈與吳安特就不同了，吳安特傾向舊黨與王霈天天吵，天天為新法新政爭論不休；又因吳充、文彥博這種姻親關係，雖然同住汴梁，也不敢回娘家。

門當戶對、政治婚姻是否幸福，從文及甫、吳安玲、王霈、吳安特可以得到結論。而王雱與他的夫人，卻因王雱的長期病弱、心理變得多疑，夫婦倆經常不和。

一進門，阿雱就放下手裡的東西，撲到夫人的懷裡嚶嚶地哭了。

「元度，是否欺負阿雱了！」

「爹，元度那敢？只有阿雱欺負我呀！」

「那她怎麼哭了？」

「爹，人家是喜極而泣嘛！」

「罷罷！你們的事，爹娘也管不了！」

「阿雱，到娘房裡去，免得招惹他們這些老爺們。」

夫人把女兒拖進房裡說悄悄話去了。

廳裡剩下岳婿兩人。

蔡卞出任台諫，是為了新政，減少一些阻力。

「元度，最近好吧？」

「爹，都很好。」

「言官不易做，要多讀前賢的策論，對朝政有害的，該彈劾的照彈劾。」

這時王雱進來，郎舅倆在性格上倒是滿合轍的。他和蔡卞格外投緣，蔡卞和哥哥蔡京不同，蔡京鋒芒外露，尖銳無比，王雱好高談闊論，而蔡卞是最好的聽衆，尤其是他正在修的新經義，只要談到他的書，就滔滔不絕，蔡卞卻常選在一個適當時機批評幾句。而那些批評總是隱於無形的阿諛。只是由其他人說來就覺得肉麻刺耳，蔡卞有學問，有見地，總是那麼適當。有時蔡卞的意見，也出現在他的書裡。

「最近有甚麼聽聞？」王安石是有一搭沒一搭。

「台諫言官多數被罷黜，聖上以爲這都是反新法才罷官的，雖然戶部在度支上，府庫有明顯的增加，司農寺也有奏章，水利法與青苗法已使農村出現榮景，但是……」

「你說！」

「聖上總認爲那麼多人反新法，似乎新法還有可議之處。」蔡卞小心翼翼的表達了他的意見。

「阿卞，你是言官，有責任讓皇上瞭解眞相。」王雱是個急性子，爲了遂行新政新法，抑壓那些豪強，主張殺人，可說是最激進派。

「可是我們這種骨肉相連的關係，只怕……」

「大義可以滅親，但也可以內舉而不避親，這樣畏首畏尾，那能成事。」

「雱兒，不要勉強阿卞，言官是獨立行使職權，這樣影響他是不好的。」

王安石的話才講完，門房來報，呂惠卿等求見。

「快請！」

呂惠卿和章惇、曾布連袂而來，一定有事了。

「大人，保馬法出了毛病了，保德軍來了奏章，人民養馬不善，發生了馬瘟！」章惇說。

「保馬法」於熙寧五年五月頒布實施於京東、京西、河北、河東、陝西五路。這五路是北方，氣候、草原都與胡夷相去無幾，而「保馬法」不在東南諸路付諸實施，就是水草、氣候問題。

這五路依保甲法，有願養馬者，每戶一匹，財產多者可養兩匹，朝廷給以監馬或貸錢自行購買種馬。養馬戶可免除折變、減免部分稅賦，目的在寓馬戰於民，省國費而戰馬足。不過馬匹死亡則要賠償，平時養馬戶則可自由使用馬力。

「保馬法」的實施，不是王安石等憑空臆造出來的法律，是有相當根據的。

歷史上嚴重的外患都來自北方，因北方人以鞍馬爲家，精於騎射，《史記》中的〈匈奴傳〉曾說，其國之衆不過漢國之一大郡，屢受寇擾的原因，是上下山阪，出入溪澗，中國之馬弗如也。道險傾仄，且馳且射，中國之騎弗如也。故有「平城之役，猛將如雲，謀臣如雨，而困於駣白騂驪之騎」，唐高祖困於平城當然是騎兵的劣勢。一騎可當步卒八人，八人當一騎，胡夷勝了長驅直入，敗了逸去無踪。而北宋的勁敵，是夏、遼，皆以騎兵勝。要是他們輸了，也逃得無影無踪，連個懲罰性的攻擊都失去目標。

這種仗怎麼打呢？

對北遼與西夏的「歲賜」，澶州城下之盟的恥辱便是這樣造成的。

其實，「保馬法」只是強兵的整套策略中的一個小環節罷了，「保甲法」、「軍械監」、「將兵法」以及恢復武舉的考試制度等等，都是環環相扣的。章惇平定荆湖路的蠻苗四十餘州之亂以後，做的就是國防規劃工作。而整個計畫綿密，頗見巧思，沒想到「保馬法」實施未久，就發生馬瘟事件。

「死了多少？」王安石也著急了。

「大概一百多匹。」章惇說。

「那不是有一百多戶要賠馬嗎？」

「很多人已鬻妻賣子了。」章惇回說。

「這不是又有了反保馬法的口實了嗎？」王雱也很著急。

「一百多匹馬事小，良法變成惡法事大。」蔡卞說：「依小婿看，明天由我提出救濟性的彈劾案，化解那些要攻擊新法的奏章。」

「怎麼寫？」章惇自己也是一枝刀筆。

「當初立法養馬戶之所以要負賠償的責任，無非是要養馬戶不過於使用馬力，用心替朝廷養戰馬？所以在過於使用馬力，或飼養不加注意，馬死了才要賠，如今馬瘟是天災，可以由朝廷下詔免賠，或免賠部分，同時要派獸醫去防止瘟情擴大。這樣做，至少可以暫時堵住司馬光那些人的嘴。」

蔡卞的確反應敏銳，目前也只有這樣處理比較好。但彈劾的主要機關是牧群司和兵部。本來這些機關與中書省、樞密院都相安無事，現在看來糾紛又要起了。

本來農業復甦，府庫漸豐，應是新法的平穩施行下去的最好機會，如今想不到卻由「保馬法」出了漏子。

四川、太湖區傳來豐收，稅負增加，再加上利息，只太湖一區，熙寧前到熙寧五年就增加了近千萬緡石，還不帶商稅和雜稅，丁口稅要由富戶負擔較多，本是極好的前景，沒想到又出了馬瘟。

釜底抽薪的辦法，算是得計，早朝蔡卞的彈劾奏章就到了趙頊那兒，終於化解一場風暴，也救了那一百多戶養馬人家，避免了妻離子散的悲劇。

人的問題解決了，馬的問題呢！

曾布只派了一個人到馬瘟區去，汴梁只有御醫，那些長袍寬袖的大夫，把脈、看舌苔、翻眼瞼，也只是旣醫不好人，也看不死人，偶然吃對了藥，便把人醫活了，那是意外。

別看城西宜城樓，藥材店長長一條街都是什麼堂、舖，滋陰補陽、虎鞭淫羊草有沒有效，誰也說不上來，可那些紈袴子弟、閒漢子們吃了喝了那些補藥，自信滿滿，麥稭巷、御街東瓦子以及殺豬巷、東角門樓街的街南桑家瓦子、次裡瓦子大小勾欄等等，包括敎坊伎樂的肚皮上，便得多承受一些野蠻漢子拚了老命釋放出來的一些壓力，多受些苦楚。那些醫生、醫藥醫人未必有效，對鼓勵那些浪蕩子勉力而爲，還眞有點兒作用。

至於醫馬，反正馬也不會說話，醫死了也用不著賠命，那就可以放手施爲。

曾布對這種情形非常明白，只派了牧群司一位判官，前去處理馬瘟。那還得靠那些逐水草而居的游牧民族，他們對畜生的病才眞正是行家。

三個月後，馬瘟流行被控制了，賠償不賠償的問題卻在朝廷引起一場舌戰，無非還是新法的攻防，馬瘟對新法的阻力，已經是癬疥之疾了。

馬瘟可能引起的政治風波，在蔡卞等人巧妙安排下，算是過去了。但新法的幾個主導人研究，「保馬法」有許多缺點有待改進。

繁殖是個問題，而馬必須是奔馳在大原野上，才能成爲優良的戰馬，民衆飼養，在普遍缺乏勞力的農村，用馬代牛來耕田犁地，不然就用來馱載，再優良的馬也已經不是戰馬了。

這是「保馬法」頒行時，只看到騎兵的銳利，而未考慮及氣候、環境等影響，所以藏戰馬於民的目的便很難達到。

好在此法只在北五路實施，未曾擴大，至少還可解決農村勞力不足的部分問題，只是府庫的損失不能算小。但此一馬政，在陰山之南、太行山以東卻相當有成效，收到嚇阻遼國的作用。總算把高梁河、澶州城下之盟稍稍有洗雪的感覺。當然也對北遼、西夏覬覦中原的野心有嚇阻的作用。不過終北宋一朝，不僅未能實現太宗收復失地的夢想，也算是個遺憾吧！

21. 方田均稅，傷及皇親

「方田均稅法」頒布，全國忙著丈量土地、分等則、歸戶籍，上下都動起來了。寺觀、公田、兼併土地都無法遁形，也不能不繳兩稅，而兩稅卻把徵額降低，據戶部的計算，兩稅不減反增。那些原本逃避賦稅的富豪、田官都得徵稅了。

農民如今只負什一之稅，減輕得不算多，稅負公平，也算是替那些佃戶、小農們出了一口惡氣。但還是發生許多弊端，以多報少，以大報小，貪瀆的事例，各州各縣都曾發生過。即開封十六縣的舞弊案，在開封府就層出不窮，積案如山。

這是不利新法推行的。

朋友們是有再聚會一次的必要了。

大家都已瞭解王安石的性格，不會多要一分非分錢，也不輕易浪費一分錢。從鄞縣帶著的就是那麼兩位老家人王忠、王信祥之外，連個廚子也沒帶。人家做宰相，有下人、僕婦、奶媽、丫環、廚子甚至伎樂童歌。司馬光、文彥博、韓琦，那家不是擺足了譜。只有王家，自熙寧四年出任同中書門下平章事，拜了相，家裡因應酬增加，才添了廚子及下人。

但王安石還是老樣子，食不知味，坐在餐桌上，心仍在衙中，天下事不斷在腦子裡打轉，可是餐桌上的菜都只知道吃面前，連伸筷子向另外的盤子都不會。

坊間曾流傳著這麼一個故事，傳說王宰相喜歡吃兔肉，所以凡是請王安石吃飯都少不了這道菜，後來夫人道出了這個秘密，他只吃面前的菜。曾有人試著以鹿肉代替兔肉，他也只吃擺在他面前的那一兩盤菜，鹿肉擺得遠，連筷子也沒伸過。

朝中的一些應酬，逢王安石作東，能推辭則推辭，誰願去吃那只談公事的飯呢？

「方田均稅法」頒布，各地方反應又是那麼好，新政的經濟改革已經大致完成了。雖然其中發生舞弊，小疵不掩大瑜。

新法有今天，值得慶祝一下。

曾布提議到相國寺附近去。

「大家樂一樂。」

「總不能不請介公！」

「那當然！」

「到那裡去沒有伎樂，沒有女人，還去相國寺附近幹什麼？只要有介公在，你敢在那裡放膽摟你心愛的女人麼？」曾布說。

「吃一次總可以吧！」

「當然可以，你說，到那裡。」

「要說吃，當然到景靈宮東牌樓下的長慶樓，不然到豐樂樓，總不能到麥稭巷的狀元樓吧！」曾布說：「依我，到長慶樓去，跟宰相的地位也相配！」曾布對吃有研究。「不然到金梁橋下劉樓也不錯，南方菜細緻。」

「還是到長慶樓吧！」呂惠卿也算個頭兒了，他做了決定。「長慶也挺有意思，就到長慶嘛！」

「好！那我就交代人去採辦。」

「凡新法的人都邀，應當好好喝一杯。」

呂惠卿的御史辦事衙門到中書省不遠，第二天就把曾布的意思向王安石說了。新政的確已經大致完成了經濟、稅賦、工商的改革，而且也已接近成功階段，府庫豐盈，慶祝一下並不爲過。於是王安石點了頭，是該與一起奮鬥的同仁樂一番了。

足見王安石也是相當得意的。

先上來的是驢肉爆炒，都是中盤小菜，黃河鮮魚、江蘇鴨掌，都是長慶樓的名廚名菜，曾布不僅文章好，吃也內行。

酒過三巡，王安石例外的敬大家。「辛苦了，也委屈了，這杯我敬大家。」

大家乾了杯，酒精漸漸揮發，情緒逐漸熱烈。

由於地籍的歸戶和丈量的弊端是談話的主題。

「大人！新法的經濟改革，有了初步的成效，恢復故土的日子不遠了。」呂惠卿眞是希望無窮?他說的也就是他想的。

「新法的障礙是比初期小得多了，但還有很多令人憂心的事，現在新法仍然只靠朝廷推動，皇上的支持，到了各州縣就變了樣，所以如何培養地方小吏，這很重要，他們才是基礎。」

「大人說的是，但這不是一蹴可幾的事。」

「聽說在『方田均稅法』上，還有很多弊病。」王安石問。

「法是沒有可議的，倒是人出了些毛病。」曾布是從不掩瞞事實的。「拿了地主的好處，大田大地變小了，沒錢給丈量者的，小田變大田了。」

「這不僅賦稅不公，會造成更多弊端了嗎？」

「大人，正是如此。」呂惠卿也不能置身事外。

「我知道會出這種毛病！」王安石乾了一杯，這是很少的情形。

「大人知道？」

「富貴而後知榮辱，這不是句假話，我們的胥吏很多沒有薪俸，縱然有，也不足以養廉，他們是人，有仰事俯畜的問題，當然便只有靠山吃山，靠水吃水了。」王安石有些激憤的說：

「這是朝廷逼官吏貪瀆呀！」

這的確有理，曾布認爲，過去朝廷府庫不豐，小官待遇薄，小吏有的根本沒有薪俸，而朝廷郊祀卻要大賞錦衣玉帛給王公大臣，禁軍由最初二十萬擴充到一百二十萬，卻都是騶子兵，不能拉弓射箭，騎兵不能上馬，再加上祠祿，做幾任官吃一世祿不說，還一人得道雞犬升天，蔭恩之濫，僅司馬光一族，就有七十口官，朝廷的包袱越背越重。

「稅收增加，卻都把錢消耗在養冗兵冗員上面去了。」蔡卞獨自喝了一杯後說。

「這是一個改革的目標，裁汰冗員，凡做事的小官小吏都要有俸給，做事的就有錢，寫個摺子來。」王安石那天的確很高興。

「我們這是擋人財路，損及既得利益，恐怕這阻力不會小。」蔡卞的意見是比較保守現實的。

「從頒發『市易法』開始，處處是阻力，皇上是個大有爲的皇上，多少反對新法的大老被貶黜，不趁勢而爲，恐怕永遠都沒有機會了。」章惇仍以剿兩湖荊蠻之亂的那種勇猛來看朝政的改革。

「這五、六年來，我得了一項經驗，太激進並不一定能成功，阻力也大。人都因循苟且，對於新的東西多數抗拒，所以除了急於解決『方田均稅法』的弊病，別讓那些大戶再逃漏稅，使賦稅公平化，然後再去做裁汰冗員。」王安石指示說：「首先對丈量的舞弊，以多報少，以大報小，查實即嚴辦嚴懲，決不寬貸，落實有田有地就得上稅，田等也不容放寬。土地徹底歸戶。」

那個慶功宴，一直吃到深夜，王安石例外的喝醉了。不過現在他身上的虱子少了，不再如過去一熱就騷動不已。

「市易法」也同「青苗法」一樣，貸給小商人的本錢，因爲有「青苗法」的例子，商人不再疑慮、貸款的多，還債的能力也強，利息比「青苗法」更低。

溫州、泉州開闢了海上絲路，高麗、交趾、日本和西洋都發展商業關係，西北也開放榷場，以馬匹交換鹽茶絲綿織品，開封的市場也活絡了不少。

一片生氣蓬勃，國家充滿了希望。

熙寧三年八月西夏入侵，到第二年陷撫寧諸城，宋軍失利，王韶是由王安石保荐，自然有責任。一千二百里的失地，在一個國與國的戰爭，算不了甚麼，可是王安石的情況已不是兩年前，所以還背得住。五年五月又以古渭岩爲通遠軍，任王韶知軍事，收復失地，八月又攻下武勝，總算沒有辜負王安石支持「平戎三策」的好意。

置熙河路，派王韶爲經略安撫使，次年九月西夏再度挑釁，熙河大捷，恢復熙河、河湟、渭岩等六州，大勝西夏。

總算對西夏報了一箭之仇，「平戎三策」經過五、六年的苦心經營，有了成果。

王安石富國強兵的政治理想，有了部分實現。他的一生志業，也邁向巔峰。王安石也已是五十二歲的老人，兩鬢皆白了。

宋代的驛站非常健全，除了作爲官員往來的接待，最重要的負責的傳遞。驛站的任務、郊野以待賓客，鄙野以待羈旅。到宋代，已是二十里馬驛，六十里有供食宿、乘傳、錢米供應，至於傳遞，有傳達命令、章奏、方法上有步、馬、金字牌傳遞的分別，軍情、諜報則有特別之法。西北勝利的消息，七、八天就傳到汴梁，整個京師歡聲雷動。

被北遼、西夏予取予求數十年，這下王韶露了臉。

「平戎三策」開花結果。

當初在渭涇建城，重開西北榷場，募遊民耕植廢田，撫納洮河各少數民族，都是今天勝利奠基工作，也還有不少人曾經反對過。

展讀王韶的捷報奏章，非常感人。

臣自獻「平戎三策」，幸得陛下恩准，經四年慘澹經營，建城寨，馴番勇，開榷場，得番兵二十萬。自熙寧三年西夏入侵，我軍反擊，勝敗互見，自次年置洮河安撫司，臣領其事，越一年夏主秉常被幽，三月攻川寧岩（今保安），圍撫寧（今綏德），迫綏州，臣領番漢軍出擊，復河州、破羌人河諾木之藏城，穿露骨山，南進洮州、攻岩州，戰腥拔城，摩琳開城降，疊、洮兩州羌酋獻城聽命，五十六天轉戰，復五州等失地一千八百餘里，斬敵首級數千、繳獲軍器數萬，牛羊馬匹以萬計。終雪熙寧以來敗軍失地之恥……

這個提報的奏章，經樞密副使蔡挺當殿宣讀。整個朝廷歡聲雷動。捷報之前，盛傳王韶戰敗。王韶是王安石力保的人，元老大臣以為這下王安石一定被拖進這項失敗的軍事行動裡，誰知道王韶敗降的消息，都是反新法那批人捏造的謠言。捷報傳來，終於一掃數月來的陰霾。

這是宋、遼、夏歷年戰爭唯一的一次大勝，百官都向趙頊祝賀。

「這都是王安石推荐得人！」蔡挺說。
趙頊解下身上的玉帶授予王安石，那是一項無上的榮譽。
「此皆卿之功勞，終湔雪前恥。」
「萬歲洪福，臣豈敢居功！」
「介甫！你不必謙讓，受之無愧！」
幸好一向反王安石的樞密院事文彥博已於儒術之爭時，數月前辭去樞密院事，外調河東節度使，判河陽，否則他看到王安石得到這種榮譽，會當殿氣昏吐血。
王安石還是推讓不敢受。他說：「陛下拔擢王韶，得以復一方王土，臣與一二執政官只不過奉命行事，臣不敢獨居此重賞。」
「不是你的力荐，那有今天，卿不必推辭，其他有功人員，明天叙賞。」
贊成用王韶「平戎三策」，本是一項相當冒險的事，就同提升蔡挺當樞密副使一樣，受到多方批評，如今「平戎三策」開花結果。受賜玉帶倒屬次要了，新法受到更大的支持，才是王安石等一批人的最大收穫。
王安石的聲望，已達頂點，而新法也收到部分效果，最重要的是社會出現了活潑的生機，尤其是農村的生產力迅速復甦，照理新法應當能順利推行了。但反對的人卻屢仆屢起。

王韶也升左諫議大夫，端明殿學士。

捷報傳來之前，歐陽修於閏七月廿三日去世了，得年六十有六。他於四十多歲就有目疾，晚年受到糖尿病、牙周病之苦，這一死，倒是一種解脫。

八月贈太子太師，諡文忠公，歸葬開封府新鄭縣旌賢鄉，與韓退之、柳宗元（以上為唐）、歐陽修、蘇洵、蘇軾、蘇轍、曾鞏、王安石為唐宋八大家。杜衍、韓琦、范仲淹、富弼因慶曆新政，歐陽修極諫，便外任揚州、穎州，還京在翰林院任學士達八年之久，嘉祐年間與韓琦同為宰相，熙寧新政首先被罷的便是歐陽修，熙寧三年致仕歸穎州，更號六一居士，次年撰《六一詩話》。

這個噩耗傳來，王安石倍覺悲痛。

歐陽修應屬老師輩，卻和王安石為忘年之交，始為朋友，後為政敵，不過都是為社稷福祉的君子之爭，沒有私人恩怨。

他在〈祭歐陽文忠公文〉裡，這種友誼表露無遺。

祭文中備極推崇的說：「惟公生有聞於當時，死有傳於後世，苟能如此足矣。而抑又何悲？如今器質之深厚，知識之高遠，而輔學術之精微，故充於文章，見於議論，豪健俊偉，怪巧瑰奇；其積於中者，浩如江河之停蓄；其發於外者，爛如日星之光輝；其清音幽韻，淒如狂風急雨之驟至；其雄辭閎辯，快如輕車駿馬之奔馳。世之學者，無問識與不識，而讀其文，則其人可知。」這是對他文章的推崇，至於政聲，他說：「自公仕宦四十年，上下往復，感世路之崎嶇，雖屯邅困躓，竄斥流離，而終不捲者，以其公儀之是非，既壓復起，遂顯於世。果敢之氣，剛正之節，至晚而不衰。」因此，王安石認爲其英魂不會隨異物腐而至散，乃是他嚮慕瞻依的原因。

可以說，新政新法的政爭，除了司馬光、呂惠卿陰與爲之以對，其他都是光明磊落，泱泱君子之風，做到揖讓而升，下而飮，諤諤一士。所以當歐陽修的噩耗傳來，王安石是非常難過而哀痛的。

由於王韶在西北的勝利，契丹改號大遼的北胡也因宋朝的勵精圖治，國用漸漸充足，不敢再挑釁，出現了一個昇平世界，汴梁又是火樹銀花，城開不夜，船隻南來北往，貨暢其流。而農村生產增加，購買力提高的結果，市舶司與主管市易法的衙門都十分忙碌。

整個國家重現了生機。

這應是中興之象，如朝野合作無間，大宋的國恥是不難得到洗雪的。可惜只要遇到了政治利益，所有的愛國家、爲百姓，忠於君上等等，都變成一種符籙，儒法之爭，也不出此一範疇。雖然不少官員、學者以儒掩術，以達到不可告人的目的，但在廟堂之爭，卻是振振有詞的。那些反對與民爭利的儒家，如司馬光、歐陽修、范純仁，又眞是有幾人是「民胞物與」、「人溺己溺，人饑己饑」的呢？依然是「朱門酒肉臭，路有凍死骨」罷了。

倒是被指爲歛聚的王安石，反而在晚年只在鍾山（今紫金山）建茅屋數椽，最後還捐給寺觀，不留產以害子孫。眞正歛聚的，是那些達官顯貴，范仲淹僅爲族人置義田，即爲千頃，也有人建醉翁亭以娛晚年。不過歐陽修的去世，給王安石許多頓悟。

22. 開罪豪強，反撲新法

春寒料峭的三月，人們還用石炭（筆者按，即煤）取暖時，經義局設立了，王安石自己主其事，呂惠卿、王雱爲修撰，主修《詩》、《書》兩經，王安石自己修《周禮》，其下不少人任編修。

經義局一成立，議論已起，說王安石要變儒術，統一天下思想，文彥博、司馬光這些反對新法被貶被黜的老臣又一次大集合，不過也止於議論，反對已經無效。實在王安石的用意也不是反儒，他自己就是個大儒家，只是他主張儒要有用，經還是經，做了新解罷了。至於反新經的那批人也不眞正爲了儒，只因修經的不是他們，而是王安石，便把他打成儒家叛徒，雖然不能使他罷官甚至坐牢，也算出了口惡氣。不過反新法的元老們已是強弩之末了。

執政官都失去，還有甚麼好爭？問題是爭不了，也把那個拗相公鬥不倒也要鬥臭。說起來儒是甚麼？不就是執政的外衣紗帽嗎？

王雱對於那些反對者，從沒把他們放在眼裡，這一點，倒是與呂惠卿不謀而合，對反對者的懲罰從不手軟，當然也沒把那些老臣放在眼裡。

在廷議上，只要抓住了理字，無論是多大的官，多高的官位，多唬人的頭銜，都施予無情的反擊。司馬光、文彥博、歐陽修都曾和他們交過手，吃過虧，只要是政敵，決不會輕輕放過。

一天呂惠卿到王雱的書房。

「聽說了吧！元澤兄。」

「那不就是咱爹和你我要做新儒教主嗎？」

「眞是難聽呀！你說，咱們像始皇帝那樣焚書坑儒，統一天下思想嗎？」

「是又如何？只怕辦不到，辦得到就沒有那些腐儒來反對新政了。」

王雱的回答令呂惠卿非常震驚，自己已經夠激進了，想不到他更激進，毫不掩諱自己的想法。這樣想時，難免多看王雱幾眼，因病而尖削的下顎，使得一雙眼睛更突出而顯得陰刻尖銳，和王安石的性格完全不同。王安石雖然堅定的行新政，還是保持儒家的中庸溫和的性格，雖然欠缺了一些遜謙，卻絕對不會有構陷人之心。王雱就不同了，他如執政，眞會殺人。

「但是人言可畏！」

「吉甫，不是我放肆，你們這樣行新法，理想永遠都難以實現。」

呂惠卿聽了這話，倒抽了一口冷氣。

——這個年輕人才眞正可怕！

尤其是他對妻子趙碧英那種態度，那種疑心，違反了常理常情，這個人一旦掌權，能有幾人在他手下做事。不過王雱的尖刻，是不是因爲他的病呢？人一生病，心理都會有些胡思亂想。

披著儒家外衣都不必，赤裸裸地幹。這是王雱的主張。實際也是如此，那個當官的不是以儒家自居，其實那只是官兒們的遮羞布罷了。王雱可愛在這裡，可怕也在這裡了。

三經都是他們的專長，又有不少上舍生協助，編起來很快。讀書是重在運用，而不是死守那些章句，食古不化只能造成更多腐儒罷了。

閒談了一些無關重要的事，呂惠卿就走了。

熙寧五年，眞是多事的一年，路上呂惠卿想了很多。

在汴京置邏卒察訪謗時政這件事，造成弊端最多，察訪者的水準不一，有不少構陷。再加上熙寧六年設經義局，不少太學生提出對新政不利的看法，街頭議論尚且獲罪，今後廟堂上還有誰敢批議時政呢？

致命傷不是這些限制措施，宗室子弟不得免試獲取功名，「市易法」擋住了那些宦官的財路，奸商暴利，「方田均稅法」雖然初期有舞弊的情形，自從小吏夫役都有了俸祿以後改觀了，丈量認眞，等則憑直上報，過去免稅的田都不能免了。

好像王安石專給富豪作對，繼歐陽修於五年去世，文彥博也在六年罷相，老的一批政敵消除，新的政敵又起來了。本來這一年已經由經濟的改革，轉向整軍，六月置軍器局，以呂惠卿判監事。新政應當是步入坦途，但世事是很難逆料的。

以前王安石所行的新法，只是那些王公大賈，地方豪強受到了抑制，「方田均稅法」卻直接損害到國戚的利益了。

宋朝傳到神宗這一代，多少皇兄皇弟，以及駙馬公爵，這種複雜的關係盤根錯節，誰也理不清楚。有了待遇的夫役小吏，都不願犯法丟掉飯碗，便一律鐵面無私，沒有通融的餘地。

這就不知不覺的替新政開罪了不少皇親國戚還不自知。有些州縣官明的知道，也不點破，爲的就是給王安石出難題，穿小鞋。

「青苗法」太順利了，所以鼓勵新法在五年之內都付諸實施，高級幹部都不足了，別說那些七、八品官了。以呂惠卿來說吧！三司條例司併入中書，新法便出在司農寺，結果他判司農；如今要移軍，成立軍器局，就又派呂惠卿去主其事，這證明了王安石袋囊沒有人才，至少只有呂惠卿是足以信任的人，已到倚爲左右手的那種程度。

宗室子弟入學，需要通過嚴格的考試。因此熙寧五年五月王安石曾辭過一次相被封還了。那是王安石門王公的一項大勝利，到曹老太后那裡去告狀的王子王孫當然把執政恨之入骨。過去要謀個前程功名，說一聲，給個蔭恩、頒詔委任，現在都要考試。整天只知吃喝玩樂的公子哥兒，要求個仕途，難上加難。這些，都歸咎於「三舍法」與教育改革。

首先那些親王變成了王安石的政敵。他們不是文彥博、司馬光的天地，錢財一個是一個，不會長、不歸朝廷就歸老實的百姓；親王們、后戚們可會縮地，大變小、多變少、瘦變肥，隨意都可辦到。

以前不重新丈量，不須威迫利誘，把望天田換水田，把梯田換到壩子上去，拼起來便於耕作管理不必說，那是安善的皇戚親貴；霸道一些的，下條子給縣官、州官定你們謀反或藐視親王皇戚的罪名，關人，田地充公。

宋朝的牢房和宋版書一樣精緻，任你有甚麼武功，也拆不掉牢裡的粗大檻杆、青崗石砌的厚牆。他們還仁慈的不炮烙你，挺人道的只把你一扔進去，三五天不給送牢飯，任你鋼打鐵鑄的身體也忍受不了。

乖乖地寫讓度地契，還得感激涕零地負荆請罪，自鬻爲奴，替他們耕種原屬於自己，現在屬豪強們的田地。因爲你的胃必須吃那五穀雜糧，不然它嘀嘀咕咕地向你喊冤。觀音土、榆錢子是可以塡進去，不久你就水腫，然後成爲新鬼。

有的老百姓也夠狠，臨死還駡；死後爲厲鬼，扣你這強豪富戶算這筆糊塗帳。可也怪，安善良民的魂魄就是變不了厲鬼。

方法還多哩！

譬如他們憐憫你窮困，把錢糧借給你紓困是吧！文彥博、歐陽修說天下財富不會變，那是他們不食人間烟火，錢就會錢生錢子、錢孫子，一加一的利滾利，三不五時向你討債，欠債還錢是中國老百姓的優良秉性，沒錢，有漂亮妻女的，入府爲妾爲奴，不然那塊肥田抵債，他們還悲天憫人的貓哭老鼠老大半天，讓你感激涕零，心悅誠服的捧了地契給了他們。

這有個名稱，叫做巧取。

現在好了，土地重新丈量，可以豪奪。

這種方法，在王安石當通判、當知縣時全不陌生，所以才想出這個「方田均稅法」來抑制豪強的兼併。但道高一丈，你有法律，我有對策，縣官州官誰不心知肚明，那些敢下條子的豪強的背景、無邊的法力？如不能瞭解這種關係，就沒資格當官。
「方田均稅法」從東路開始實施。
所謂「方」即四方千步，面積約四十一頃六十六畝一百六十步，以土地肥瘦分五等納稅。丈量完後經過公告即爲納稅的依據。
均稅使多數人受惠，納稅公平，而且稅負輕了很多。因爲過去漏稅、免稅的田地都得繳稅了，而稅額有定數，這樣一來，過去不納稅的特權，也得負擔兩稅，地不僅不像歐陽修、司馬光、文彥博說的不變，很多隱瞞不報的田、新墾出的田地都被淸查出來，地果然能生田，稅收增加很多，而稅負減輕，很受老百姓的歡迎。
「方田均稅法」選在東路開始，可能是個錯誤的政策，東路的官豪之家甚多，曹太后爲東路眞定（今河北正定）人，祖父曹彬爲大將，做到樞密使，西北與東路有氏族，都屬豪門，陝西、山西、河北、河南的婚姻，一向都講究氏族關係，這也是造成階級社會的一個重要因素。曹太后是曹彬的孫女，與趙氏結成親家以後，就已成爲東路的豪門，曹家也因曹彬、曹太后而雞犬升天了。
新法實施，首先遭到衝擊的便是曹家的隱田必須記入田籍而無法逃稅。
曹太皇太后差陳衍找到趙頊，說：「皇上，太皇太后宣。」

「陳衍，你知道是甚麼事嗎？」

「不清楚！好像靈壽有人來告狀了！」

「告狀？」趙頊知道，一定又與新法有關。「告什麼狀？」

「不知道，不過太皇太后好像很不高興。」

那必然又是曹家有了事。漫應了一聲說：「回去稟報太皇太后，朕就進宮。」

陳衍一走，他回到后宮求救，對這位曹大將的孫女兒，皇帝是一點辦法也沒有的，向皇后足智多謀，對付女人，只有女人才有辦法。

「陳衍來的事，妳知道了。」

「太皇太后有點兒不高興。」

「妳全知道了。」

向皇后點了點頭。

「皇上，這次要小心了，上次宗室子弟科試，差不多使王安石丟官了。這一次……」

「難道又與新法有關。」

「『方田均稅法』一定開罪了曹家。」

「這不是胡鬧嗎？」

「曹家對我朝有大功，也不貪，曹彬在伐蜀時，人家的玉帛，他獨取圖書，下江南不妄殺一人；曹佾爲中書門下省，從不以近親關係撈錢放官、端拱寡過，足見曹家不是斂聚之家，但是繁族未必個個都是聖賢，你得小心應付，不要惹老人家生氣，又要保住王安石，才是兩全之計。」

「這那能兩全，明的是兩難啊！」

向皇后笑了笑。

「皇上，一點都不難。」

「這倒要拜妳爲師了。」

「皇上，我的好官家，這不是折殺臣妾了麼！」向皇后分析說：「皇上在老太后的眼裡，是個破壞祖制祖法的皇帝，但也是位有爲的皇帝，中興的皇帝，是怒在臉上，喜在心裡的。」

「說方法！」

「別忙！」向皇后笑了笑。「人一老，便同孩子一樣，只能哄，只能順。」

「這不是要朕以私害法了嗎？」

「慢慢磨，慢慢說。」

「這一帖藥管用嗎？」

「試試就知道了。」

試試！從坤寧宮到寶慈殿，路不算遠，可一路嘀咕，準備挨一頓兜頭蓋臉的臭罵，然後撒做孫子的寶，總可以過得去。老太后不是視自己是中興皇帝嗎！一到坤寧宮，陳衍已在那裡候著了。

「皇上稍候，小的進去稟報。」

沒等陳衍進去，已聽到「宣」字自裡面傳出。

這回老人家似乎像軍器監製所造出來的火藥，爆得眞快，眞烈。

一見面老人家完全變了個人，再也不是慈祥的老太后了。

「皇上，我們曹家替趙家打下多少江山？」

話由老太后的口裡說出來是重了些。

「回太皇太后，曹家的汗馬功勞，趙家的天下，史書記得分明，史官會不偏不倚，秉筆直書。」

趙頊知道向皇后那一套不靈了。

「那很好，曹家自歸守以來，三代做官，也不過是在家鄉置幾畝田地養生，不爲過吧？」

雖然是那麼嚴肅的問題，老太后還是笑的。

「不爲過！」趙頊跪了下去。

「現在曹家爲了換塊田，方整些、易管理些，也是配合你們的新法，現在把我族侄曹綽送到司農寺，說我侄子強迫農民以旱田、沙田換人的水田。曾布說他是地方惡霸，抓到京來審了，審也不要緊，還打了板子。」

「有這樣的事？」

「有沒有，問王安石去！」

老祖母盛怒之下，知道怎麼爲「方田均稅法」辯解都不會起作用，只好答應調查。

盛怒的老太后那裡依得，反新法的許多老臣被貶，王安石已經被告多次。而曹老太后一向主張維持祖宗舊制，多次要趙頊廢了新法，此前也只是說說罷了。這次她卻堅決要辦王安石和廢新法了。因爲在京致仕的曹佾聽信曹綽的話，送辦是因爲不願賄賂的結果，這就使不明所以的趙頊也懷疑王安石了。

一場換田，欺壓鄉民未遂的案子，到了老太后和趙頊那裡，變成了索賄未成而屈打皇親的案子，而且審案的還是宰相的親信。

趙頊總算是位英明的皇帝，直接問了王安石，宰相也掉在霧裡，一問再問，終於查到了司農寺曾布那裡。

曾布年輕氣盛，這次辦到了國戚，知道闖了大禍，便把鎭州知州馮道所呈的公文，審訊的經過，附了原案，寫了個奏章上去。

案子牽涉到了曹太皇太后，當然不能公開在朝議中討論，更不能交到刑部，只好私下找曾布和王安石進行瞭解眞相。王安石、曾布都主張依法行事，堅持王子犯法與庶民同罪，不能因爲是皇親，就使法律失去公平原則。

趙頊說：「這是老太后的侄子，總是要不看僧面看佛面呀！」

「回陛下，在法律之前，臣只知是非對錯，不論皇親國戚，倘以爲這件案子辦錯了，臣寧願受革職奪官的處分，也不願以私害法。」曾布一點也不退讓。「何況這件案子州官報來的時候，也沒有說明曹某是老太后的從侄，就算事先知道了，也是這樣辦，以旱田換水田，有的農民堅持告訴。還有丈量多出田畝，居然要求以多報少，如因曹某是老太后的從侄就不辦，以後甚麼法都推行不了。」

「但曹佾對太后說，是公平交換，刁民爲難。」趙頊說：「曹佾向來有政聲，他應當不會袒護一個從侄而說假話。」

「那就是州官馮道和曹佾之中，必然有一個作假，告狀的也都是刁民。」

曾布等於將軍，非把這個案子辦個水落出石不肯罷休。這贏得王安石的更大信任和支持，這樣的官，已是非常少了。

「這樣吧！不如傳州官馮道與曹佾問。」王安石做了調和。

曹佾被傳入對，另派鄧綰訪查。結果是州官所報皆實情，曹佾已經致仕，只聽曹某片面之詞，曹佾因在野，未經訪查就向老太后那裡通了消息，只是這州官隱瞞了曹某的身分，等於曾布著了道，被州官擺布了。

得到眞相以後，趙頊碰到了難題。

要維持新法，就得把案子辦得清清楚楚，而州官、曾布、曹佾都沒有責，告狀的百姓有理，曹家的人就要被法辦。這樣一來，曹老太后受得了嗎？不依法去辦，則維護皇戚利益，必然所有官吏援引此案例玩法，新法還要不要繼續推行呢？新法已明顯的提升了生產力，經濟改革已有相當成績。萬一這個案子把老太后惹毛了，正好給那些因反新法被貶的官員反撲的機會。

犧牲新法？還是維護曹家的利益，趙頊已陷入兩難的境地。

他苦惱極了！

從不耗一點時間在逸樂上的趙頊，一連十幾天都去遊金明池。他的確需要冷靜的思考，如何來處理這件棘手的案子了。

他深知王安石的性格，稱病罷朝，又在熙寧五年因「三舍法」損及宗室子弟免試權利等曾求罷相位，如此案袒護皇室，行新法的幾個得力臣子都可能因此離朝廷而去，屆時新法不廢也廢了。

這件案子，連向皇后也沒了主張。不過最後終於給趙頊想出一個兩全的方法來了。找到曹佾，坦然把朝廷的難處，及對曹老太皇太后和新政對立的情形分析。他問曹佾對新政的看法。

曹佾的回答使趙頊頗感意外。

「新政新法的確有助富國強兵，現在出一些錯，無關政策本身，而是缺乏執行者，因新法損及大戶利益，這是元老們反新政的主要原因。」老相爺並未昏聵。

「那麼，老舅公是站在新法這一邊的了？」

「不是，老臣已經致仕，本不當過問政治，事關新法興廢，老臣不得不表示自己的意見。」

「眞是謝謝老舅公，但是老太后那裡不明眞相，事情未了。」趙頊動以親情，對新法是用了苦心的。

「這件事，由老臣起，自然由老臣去向太皇太后把這件案子的眞正原委向她稟報，她是位顧全大局的人。」

曹佾辭出立即就進宮求見曹老太后。當她明瞭了眞相以後，也就算了，不再管曹家的事，只是還怪趙頊自己爲什麼不稟報。

「皇上也是一片孝心，怕你傷心生氣！」

曹老太后嘆了口氣。

「想不到曹家也出現不肖的子孫，鬧這麼個大笑話出來。」

「不僅是我們曹家，很多權臣都有這種子孫，所以新法推行起來，障礙重重。老姐不要看那些元老說的冠冕堂皇，其實掩蓋在背後的，不知有多少見不得人的事。」這是曹老太后第一次聽到讚揚新法的話，而曹佾的品格、爲人又是她所能信得過的。

「從前沒有人跟我說這種話，看來我對新法是有點偏見。」她說了良心話。「天下是趙家的，隨他們去。」

棘手的案子解決了，連帶扭轉了老太后對新政的看法。現在已雨過天青，一切都過去了。

23. 天災地變，新政受挫

怪力亂神的事，歷朝歷代都有，只都莫過於降天書，封禪的事更像床下蟻動了。體質虛弱的人，大都不問蒼天問鬼神。襄助新政不遺餘力的沈括，從河西路察訪歸來感觸甚多。任知制誥兼知通銀台司期間，這類怪事見多了，就別說做昭文館編校的往事了。

趙頊是大破大立的皇帝，王安石是中興大才，沈括雖也是進士及第，性向卻同王安石差不多，講究的是實用，對於新時代的東西非常留意，同樣認爲司馬光對財富不在民即在官的看法非常可笑。以一人一弓，如今排弩一次連射十五箭，晒鹽與煮鹽產量完全不同，以秧馬種秧蒔秧就可以提高效率，水車和灌溉溝渠就可使耕地產量增加，那裡是財帛不在官即在民呢？

天災地變都成爲新法的罪過，也眞虧那些飽學之士想得出來。

三四年前吧？也許更久一點，汴京一帶發生地震，富弼和司馬光都說：新法觸怒天地而遭到懲罰，發生了一場可笑的皇帝減膳撤樂之爭。有人主張殺王安石以謝天的主張時，那場大辯論騰笑中外，唐介、趙抃、司馬光參與這次減膳撤樂以贖罪的辯論，王安石以一人敵天下，獲得沈括的敬佩，也得到他的聲援。

從此，沈括也成爲擁護並推行新政重要的一員。

他對於做官是隨機隨緣的，從不爭取，倒是那次大辯論他翻了不少書，而統計的結果是，開封一帶每六到七十年有一次地震，便確定地震有週期性。敬不敬天地它都要來，完全與新法無關，當然也沒有觸怒天地的說法，乃是一種自然現象。

不僅如此，旱澇、蝗蟲的災害都有一定的周期性，並非老天對人的懲罰，唐介因而氣死，是殉他捨儒家以外，不去涉獵別的書的結果，他能重視一些史，並善於歸納，就不會發生天會因人之不敬而有所懲罰的無知說法了。

日蝕、月蝕自然也是新法觸怒了天。

這些除了那些腐儒利用天象的變化，說成是新法的罪行之外，也無可奈何王安石。莫說府庫豐富，農村生活好轉那些事了，王韶收復河湟、章惇平西湖荊蠻，擴地達四十餘州。這原本就太祖以來想做而做不到的事。這兩個捷報展示了新政的成果。被煽惑起來反新法的曹太皇太后、高太皇后也都沒有話說了。

這都是新法新政的成果。

當王安石獲賜玉帶時，聲譽已達高峰，賀客盈門，但同時有一批人躲在陰暗的角落裡恨得咬碎了鋼牙。

他們爲反對新法丟官、被貶、被黜，京官而地方官，甲地徙乙地。

怎麼新法硬是富國強兵，而不禍國殃民呢？

他們心裡在流血，但無從發洩，無疑也是失望的。

他們希望行新法的那些激進分子，個個得了瘟疫，但他們生龍活虎，幹得有聲有色。

祖宗之法全變了，卻未造成災難。

不敬天，卻未遭天譴！

錢硬是可以生錢子錢孫，百姓卻越來越富，但豪紳大戶沒落了。

地確實可以拓寬而長大的，水利修建，旱地變成了良田，北方老百姓居然種起南方的稻子，而且還豐收。只是那些豪門巨賈不能再用高利、特權剝削弱小的老百姓，僅汴京一地，已由八十萬居民增加到一百二十萬，城市擴大了，小商人們更多，而幾條商業街的南北貨更增加了。

不過也不全沒有弊端。

瓦子裡角力賽增加，赤著上身，赤足觝角以娛人，最可喜的是鄉間也很盛行，那是一種強身的體育活動，是富裕與西北軍事勝利鼓舞起來的一種風氣。另外還發展肘、拳、腳併用的武術。

有人說富而後知榮辱，是否今天富而後知娛樂呢？

當人們都到相府慶賀王安石的生日，和獲賜玉帶的活動時，不喜歡熱鬧的沈括，卻與一些年輕的太學生去蹴鞠去了。

那原是貴族的活動，現在也逐漸平民化。

兩軍相對蹴需要相當技巧，那種鞦韆巧笑，蹴鞠疏狂，雖然在競奔競歡之中，汗流浹背，滾弄蹴鞠，瞻之在前忽焉在後，繞身不墜的技巧，人說是流子的玩藝，沈括卻不這麼想。蹴鞠沒有矯健的身手，是踢不好的。一人的滾弄，是八人、十六人對決的基本技巧，否則是很難進入毬門的。

蹴鞠有巧拙之別，宦官高俅就是個中高手。

河湟大捷，九月趙頊在蔡挺讀完加急傳來的捷報，當場趙頊解下身上配繫的玉帶賜給王安石，那是人臣的最高榮譽，而熙寧六年十一月十二日正是他五十二歲的生日，當滿門賀客之時，錢塘才子沈括卻蹴鞠去了。

小王安石十歲的沈括，本是忘年之交，沈括卻喜歡科學，也就有實事求是的精神。有了這共同的性格，很自然的擁護新法，尤其對王安石光明磊落的行徑，與涓滴歸公的人格十分敬佩。他卻不會做那種無謂的應酬，尤其是錦上添花的事他更不會做。

隔了兩三天，沈括才過府拜候。

「沒向你拜壽，不會見怪吧？」

「小生日，我自己都忘記了，再說，我知道你不喜歡熱鬧。」

「謝大人的諒解！」沈括一揖。

「存中，」那是沈括的號，宰相叫一位部屬的號，可知是多麼的尊重了。「人，貴在相知，那裡在乎那種形式？」

「大人抬舉。」

下人倒了茶。

「下一局怎麼樣？」

「好啊！」

說完就在客廳上對殺起來，在棋枰上一見高下。兩人有共同愛好，除了圍棋、經農、醫學、算術甚至天文，兩人都喜愛而精通，最令王安石佩服的是沈括不計較權位，給什麼官他都扮演得有聲有色，他喝了口茶後繼續說：「其實我自己都忘記了，是小兒內人和元度他們要辦，才驚動了好友們。」

「這是應該的，……」沈括好像有話要說，卻又嚥了下去。

「有事嗎？吞吞吐吐，又不是你的個性！」

「大人，今年天氣異常！」

「存中，你想說甚麼就說吧！」

「熙寧二年開封所統轄的十六縣都有災變，元老們歸於新法觸怒老天，歸咎於大人，這事應當記得。」

「記得！」

「往年十一月，開封幾條河已經冰封了，黃河可以過車馬了，今年卻只打霜。」

「是有些異狀！」

「所謂瑞雪豐年。」

「存中，你是說又要有災難？」

接著沈括舉出許多旱澇蝗災的記載，災前的自然現象與週期，那種異常的天候，恐怕又將是一場天災。

「我把它歸納的概約計算，每隔三到四十年總有一次災難，現在正是在週期期間，我們要有所準備才好。」

王安石點了頭。

他看王安石不答話，便繼續說：「我所擔心的不是天災，現在各路州、甚至縣的倉廩都足夠應付災變，依計算，兩年的存糧是不成問題的。但新法抑制豪強惡吏的剝削，加上皇親巨公，兩宮的曹太皇太后，高太后又都是被貶、黜大臣元老的靠山，也可以說是后黨，這就可慮了。萬一……」

「我懂了！存中，難得你的用心！現在一事不煩二主，請你把災變週期列出來。謝謝了！」

「大人，談甚麼謝？都爲了朝廷社稷。」

棋是一盤殘局，沈括走了，沒有下完，從盤以後的棋勢看，沈括的手腟厲害。

天陰沈的，王安石經他那麼一提醒，心情也有些難受。萬一眞要發生天災，這股反撲力量不能小看，不過也夠了，五年執政，新法大部分已經順利實施，富國強兵的目標已經不遠，就算現在放手，大概也不可能把新政完全推翻了。

所以王安石對於沈括的善意提醒並不怎麼在意。何況熙寧六年已任命范淵提舉濬河司，十月疏浚直河，黃河邊上的引水河堰也已陸續修護，灌溉的問題，應當部分解決了，縱有旱災，也可保無慮。但是澇災的防護設施，倒是疏忽了。

不下雪，冰凍度不夠，蝗卵很難被凍死，蟲災的可能性也極大。這都是互動關係的，一切都是相生相剋。

天象的變異，王安石食不知味。

不久沈括統計出來了，凡頭年有異象，次年必有旱澇，而且是每隔若干年就會發生一次。這份資料只能做萬一發生災害時辯解之用，對於災害的防範仍是無能為力的。

從熙年六年秋天以後，雨量急遽減少了，又是一個暖冬，沈括是有遠見的。其實熙寧五年天候就不怎麼正常。

年過了，是一個暖洋洋的年，十五燈節，花燈徹夜通明，穿城而過的四條河水與燈火相映，金明池更是熱鬧非常。雖有災難警號，仍是火樹銀花，一片歌舞昇平景象，夜市人聲鼎沸，每條街遊人如織，沒有感到大旱來臨的危機。

熙寧六年「市易法」實施，「免行錢」在各大商埠開徵，朝廷官員和皇室、皇族的物資不再由商行直接供應，採取自由買賣的形式。而所有商行，依其營業獲利的情況，收什一的「免行錢」。

從此斷了高官、皇族宦官與僕人們的利益。

在收「免行錢」之前，採購的官員、宦官、高官的家僕對商行勒索，獅子大開口，把供應量提高若干倍，那些提高量，都入了採購者的口袋，商行則提高售價，把那些宦官、僕從、採購官員貪瀆的損失，轉嫁給市民，物價自然昂貴。這些貪瀆等於由平民百姓來負擔。

這種弊端王安石是完全瞭解的，於是便由市易司呂嘉問擬訂了「市易法」與開徵「免行錢」，等於擋了那些採購人員的財路。

這些人雖然官位不高，不能立於朝廷上議政，影響力卻不小。如陳衍、高居簡這些人，都是伺候曹太皇太后和高皇太后的宦官；另外高官家僕對於其他高官的內眷也都有密切的關係，形成結構性的惡勢力。如今開徵「免行錢」，商行不再供應皇家和官家的貨物，必須依市價實付銀錢，他們不能再上下其手，堵住了貪瀆之門。

所謂你有政策，我有對策。

別以為他們只是下人，他們的手段比起那些反新法的元老重臣要有效而毒辣得多。

「免行錢」損及這批人的利益，茲事體大。他們很自然的碰在一起。

「我看這差也沒甚麼好當了，不如請求出宮去，也免得白出力氣。」高居簡嘆了口「回家？我們是斷子絕孫了呀！回到那裡去？」陳衍是那種認命型的人物。

「依小的看，你們是太消極了，陳公公在曹老皇太后那兒當差，高公公在高皇太后那兒，都是幾十年了，小的在皇上宮上，咱們是三朝老少在一起，還鬥不過一個呂嘉問，咱們就白在皇室裡混了。」繆芒雖然不認識幾個字，卻非常機敏，鬼點子多。

「對呀！咱們見過的高官，比王安石、呂嘉問見到的老百姓還多，怎麼就被這幾個毛官給制住了呢？」

「繆公公，有甚麼高招呀？」陳衍資格雖老，畢竟已是太皇太后的人，繆芒雖年輕，卻是當今皇帝的貼身內侍，形勢比人強啦！

「你們都養過狗吧！」繆芒故意賣弄。

「當然養過。」

「你要狗聽你使喚，甚麼法子最有效？」

「懂了！餓牠們！」

「對了，給那些女人、王孫減膳，平時給半斤，現在給四兩，問起來，就說『免行錢』一實施，商行都不供應了。其他都不要說。」繆芒眞會放爛藥。

「這怎麼攻倒新法？」

「曹老太后、高皇太后都是精明透頂的女人，沒有肉吃，她們自己會追根問柢，何必勞大家與王安石作對？」繆芒說：「由我們出頭，腦袋都可能不保，她們不同……」

大家都認爲這是高招。

高皇太后信佛，向來不重視吃，生活簡樸；曹老太后在半個月餓下來，就受不了哩！幾天減斤少兩下來，果不出所料，老皇太后宣召趙頊，查問「免行錢」。並嚴厲要求罷新法。趙頊卻以曹綽事件，說明「市易法」屬於良法，其中必然受小人所蒙蔽撥弄。曹綽是個把柄，老太后語塞。

皇親與后族的聯合反新法又一次失敗，王安石度過另一次危機，尤其是主辦「市易」的呂嘉問也有驚無險。

眞是一波波的新法阻力，由各種既得利益者，屢仆屢起，改革談何容易？

汴梁四條經過城內的河流越來越淸，水位有下降的趨勢，已是春耕的時候，從去年秋收起，雨量極少，又是一個暖冬。

雖然引黃河的水灌漑的水利設施，適時的發揮了作用，但是灌漑的面積仍然相當有限，不少農民望著太陽高掛的老天發愁。

不少土地龜裂了，跳大神祈雨的鑼鼓喧天，舞草龍向神訴說，但老天不曾感動，朗朗青天，連一片雲也沒有。草原都有枯萎的現象，旱災面積相當大，北五路都已有了警訊。

很不幸的是江南卻在去年四月鬧水災，不少房屋、田地沖毀流失，已傳出了災變的奏報。當中書省把地方的奏章在朝議中，向趙頊稟報時，立即引起馮京的攻擊。

他說，這是新法觸怒了老天，降災的結果。

「天災乃是自然現象，不可怕，現在爭論是沒有甚麼用的，重要的是如何賑濟，如何善後，使災變損失減低。」王安石說。

「有甚麼辦法？補天之漏嗎？」馮京是富弼的女婿，老丈人反新法被貶還不重要，重要的是他在「青苗法」實施時，老丈人在亳州杖擊發放「青苗錢」縣官一案，被拘到御史台，被鄧綰折打的往事，一直懷恨在心裡，鄧綰又是王安石的一黨。這是個報復的機會。「新法使天怒人怨，所以降災。罷新法即可止雨。」

沈括對這種觸天論大不以爲然，自與王安石在去冬討論在暖冬可能有天災出現的一席話以後，就已經著手蒐集災變的資料。過目不忘的沈括出班奏事。

他列舉了歷代的水災紀錄以後。他說：「遠的不談了，十六年前文彥博、富弼當宰相時，開封十六縣就是一片澤國，河北也是災鴻遍野，汴京御街行舟，大概在朝官還有人能夠記得起來。」他稍稍停頓，看了馮京一眼繼續說：「十六年前並未實行新法，是否文、富兩相在施政會在不同地區發生……」

上觸怒了老天呢？那時是實行祖宗之法，沒有聽到有罷法的論調，兩位宰相的紗帽也戴得穩穩的，天災是自然現象。皇上，臣從歷史上得到一個結論，天災是有週期性的，每隔若干年，就會在不同地區發生……」

沈括的學問不僅博，有的還很專，與上次的閒話不過半年不到，他就整理出極有系統的資料。他的一席話，無異一場及時雨。雖然王安石、曾布都不怕辯論，畢竟要費很多唇舌，而呂惠卿又守喪期未滿，人遠在福建，不在朝廷，沈括雖不像呂惠卿那麼尖銳，由於他一向不太在朝堂上發言，而且說話又都有根據，更有說服力。

趙頊雖然因兩浙的澇災憂心不已，沈括的一番話，免去一場罷不罷新法之爭，對一向不忮不求的這位臣子，倒是另眼相看了。這使趙頊想起沈括出使北遼與遼使臣，用史實的一場針鋒相對，毫不退讓，避免了割地之辱，愈益對他淵博的史學，有了更深更新的認識。

沈括把倒王的馮京一幫人的嘴堵住了。

本來反新法的一場風暴已起，現在風平浪靜。

「卿所奏甚是，現在重要的是賑災。」趙頊終於展顏了。「介甫，要迅速賑災，拯救黎民。」

「臣啓奏，兩浙災情報到中書，已命戶部由曾布等，撥十萬貫石賑濟。」王安石說。

「很好！府庫能夠支應嗎？」

「回稟陛下，十萬貫石就在南方諸路提撥，已經足夠交付，如還不夠，仍可由南方各州路就近援救，不必由朝廷的府庫動支。」

「嗯！這就是新法的功用了。不過還應當指派大員去監督，不要只重城市，尤其應當重視窮鄉僻壤的災民。」

「臣舉荐寶文閣經制常秩去代表朝廷督賑！」

「夷甫，你就走一趟江南。」常秩號夷甫。

「臣遵旨！」

災變與罷新法的鬧劇就此落幕，難過的是馮京。這人雖是富弼的女婿，在新法的罷與行的爭議中，還能不偏不倚的保持超然立場，未曾想到趁天災替老岳丈出口惡氣，卻被沈括四兩撥千斤，只舉出一些歷史記載，就把馮京撥得灰頭土臉。馮京本來與王安石既不靠近，也不疏遠的不即不離關係也破壞了。

他眞的有些懊惱輕率，又不得不佩服王安石、曾布救災的明快處理，果敢而準確。新政新法不是即興的演出，隨想隨做，而是有整套東西。「均輸法」的六路轉運計畫，果眞在災變中發揮了作用。

回憶元瑛把陰晴、星度失明：司馬光把山崩、地震都歸咎於新法，既荒唐又無知的栽贓，眞叫做莫須有啦！幸虧王安石厚道，沒有反劾奏，否則難免和老泰山一樣要去當地方官了。

王安石、王雱、曾布都到西角子門去送常秩。宰相送賑官不稀奇，稀奇的是王雱。這位眼睛長在頭頂上的修撰，沒有幾個人能讓他瞧得起的。送常秩眞是例外。

常秩這個人中了進士以後，退居里巷，不再就試，也不做官，曾經仁宗、英宗多次召進皆不起，歐陽修、呂公著也曾荐過，他都拒絕了。直到行新政，神宗之大有爲，又經王安石再荐，才應趙頊之召赴京面聖，還是拒絕出仕官職。後來神宗一再挽請，才就授右正言。曾和司馬光、文彥博爲新法辯論過。因爲他治《春秋》，所以更務實，他和沈括一樣擁護新法，卻不在乎當什麼官的人物。因此高傲的王雱對常秩與沈括都非常尊敬。

在碼頭上，王安石上前一步說：「夷甫先生，辛苦你了。」

「大人！能爲你分勞，盡一點責任，下官非常高興，談不上辛苦。」

「先生，南方漲水，倘水急浪高，先生應改陸行。」王雱說。

「元澤世兄，你放心，下官自當便宜行事。」

大家深深一揖，舟子解纜南下。

送走了常秩，大家都鬆了一口氣，一切又恢復正常，辦公事的辦公事，上朝的上朝。

這世界過得了的要過，過不了的也要過，曾經使王安石充滿了憧憬的小鄞縣，是否也泡在水裡？那些純樸的父老怎麼了？

想想過去，還是當個小知縣好過，理想很容易實現，修水利，幫那些父老，他們替你建生祠，把你當神般的膜拜。給他們一點好處，他們會記一輩子，仇恨呢！喝一杯酒、飲一壺茶、一笑泯恩仇。而越次入對以後呢？看到的、碰到的、聽到的全是是非、恩怨、利益、權勢，連兒女親家、父子父女都翻了臉，文及甫反自己的父親，吳充的女兒擁護元老派，自己的兄弟翻臉，好朋友成為仇人、呂嘉問反自己的爺爺。

這是幹甚麼？眞的有些累了！現在甚麼都不想，沒日沒夜的王安石。突然想好好的睡一覺。

24. 放下千鈞擔，罷相歸田廬

老天似乎也與新法作對，南方的澇災尚有待復原，常秩還在江寧督撫賑濟，幸虧這四五年來府庫漸漸豐沛，但是這次水災需要更多的資金和糧食貸放出去，才能迅速恢復江南農村的榮景。

午夜突然醒來，天氣熱得難當，極少沐浴的王安石覺得想沖個涼。他一起來，夫人也起來了。

「怎麼？又睡不安穩！」最近王安石常常半夜起來枯坐，不像過去一樣讀書了。

「想沖個涼！」

「對啊！不洗澡怎麼行？全身黏巴巴地，你不覺得臭，我還嫌臭哩！」

「臭妳也聞了幾十年了！」

「三十四年了。」

「記得那麼清楚？」

「甚麼事？能不記得！」

夫人去提水，讓王安石痛痛快快的洗了個澡，水上浮了一層汙垢。回到書房，睡意全消。當王安石向杯裡取水時，夫人已先一步把水倒在硯池裡，不多不少，正是他所希望的那種份量，接著研墨，把長毫放在洗筆裡泡軟。然後鋪開紙，王安石提筆在那上面重寫〈田廬〉那首舊作：

田父結田廬，聊容一身息。
呼兒取茅竹，不借鄉人力。
起行廬旁朝，歸臥廬下夕。
悠悠各有願，勿笑田廬窄。

落了款，題作「詩寄老妻」。夫人相當震驚，遭遇到甚麼困難了？怎麼做歸田之計呢？

「累了？」

「有一點！」這是他從來不承認的。

才五十多歲啊！正是壯年的時候，不過她眞不希望王安石太累了。她說：「也好！過去是愁吃愁穿，現在兒女都成家了，放下擔子吧！過幾年竹籬茅舍、田園之樂的日子，也免得勾心鬥角，日夜操勞！」

他嘆了口氣，走到窗前，竹影搖曳，蛙鳴蟲奏，是一個寧靜清明的世界，但是南方澇災未了，北方卻已大旱來臨。開封附近的土地龜裂，禾苗枯萎，黃河以北更出現了草木落葉變黃的現象。不僅家畜、人也有餓死的事情。

雖已展開救濟，災區面積太大，存糧已有不能後繼的奏報，如南方沒有澇災，尙可調撥，現連最富裕的太湖區也已經自顧不暇，而西北和東北又都是苦寒之區，所有兩稅全部留置，公用還是短缺，那裡有能力來救援北五路的災民呢？

開封已經出現逃難的流民潮，其他地方就不必說了。

這些都不便，也無法向夫人說的。呂惠卿雖然已經回來，但戶部和三司都有一本帳，就算盡出府庫的存量，不顧朝廷度支，過了今年，萬一明年再來災害呢？就算明年北方雨量充沛，南方不再鬧水災，也可能發生蝗災，民力也已經在水旱兩災中，喪失了迅速恢復舊觀的能力。這才是大難題。

夫人問他煩惱甚麼，王安石不肯說。

這時雞叫三遍了，離上朝的時候還早，他卻吩咐王信祥套車了。

「要到那兒去？」夫人對相爺的失衡不禁憂心。

「到存中那裡去。」

「幹甚麼啊！人家還在睡呢！」

「不要緊，睡也要叫醒他。」

說完就坐車走了。

這時王雱夫婦也已經起來。

「元澤，你爹到底怎麼啦？坐臥不寧……」

「娘！你打算收拾收拾，回臨川或鍾山吧！」王雱是那麼若無其事般冷靜。

「你爹罷相了？」夫人是有點驚恐，不過這也是她早就在意料中的事。那種拗脾氣，刺蝟似的，呂公著說的對，當言官是好言官，當宰相那必然四面都是政敵。

「還沒罷，大概快了。」

「這孩子，事不關己似的，他是你爹呀！」

「他不聽兒子的話，所以落到今天。」

「甚麼話？」

「要行新政，就得殺人，結果呢！韓琦提高青苗錢，強迫農民借貸，辦了個王廣廉，不痛不癢的送到南海去，還是當官！富弼公然下令不貸青苗錢，明是抗旨，趙頊那昏君卻婦人之仁，讓他致仕了事！司馬光唆使東明縣令賈蕃，收買農民上京告狀，要求廢『免役法』，免收免役錢，也只辦了個賈蕃，司馬光還是使相去當州官，作一方威福。這種放縱，誰理新法？」

「那也不致罷相，你爹沒錯。」

「娘，爹是個好官，才幹得那麼久。」王雱在束腰帶。

「不是國庫豐盈了嗎？那新法一定有利民生和朝廷，為甚麼……」

「娘，你不會懂，朝廷肥了，那些大官就瘦了，『市易法』一實施，宦官、官家奴僕、巨賈就沒油水了！『方田均稅法』，把惡霸官吏勾結的利益全要上稅了，曹綽……唉！不說了，我要趕不上早朝了。」

夫人還想問點甚麼，王雱卻匆匆走了。說實話，剛才他說了一大堆，她還是不懂。

「婆婆，妳一夜沒睡，去歇一會吧！」

「我怎麼睡得著呀！妳看雱兒叫我收拾行李，這……」

「他們男人家的事，我們婦道人家想管也管不著，算了吧！」

夫人是進房去歇了，可怎麼也閉不上眼睛。

王安石到了沈府，沈括的書房也還亮著燈，王信祥叫開了門房，沈括把王安石迎進書房裡，早晨涼多了，人也清爽，便於談事。

「一夜沒睡！」王安石看他一雙紅得像兔子樣的眼睛，料定他是通宵達旦了。

「寫一通有關澇旱雨災的年表和奏章。」

「存中，恐怕是用不著了。」

「呂惠卿、曾布都在準備一場大辯論。」

「這次是兩位太后，聯合了外放的老臣，加上那些地主惡吏，罷新法的奏章已雪片般飛到銀台司，這種直諫奏章，照例是無須經過中書省的，今天我是來找你談談，誰接這相位比較好。」

「嚴重到這種程度嗎？」

「早朝就可揭曉。」

「該說的還是要說，倒是救災事我不懂，無從置喙。」沈括是位實事求是的讀書人，客廳裡擺滿了研究的改良農具、軍器的模型。

「隨你，該說的你說，不過壓力太大，不辭相，無法使皇上脫身。」

王安石似已看清了一切，也有放棄讓新人來幹的意思。不過誰來接，沈括沒有提出意見。

呂惠卿學問、能力都夠了，不過沈括同一般人看法一樣，他是位奸佞小人，他來接手，一定翻個天。不過執行新法，推行新政，這倒不用去懷疑的，而且也眞要用霹靂手段。

天麻亮，他們便到了御街，馬車、轎子已停了不少，可見得早朝一定是一個決死的場面。

直諫摺子，慣例上由銀台司直呈皇帝，可以不經中書省。北方大旱，已出現流民潮，各地請求賑濟的奏章雪片飛來，而這些各地摺子趙頊都一一過目了。最使他難過的是衆口一詞，都是新法新政觸怒了老天，要求趙頊避殿、減膳、撤樂甚至郊祭以求老天免譴。雖然趙頊堅信那是自然現象，可巧的是這兩年內北旱南澇，不得不懷疑自己眞是逆天行事了。

而王安石集怨謗於一身，也累及了神宗。

早朝開始了，王安石心情沉重的走進大慶殿。那天是大朝，參加早朝的人比小朝多了一倍還不止，侍讀韓川也參加了。這倒是少有的事。

政情是緊繃得很，兩大災害嚴酷的考驗執政，新法的確發揮了作用。「均輸法」實施，各州縣都有庫存，而爲應付「青苗法」撥出去的錢糧，也都在各州縣。王安石奏明後，由戶部實行賑濟，時間上的確是能及時發揮。如沒有新法的這種措施，救災一拖數月，將使更多災民餓死溝渠野地。

但是沒有人看到新法的效益，卻異口同聲，說天災是新法惹的禍。

正在朝議中，監安上門鄭俠獻的流民圖，在朝堂上展示。這是利用馬遞，「流民圖」才得夜呈內宮。

大家都看因旱災致人民流離失所，鶉衣乞食、賣妻鬻子、田園枯萎、土地龜裂災情，景象十分悲慘。

除了圖，還有奏表，力言天災皆新法觸怒天庭所以降災。

「安石，認識這個鄭俠嗎？」

「是臣的學生，治平進士。」王安石回奏。

「他如何當上監安上門？」

「是臣保舉，原是光州參軍調監安上門。」

「人品如何？」趙頊追問。

「臣曾經要鄭俠留京，助行新政，他卻以為臣用官賄其心而未就，人品應當還不錯。」

「臣有事啓奏。」陸佃出班。

「我朝對於驛站使用有嚴格規定，除諜報、軍情可以馬遞以外，不得用馬遞，鄭俠只是監安上門，已屬越職言事，如今又濫用馬遞，有失職守，應予議處。」

這使滿朝文武驚愕不已。陸佃雖然也是王安石的學生，卻從來不附新政，這是就事論事，等於是劾奏鄭俠。此次馬遞「流民圖」的確違反了宋朝的驛站傳遞的規定。經過陸佃的劾奏，交議的結果，鄭俠經英州（廣東英德）編管。這編管不是好事，形同流配，只差沒有充軍了。

這幅圖已經經過慈聖（曹氏）、宣仁（高氏）兩太后過目。兩太后都說王安石新法觸怒天地，以致降災懲罰。兩宮太后的話等於懿旨，對趙頊而言，自非那些反新法的元老可以比擬。他知道趙頊十分爲難。

雖然王安石執政，又有呂惠卿、曾布、沈括等一批人在那裡硬撐。但王安石非常瞭解，在后族、國戚、皇親、反新法的元老，再加上馮京、薛向、韓川等的結合，又逢兩次罕見的天災，一夕之間，王安石一派已成爲劣勢。那天早朝，對王安石是非常不利的。

就畫而論，「流民圖」畫得確實好，人物骨瘦如柴、婦女兒童吃觀音土、榆樹葉脹大肚子在那裡等死，草根挖盡、樹皮剝光，家畜只剩下骨髓，土地龜裂、河床乾涸，眞可說是赤地千里，慘不忍睹。

北方的災情，是否果眞如鄭俠畫中景象，那是有待調查的事。不過馮京一再強調，畫都是寫實。這只不過是要強調災情罷了。馮京一直住在汴梁，「流民圖」是否寫實，他那裡知道？

這時全殿飲泣，所有的大小臣子，都是一副愛民如子，悲天憫人的模樣。

一陣亂以後，開議了。

「新法已干天怒，請罷新法以救災黎。」馮京一向畏首畏尾，小心保住官位，這次機會難得，可以為老丈人富弼報一箭之仇了。

「臣以為現在罷新法，實不足以拯救黎民，目前是如何賑災為第一要務。」曾布主張面對現實，解決問題。

因為旱災早於熙寧六年初秋已經開始，屬於漸進性災難，不像兩浙的水災來得猛，賑濟也迅速採取措施。所以中書省和相關部門，還沒有展開賑濟工作。

問到三司北方的存糧，能否負擔賑濟的需要。曾布說：由於「均輸法」、「青苗法」各路州都留置錢糧，只要下旨就可辦到。倉儲既然能支持，朝議即決定自四月起開倉賑濟，必要時內庫也可攤出錢糧支援。

賑濟的問題，很快的獲得解決。

「各地災情，奏摺盈尺，今又見『流民圖』，實在使朕寢食難安。是否檢討新法，諸卿奏議。」趙頊顯然十分相信「流民圖」的眞實性。

沈括聽了這話，覺得趙頊已受到攻擊新法者的影響，便以歷代水旱兩災的記載，以證實天災非干新法，即使堯舜時也有天災。

「臣見我朝自熙寧以來，實行新政，天旱、雨澇、山崩、地變、日蝕甚至天陰都歸因於新法干犯天怒，這實在是無稽之談。姑不論天是否其有喜怒如人者，但新法雖出自臣子之手，實經聖上頒行。所以說，果天有喜怒而譴責新法，則王安石固不可辭其咎，聖上也有關係。」這話的份量相當重，犯了冒龍顏之罪。「臣讀諸史，歷朝歷代都有天災地變，皆未見行新法，天災地變一樣發生，暴君賢君都沒有例外，而經列表觀察，天災地變都有周期，再說十六年前文彥博、韓琦執政，也有天災，汴梁陸上行舟，衝毀房屋萬戶，那時是行的祖宗之法，未知因何也干天怒？臣以爲天災乃是自然現象，與仁德無關。有關天災，已於兩浙大雨期間論及，各位大人也可覆按。」

這是有根有據的說法，無法辯的。趙頊都不以爲忤，全殿鴉雀無聲。

呂惠卿出班，他認爲新法雖以皇帝詔頒布行，宰相的副署頒行，法卻多數出於呂惠卿和曾布的手筆，韓維雖也曾經是三司條例司的文字評檢，早已經背新法而去，且已倒向元老派。罷新法也等於罷呂惠卿和曾布，更是反朝廷，他只是沒有指明罷新法就是罷皇帝罷了。

「奏上來！」趙頊深知呂惠卿有雄辯之才。今日新政之被非議，他也心痛。

「北五路以河北災情較重。」呂惠卿盡量壓住心中的怒火，但仍然相當激動。「旱災是從熙寧六年九月起，到今年四月，一共是八個月的旱象，影響一季大麥的種植與收成，如到六、七月仍不下雨，也只影響一期水稻的栽培；兩浙的澇災，臣喪期滿，道過江南，常秩的救濟已經生效。經一年多的重整，房屋耕地已漸復舊觀，再過一兩年的休養生息，水災的破壞即可恢復了。至於河北等路的旱災，因水利的興建，引河水灌溉，尙有相當可耕面積，假如八月能下雨，即不影響冬季種麥的生產。因此，此項天災，不過是農民一年的收入，不會影響全面……」

「臣有言……！」韓川硬生生的打斷呂惠卿的議論，說：「鄭俠所繪流民圖，各地災情摺子，皆可證實災情的嚴重情形，怎麼可以說影響不大？呂惠卿一派巧言，掩飾災害實情，必將使災情更爲擴大。臣敢請盡廢新法以報天，使老天重降甘霖。」

「陛下，我們這是不問蒼天問鬼神了，剛才沈括所舉的歷來旱災，未有超過兩年的。臣所要說的是，『青苗法』、『方田均稅法』、『免役法』實施後，農民與貧苦大衆避免了豪強的剝削，稅負公平的結果，過去賣青的佃農已有餘糧，再經戶部、三司度支的統計，如集中各地所納賦稅於府庫，足夠二十年國用，戶部與三司的大員都在朝堂上，臣不會說謊，依此情形，如調撥得當，旱災不足以造成我大宋的經濟危機。臣建議，立即調撥兩湖、福建等地之存糧北運救濟。只要賑濟得法，這個旱災應可平安度過。」

曾布上前奏道：「過去有人指新法爲歛財，行商鞅、桑弘羊之法，新法並未殺一人，但有西北王韶的大捷、章惇沅州溪蠻四十餘州之勝，國用漸豐。如沒有這些資財、存糧和藏富於民的富足。兩大災變再加上邊患，社稷危殆。天災歷朝歷代都曾發生，也曾安然度過。但不能只憑一幅畫就可以說新法是亡國滅朝之禍？試問鄭俠所繪，拆屋賣錢，既是哀鴻遍野，吃草根，挖蕨果腹，誰又去買那些拆掉的房屋材料？而旱災最主要的是缺水缺糧，拆屋賣得的錢又有甚麼用？到那裡去買水買糧？依臣看『流民圖』，繪畫藝術可能還不錯，用以作爲罷法、廢政，則有誇大不實之嫌。這是欺騙滿朝文武，也是欺騙陛下。」

曾布本不是善辯的人，鄭俠的「流民圖」確實有誇大災情，譁衆取寵的可能性在內。這一詰問，韓川、馮京都無言以對，只一再強調，乃親眼所見。蔡卞本要出列奏章，被王安石制止了。只要蔡卞一講話，必然又落人口實，女婿爲了維護老岳丈而狡言巧辯，反而更爲壞事。

這時王安石出班，說有事啓奏。所以嗡嗡的議論都停了下來。大家倒想聽聽王安石在衆口一詞罷新法的情形下如何自辯。

一夜未睡，身心備受煎熬的王安石也委靡不振。滿嘴鬍鬚，眼眶黑凹，看在趙頊眼裡，痛惜在心裡。

「臣有罪，乞罷歸以謝天！」

無一言以辯，這使滿朝文武驚愕不已。曾布、呂惠卿、呂嘉問、沈括更是出於意外。王安石說完，把紗帽端端正正的放在案前，倒屣走到殿門前才返身疾步而去。這一意外，使趙頊也相當的驚愕。依稀記得，自己曾說過：「古之君臣，如朕與安石相知者絕少。」

——相知絕少？

——相知那裡去了？

雖然趙頊不說甚麼，仍然在龍椅上，已覺得兩次大災難斬斷了他的手臂，而對王安石頗有愧意，所有的風險都由他一人擋住了。

「臣請辦鄭俠越職言事之罪！」

沈括是從來不輕言辦人的，也極少在朝堂上言事，都認為他是一位不偏不倚，只講是非的人。

「臣請貶鄭俠！」呂惠卿說。

「貶……下去……」趙頊已不知道自己說甚麼了：「貶英州（今廣東英德）編管……」

「編管」夠慘了。這是宋朝的刑罰的一種，官員被貶、觸犯王法，送指定地區予以管制，鄭俠的官算是被奪了。這是神宗登極以來第一次。越職言事過去曾有先例，了不起被申斥一頓，這次對鄭俠的處分算是開了先例。奪職奪官還不重要，還要被放到荒蠻的英州，也算是折了鄭俠的一身傲骨。

鄭俠以不爲王安石所用而暴得大名，這次卻不是爲了反新法，實在是知道后族、王親及元老都反新法之下的一次投機，或者說是賭博行爲。

王安石回到家時，天熱加上生氣，已一身是汗。

夫人一看相爺臉色鐵青，果如王雱所說，恐將要收拾行李了。遞把濕巾，進入書房，研墨舖下綿紙，在上疾書：〈乞解機務劄子〉，上說：「臣以羈旅之孤，蒙恩收錄，待罪東府，方今四年（按指宰相任期），陛下有所變更之初，內外大小紛然，臣實任其罪戾，非賴至明辨察，臣宜誅斥久矣，在臣所當圖報，豈敢復有二心？徒以今年以來，疾病寖加，不任勞劇，比嘗坦陳息款，未蒙陛下矜從，故復黽勉至今，而所苦日盛一日，方陛下勵精圖治，事事皆欲盡理之時，乃以昏疲久尸宰事，雖聖恩善貸，而尋釁日滋，至於不可復容，則終上累陛下知人之明，非將害臣私義而已。臣所以冒昧有今日之乞也。伏奉宣諭，未賜哀矜，彷徨屏營，不知所措，然臣所乞，固已深思熟計而後敢言。與其廢職至誅，則寧違命而獲譴……」辭相劄子言詞懇切，去意甚堅。

因爲王安石掛冠，復在兩太后的壓力下，散朝後趙頊立即召韓維下罪己詔，王安石的辭相劄子未到，趙頊的罪己詔已經以加急發出，由各驛站以快馬方式頒布天下。

王安石的辭呈，本有幾分負氣在內，趙頊的罪己詔何嘗又不是在這種情形下發出的呢！但這罪己詔，無異是罷法的先聲。也可見到趙頊所受壓力。

第三天王安石已不上朝了，趙頊也在早朝前才看到那個辭相劄子。

從負氣中清醒過來，王安石一去，等於新政前功盡棄，也失去了左右手。

「封還！」趙頊對呂惠卿說：「惠卿，你親自送去。」

辭職劄子可以封還，罪己詔卻永遠都追不回來了。

那道罪己詔，王安石也已看到了。

——朕涉道日淺，闇於政治，政失厥中，以干陰陽之和，乃自冬迄今，旱收爲虐，四海之內，被災者廣……

——意者朕之聽納不得於理？訟獄非其情歟！賦斂失節歟！忠謀讜言囿於上聞，而阿諛壅蔽以成其私者衆歟！……

讀了這罪己詔，等於趙頊的一切錯失，天災地變都是新法所造成，新法罷已在即。而阿諛壅蔽當然指推行新法者。

他沒有再猶豫的寫第二道、第三道辭相劄子。心已冷了，人似乎也垮了下來，幾天工夫，顯然的瘦了。

「介甫！休息一下也好！」

她把手搭過去，王安石久久無言。

「夫人，看來妳得吩咐他們收拾一下了。」

「果如雱兒料。」

「料甚麼？」

「你一早去看存中，雱兒就叫我收拾了，我還不信呢？」

「太聰明了，我一走，他便會賈禍，不如讓他也辭了，一起回去。」

「他肯嗎？」

「他身體不好，再說他也看不慣這紛亂、不分是非的局面，我想，他會肯的。」

王雱回得晚些。王安石分析利害，要他辭官。

「辭官劄子已經呈出去了。」

「你怎麼料定爹要你辭官？」

「要不是修經義，早就想不幹，那些鬥來鬥去，各自爲私的嘴臉，早就看厭了。」

「好！我們回家吧！」

夫人知道，離京似乎已經定了，但是去那裡，能不能回到鍾山，誰也不知道，多少大員罷去，有幾人是可以回到故鄉？又有幾人隨心所欲？

想到這裡，心中總有些忐忑難安。龐碧英幫忙收拾，禁不住也流了淚，只因兒子王棣不太像王雱，已經受盡了王雱的羞辱，如今回江寧，至少可以得到親情的溫慰。

婆媳倆都各有心思，各有所苦。

這時司馬光已讀到罪己召，便連絡韓琦、范純仁等上疏罷新法，他自己打了頭陣。反新法的大員們從各地反撲，罷新法的奏疏，小官小吏也趕上變的潮流，只有鄧綰、曾布、呂惠卿、沈括、常秩不變，原來不反對也不贊成新法的韓絳反而同情起王安石來了。

上了三個劄子，趙頊派呂惠卿再到王家傳達慰留的聖旨。

而新政諸子也到王安石家勸他打消辭意。

曾布、呂惠卿、沈括等都認爲王安石一走，新法就終結了。王安石當然也看到了這點，但那罪己詔等於罪的是王安石，他怎麼再有臉立於朝堂之上？

「新政才開始，稍有成績，我當然不想走，但罪己詔已出，我不走皇上就無法避免兩宮太后的責難，與皇族、皇戚的壓力，更無法面對那些俗儒的反撲。」王安石很少抽菸，他也捲起菸葉子抽起來，可見他非常煩。「我不走，皇上爲難，我走，反而可能保存部分新政。我們還有堅決實行新政的皇上，不要以我個人的去留，作爲興廢的標準，堯舜走了，人還存在，政治還是運作，何況在下呢？倒是有一點捨不得大家，但人生沒有不散的筵席。天還只是澇旱，還沒有崩塌，對吧！至於災難，以前有，現在有，將來也會有，對嗎？」

大家看他說得那麼懇切，很難挽回去意，便都走了。

西京（洛陽）的富弼、司馬光正在慶祝。

任由元老們如何高興，如何嘲笑，一位經濟改革家，已在那些威權、后族、皇親、投機政客的合縱連橫，與天災中被擊倒。有的改革已經實施，有的才詔頒法令，就改革而言，才是起步，但改革者已被那些腐儒與為利益而結合的人打倒了。

王安石辭相，反王的人都一致稱快，只有老百姓與趙頊嘆息失人。

王安石似乎已經勘破了政治原不過是騙局，一切都是過眼雲煙，紅塵囂鬧。汴河的水清燈影，夜似乎涼了許多。他再奮筆疾書，四、五、六次上劄子堅辭機務。

「……伏念臣孤遠疵賤，衆之所棄……臣乞且於東府聽候朝旨，伏望陛下聖恩早賜裁處……」

趙頊讀到那一次辭呈，反覆至三，六次辭呈，其心已冷。回想越次入對以來，君臣契合若一人，迄無二者。

「朕至今未變，何去之堅也！」

提起御筆，在劄子上批了：「以吏部尚書、觀文殿大學士出知江寧府。」

趙頊擲筆而嘆：「去吾臂矣！」

六月十五，王安石一家仍在西角子門碼頭上船，來回都是這個碼頭，人事卻已全非了。兩個女兒出嫁，如今卻添了媳婦和孫子王棣、孫女王玨，仍然是一家六口。女兒女婿和僚屬們在碼頭送行，依依不捨。

在珍重聲中，船緩緩解纜下行，乾旱水淺，流速也慢了。

船漸行漸遠，汴梁的雕梁畫棟，也逐漸成爲海市蜃樓。六年，多少得意事，也有多少煎熬。最難割捨的是那些一起奮鬥的夥伴。

自掛冠那天起，不少新法被罷去，臨走前趙頊又召入私對一次。他推荐韓絳、呂惠卿執政，趙頊接受了，這樣新政仍握在他們手中，放心多了。

沿通濟渠進入瓜州，已離江寧不遠。在鍾（蔣）山下結一茅廬，買點土地，和當地的老農老圃共耕，把水利弄好，不愁旱澇，過幾年睡得安穩的生活。他寫了闋新詞：

數家茅屋閑臨水，單衫短帽垂楊裡。今日是何朝？看予渡石橋。

下片是：

梢梢新月偃，午醉醒來晚，何物最關情。

說做就做，王安石的船走了八天已到江寧。

他已著手在鍾山腰上買地，蓋茅屋了。忽然才發現，自登進士榜以來，竟是那麼庸庸碌碌，傻得想一肩挑下天下事，從未嚐過悠然自得的生活。那種生活勝過皇帝宰輔的富貴榮華。可惜這種覺悟稍嫌晚了些。

25. 掙脫名韁利鎖，逍遙紅塵之外

第一次罷相回到鍾山，王安石已心如止水，雖未杜門謝客，對朝廷的大小事都已不願再去想了。

不料王安國卻在他回到江寧不到半年，就被奪官去職，回到家裡未久，即於熙寧七年八月鬱卒去世。

外面傳說，兄弟倆不合，都是傳言。政見不同是有的，但情感還是相當好，由他爲王安國所寫的墓誌銘去看，仍然是兄友弟恭，尤其對乃弟在文學上的成就更爲推崇。因此王安石對他被奪職，最後連碗飯都不給吃這件事，多少懷疑呂惠卿又在動什麼手腳了，只是人都已死，也就不想再生事了。

王安國是反新政的，其反也僅止於冷嘲熱諷。但是呂惠卿對鄭俠獻「流民圖」一事，便懷疑王安國等教唆，而興大獄。

獻「流民圖」的鄭俠已經處分，越職言事，擅用馬遞的案子已了，呂惠卿卻想追查鄭俠背後的指使者，乃由御史張琥等審理，後來查出策劃主使者竟是韓維、馮京、王安國、李士寧等。

這四位以破壞新法獲罪，馮京罷參知政事，以左諫議大夫銜知亳州（在今四川境內）、韓維出知河陽（河南孟縣）、王安國、李士寧奪官去職回籍。王安石碰到這種情形當然悲痛，最讓王安石深深不以爲然的是，呂惠卿又把曾布以「不應奏而奏，奏事不適」爲理由貶到饒州（江西鄱陽），這實在是莫須有的事。

凡是呂惠卿不喜歡的人，無論是新法同僚，或元老派都被排斥。而同時又晉用親弟弟升卿爲侍講，和卿主持「手實法」，大事搜刮。這不要緊，還勾結地方官吏在蘇州置私產，爲御史蔡承禧所劾，鄧綰趁機揭發和卿強借秀州（浙江嘉興）民錢買田地一事。三兄弟都因此兩案丟官，呂惠卿以參知政事罷知陳州（河南淮陽）。呂惠卿十分後悔，但已來不及了。

呂惠卿最大的錯，是實行「手實法」，這個法連生產用具都要登記，戶分五等，作爲課稅的依據。眞是苛政猛如虎，百姓問天無計了。呂惠卿已違背趙頊行新政以嘉惠百姓的本意，其歛聚更勝於豪紳老吏。這是趙頊重召王安石主持大政的原因。如不能及時糾正，則新政可能毀於呂惠卿一人之手。

呂惠卿被罷，疑爲王安石的報復。他被劾和糾舉，雖然在王安石復相之前，被罷卻在復相本年之後，而鄧綰又是他的門生，從推理上，這種懷疑是合邏輯的，其實王安石根本未曾干預這個案子，當然也未向呂惠卿伸出援救之手。

於是呂惠卿與王安石是始合終睽，最後分道揚鑣。眞正推荐呂惠卿的是歐陽修。仁宗嘉祐六年，歐陽修推荐他和劉攽任館職時說：「前眞州軍事推官呂惠卿，材識明敏，文藝通優，好古飭躬，可謂端雅之士……」王安石之所以引爲左右臂，多少與歐陽修此一荐語有點關係。新法的很多重要法款，都出自呂惠卿、曾布之手，如青苗、方田均稅、均輸法等。但呂惠卿的性格忌能好勝而不公，他與司馬光在經筵上尖銳的對立，與韓琦廷爭之咄咄逼人，便已看出他的性格。

呂惠卿執政以後，未把韓絳放在眼裡，用人唯私，這也還可以容忍，貪婪歛聚，違背推行新法的精神，與那些舊官僚與地方豪紳掛鈎又有甚麼分別？引起王安石不滿，乃是想當然的事。他的弟弟呂和卿購置田產，實行「手實法」，如果讓呂惠卿繼續爲所欲爲，那將毀了江山社稷。

凡屬權勢必然爭奪，大概是古今不變的法則。王安石復相，與韓絳的危機感有絕對關係。韓絳看到呂惠卿對付人的手段，想到下一個目標就是自己。而新法也必然成爲眞正的歛聚之法，擔心仁政變成暴政。

他想到，唯有王安石回相，才能制住呂惠卿。

於是，他向趙頊建議把王安石召回，挽救新政。韓絳舉了不少呂惠卿整肅異己、歛聚貪婪，和「手實法」的嚴酷加以奏報之外，他分析，如再讓呂惠卿獨攬大權，勢必危及朝廷。韓絳的建議，正符合趙頊的想法。

自王安石罷相，跟著罷了不少新法，也罷了不少大臣。

趙頊也已經覺察到呂惠卿弄權，除了召回王安石之外，已沒有人可以剋制他了。如讓呂惠卿繼續獨攬朝政下去，大者可能危及江山社稷，小則對新政改革所帶來的富裕繁榮造成傷害。君臣似乎有相當默契，熙寧八年正月初接旨，二月初成行。王安石一家人從陸路進來，王雱已不能騎馬。

「帶些甚麼？」夫人問。

「甚麼都不要帶，家私不都留在京啊！」

「就少一頂紗帽。」

「皇上會給我一頂新的。」

這次進京只花七天時間，新法未竟全功，國未富，兵未強，怎麼割捨？回到汴梁立即上求見劄子。

君臣見面，格外親切，彼此都有少不了自己的那種感覺。

他們討論的第一件事，北遼趁天災人禍之際，又派員前來要求重訂邊界問題，滿朝文武都拿不出一點辦法來。

「朕曾下詔讓韓琦、曾公亮、富弼與文彥博獻策。」

「怎麼說？」王安石問。

「韓琦說新法斂聚，就好像富人手上戴滿珠寶，引起敵人的覬覦，北遼是砍手來了。還是老調，要廢盡新法。倒是文彥博說了些人臣的話，主張絕不能割地，對抗到底。」趙頊越說越氣。

「韓琦與范仲淹，都是經營西北的大臣，應當知道怎樣對付這兩個強敵。」

「韓琦也許眞是老了。」趙頊輕敲著他的桌面：「朕希望盡快找出對策。」

「臣找他們瞭解一下再回報陛下。」

「還有，許多新法的老人都散了，也出現了疲態，對新政非常不利。」

「臣當盡力。」

「朝中有人持祿養驕，鮮有可靠的棟樑之材。因循之風彌散朝野。」

王安石再以平章事，加封昭文館大學士，與韓絳並相。

由於蔡承禧的彈劾，鄧綰的檢舉成案，不費甚麼力氣就在熙寧八年十月罷呂惠卿與殘酷的「手實法」，除掉心腹大患。

宋朝的大敵，始終是西夏和北遼，交趾偶有犯境之舉，比較起來已是癬疥之疾了。

熙寧八年四月，北遼大概知道王安石罷相以後的紛爭情況，似乎看穿了宋朝的弱點，又派蕭禧前來，重提拆除河北壘城築寨的守備，並要求重劃邊界。王安石主張明告北朝屢違誓書，不得不修武備以防，不亢不卑的回了遼使。但遼朝卻不甘心就這樣罷手，威脅要派大軍拆除宋方越界修築的營壘。

「北朝會不會眞的舉兵南下呢？」趙頊問王安石。

「這還僅止於試探，千萬不能示弱，否則北遼必然誤以爲我朝兵備未週，而起戰端了。」

「但是蕭禧又要來了，萬一要談不好，打起來這不是生靈塗炭嗎？」

「北朝現在也是四分五裂，內部不和的時候，必然無力南侵，雖然南侵，我朝也不是澶州之戰的時代，放手力搏，勝算還是有的。」

為了這件事，曾召開多次重臣的會議。

在那會裡，王安石不僅主張不示弱，番使來時，連閣議都不必召開。他始終認為「卑而驕之，乃是欲致其來」，故不可示以憚事形跡；示以憚事形跡，就是引敵速寇的誘因。

趙頊是位英明的皇帝，深知自太祖以來，重文輕武的結果，國防武備雖有七年的整軍，新法仍以經濟改革為主軸，在國未富之前，是難以強兵的，經濟實在是武備的後盾。現在與北遼開打，有多少勝算，實在難說。

「萬一北朝不肯罷休，怎麼對付呢？」趙頊不放心的一再追問。

「陛下，對於北遼，應譬如強盜在門，若不顧惜家資，自當夾了尾巴逃走；如眞遇到了悍盜，捨一場拚鬥之外，還有甚麼可以商量的？」王安石就是那種蠻悍性格，所以有西北王韶之勝，章惇的平復蠻苗。

「我們有能力作一場對抗戰爭嗎？」

「縱然沒有實力，也不能任由胡夷予取予求，否則我大宋必有未可忍的大事。」王安石說：「陛下，寧為玉碎，不為瓦全。」

——寧為玉碎，不為瓦全!?

趙頊也下了決心，寸土不讓。談判的結果，果如王安石之所料，未再喪權辱國。

呂惠卿這個禍頭子已除，北遼邊界的交涉無異又是一次大勝利，可是王安石仍有皇親、內侍的壓力。

熙寧八年十一月出現彗星，神宗又以爲老天示警而避殿減膳，又求直言，得到的進諫，仍然是老調：新法虐民苛政。王安石無可奈何，又上疏說明天文變化無常，還是沈括出的力氣，才把彗星出軫的事解釋清楚。

趙頊畏天，也不是全沒有好處，藉此機會，廢了「手實法」。

從此，朝政已少了紛擾，已罷的新法，又陸續恢復。

但王安石、王雱身體多病，神宗除了派御醫，送珍貴藥材，又准假免朝，優遇在當朝已沒有第二人。

是非不斷，大概政治都是如此。

史館編修練亨甫、光祿卿呂嘉問，把鄧綰對呂惠卿所列惡跡判獄。這件事傳到陳州呂惠卿的耳裡，他非常憤怒。

罷參知政事，蔡承禧的彈劾固然有關係，致命的一擊卻是王安石的學生鄧綰的那項檢舉，呂嘉問也是靠王安石起家，練亨甫又是江寧句容人，七歲能文，十四歲就入京、熙寧進士。王安石稱練亨甫爲小友，自然也十分親密。聽說，這件事又是王雱指使。

事情就是那麼巧合，因此呂惠卿懷疑，這一切都是王安石想替王安國報仇，而一手策劃導演的事，目的無非要把呂惠卿醜化，打入十八層地獄，永無翻身的餘地。是可忍孰不可忍，何況呂惠卿又是睚眥必報，能言善辯的人物呢！司馬光、歐陽修、韓琦誰沒有吃過呂惠卿的虧？在他眼裡，沒有不可鬥的人物，再完美的人也可找出缺點，王安石不是聖人，他當然要鬥。

——報復！

拍了桌案，提筆疾書，字是一筆好字。

他寫道：「……盡棄素學，而隆尙縱橫之末數以爲奇術，以至譖愬脅持，蔽賢黨姦；移怒行狠，方面矯令，罔上惡君。凡此數惡，力行於年歲之間，莫不備具，雖古之失志倒行逆施者，殆不如此。」呂惠卿完全忘了王安石的相知與提攜之恩，不少新法也出自呂惠卿手筆的事了。

這件告御狀的奏疏，傳說還附了王安石給呂惠卿「此事勿使上知」的信。後來陸佃曾經呈請調出大內檔案，與范祖禹、黃庭堅辯訟甚久。陸佃後來直指兩人在元祐初年所修《熙寧實錄》是謗書，才止其喧騰，而還王安石淸白。

神宗對呂惠卿的爲人，已經徹底認識，因此把呂惠卿的劄子給了王安石。當然也沒有懷疑王安石的忠誠，否則就不會把那劄子給王安石看了。

王安石對呂惠卿由一位州推官提攜至宰輔的地位，而罷參知政事，主要是引用私人和貪瀆，也不是出自王安石的有意打壓。呂惠卿竟然恨王安石以至於此，是他始料所未及的。——何至於此？

午夜捫心，想起司馬光的警告：「朝廷不可用此人，他日將必賣公而售。」果然如此。有後悔，也有自責。

「爹！我主張以牙還牙！」王雱說。

「還甚麼牙？」

「給四叔報仇！」

「俱往矣！你四叔也已經去世，爹罷相也沒甚麼損失，有甚麼仇好報？」

「那麼爹怎麼又進京復相？」

「爹給皇上說了，這次進京，不準備久戀權位，先奉告投老餘年，無法常相左右，只因要報聖上知遇，整頓一下離朝後的紛亂，才再度列於朝堂之上。」

不爲持祿不爲俸，不爲權勢榮顯，只因離相位後，眼見畢生致力的新法新政，罷的罷，修的修，已逐漸走樣，再加上呂惠卿謀圖私利，恐將毀社稷、傷百姓，所以不避親貴怨怒，交遊險陂，是爲了朝廷和百姓，至於被誣陷，他並不計較。

——只要正大光明，誰能誣陷？

「你指使練亨甫他們，用鄧綰揭發呂惠卿的事，判成刑獄，有這事嗎？」

「爹，孩子是和他們談過呂和卿的貪瀆事情。」他坦然地承認參與那件書之於史的事。

「那怎麼可以，惠卿、和卿都已爲了他們的過失負了責任，這就可以了，怎麼能再這樣做？」

「爹，這本就應當書之於史的事。」

「人家可以，我兒不可！」

「爹，這也是以儆後來的好事嘛！」

「不可！」

王安石對孩子從未聲色俱厲的這樣責備過，這次是例外，受到這種責備，王雱有點受不了。這是父子性格完全不同的地方。

爲了這事，父子倆起衝突，不過當王雱瞭解父親復相的原因以後，自認對呂惠卿被判獄一事，也有了愧疚之意，的確是過頭了。

他對自己父親更加敬愛了，他不僅忠於事，還有一顆寬以待人的心和仁慈的襟懷。

王雱的病，越來越嚴重了。腳趾有壞死現象，已難下床，王安石不忍再深責了；王雱呢！

父母爲他的病已經夠煩，還要使他們爲自己的行爲生氣，覺得非常慚愧，便低頭認了錯，這對王雱來說，實在是少有的事。

再度進京，王安石與趙頊之間已非君臣的關係。

此次回朝，等於帶了一支勤王之師，雖然他只是單槍匹馬，卻已成功的把朝廷的紛亂逐漸平息。韓絳雖沒有甚麼過失，但似乎已經厭惡京官，不勝繁鉅，積壓不少要案。王安石成功的推荐呂嘉問、張安國執政，總算喘了一口大氣。

眞有點累了，國事、家事都使他身心俱疲。

王雱的腳瘍下漏化出淸膿，不能行動，訪遍名醫、御賜藥材都沒有效，已是病入膏肓之象。

故而性格更爲暴躁易怒，夫妻倆已形同冰炭。只是可憐才四五歲的王棣受到父親王雱的偏見而憂鬱寡歡。

治家比治國難，對兒子媳婦的不睦，王安石有無從下手之感。而他自己也已五十五歲了。有一天，趙頊問他：自己算是勤政愛民了，爲什麼還不能和衷共濟？

「陛下憂畏太過，被奸人窺破，故敢狂脅取利。」

王安石這一席話，趙頊深思很久。

經過了這次整頓，朝政又步入正軌。

親家吳充於熙寧八年出任樞密院使，副使陳升之罷去。

這年正是國防多事之秋，北遼要求重劃邊界，十一月交趾又入寇，十二月五溪蠻叛亂。吳充和王安石商量，派趙卨、李憲征剿交趾，次年二月再派郭逵爲安南招討使，經過一年多的攻防，才打到邕州（廣西南寧），把交趾入侵的部隊追到富良江以後，李乾德宣布投降，恢復進貢，成爲大宋藩屬之國。王安石雖然沒有看到勝利，力主對抗交趾的是他和他的親家吳充。

交趾屬五嶺外的南蠻，非王化之土，尊顓頊而不供黃帝。這個蠻夷，也是宋朝的世敵。仁宗時代，曾派狄青南征，卻仍屬羈縻之策，沒有徹底消滅此一大患的決心。

歷來，中國的大敵都是北方的胡夷，鮮少有南人北征成功的例子，故在軍事上，都採取嚴防北方，卻把南方的蠻子侵擾視爲癬疥之疾，因此，常用羈縻撫剿，而不是消滅的策略。其實趙家在收拾了後周、南唐之後，已不在意版圖上的問題，坐在汴梁城大內，享起皇家富貴的福來了。趙頊深知，太祖如一鼓作氣，至少沒有西夏與苗蠻之亂，當然北遼也就不會予取予求，成爲日後大患了。

這些問題，趙頊雖了然於胸，那是祖宗的短視，譬如重文輕武，弄到無兵可用，一有邊急，便只好跺腳，能百年無事，是靠天吃飯。所以趙頊不便有明顯的表示。

同時五溪蠻又反，兩湖震動，熙寧九年正月再派章惇前往撫討。他曾於熙寧五年十一月降過梅山峒蠻，置安化縣（湖南安化北），次年平南江蠻置沅州（今湖南沅陵）。如今是舊事重演，很快就平息了叛亂。

成功的敉平交趾的進侵，這時王安石已回江南。但五溪蠻和討撫交趾，仍應算是王安石與趙頊的決定。不過十月王安石已經以使相身分罷判江寧府。說起來已是一個沒有衙門的宰相了。

熙寧九年六月王雱病，七月去世，才三十三歲，正是有爲的英年。

王安石有三女二子，長女夭折葬鄞縣，長子王雱、次子王旁、次女王霈、三女王雰，以王雱最有才有爲，次女王霈擅詩詞，適吳安特卻十分平庸無聞，王雰適蔡卞，做到尙書左丞，算是位極人臣；次子王旁蔭恩勾當江寧糧科院。勾當這官可大到安撫使，小到各院小吏。江寧府下的一個糧科院，官不致太大。回江寧，只有王旁在他身邊。

王安石對王雱期望最高，天假以年，官不下於自己，但那種傲慢、冷酷的性格，在政海中浮沈，也不一定有好下場。王雱最好的出路是教授，校、著書，當官可能成爲酷吏。

愛子一死，老夫妻倆撫棺痛哭，王安石已心灰意冷。勘破人生，一切都是過眼雲煙。生前王雱素與婦龐氏不合，數度要休出龐氏，爲兩老所阻止。如今王雱已過去，龐氏才廿四歲，尚屬少艾之年。

「老伴，媳婦怎麼熬啊！」夫人深爲媳婦不平。

「收爲女兒。」王安石斷然的說。

「你……」

「擇婿嫁了，我王家有虧龐氏！」

王安石嫁媳，傳爲美談。

歐陽修、韓琦、王安國都先後去世了；蔡挺、王韶也已罷斥，景物依舊，人事全非。官位？不過是如戲中角色而已。

默想中，覺得過去那些爭論都毫無意義。不過稍爲值得安慰的是新法已經在各地成功的推行，國家逐漸富強，尤其是老百姓被豪強剝削減少了，生活有大幅改善，連汴梁城區也擴大不少。農村一棟棟新屋蓋起來，水利增加了可耕農地，徭役減輕……這一切都是新法的成果。

第一次罷相，即已勘破官場的形形色色，復相只是爲了維護新法，如無后族、皇親、元老的阻礙和呂惠卿的倒行逆施，他想他不會一召即來；當然其間還有趙頊的信任與情感。如從人情去看，趙頊與王安石已不止於君臣的關係，而是相知極深的朋友。這也是他奉到詔旨，立即兼程進京的原因。

——俱往矣！

他深深一嘆。

——萬事已了，不如歸去！

立即寫辭表，趙頊未准，辭之再三，趙頊召至便殿懇談。

「朕知卿近喪弟死子，至爲悲痛，但新政仍有依賴，所請實在礙難照准。」

「回陛下，去年二月入見，臣已陳明投老餘年，無法再長久伺候左右。」

「那還是奉旨進京了。」

「感謝知遇，想再以孱微效力，助成盛德大業而已。」王安石十分誠懇，放眼望去，七、八年來辛勞煎熬的結果，已是兩鬢飛霜了。

「讓朕再想想。」

王安石在第一表中表示：「疲曳之餘，過重休朋之累，且用人而過矣！固不免於敗材，苟改命而當焉！亦何嫌於反汗？」第二表、第三表，趙頊只好准他呈辭了。

他不僅辭了同平章事，也辭去昭文館大學士、左僕射等職。最後連使相判江寧的官也辭了。他決意要走得乾淨。因爲他知道，帶銜出任地方官吏，也是一大弊害，否則新法中也就沒有韓琦、富弼、文彥博、司馬光的反對和杯葛了。

一位經濟、政治改革者已垂垂老去，但他的措施惠及了全民。

從應禮部試高中，出任准南判官以來，到致仕，從政足足有三十五個年頭，在趙頊手下也有十七年之久。

三十五個年頭，有苦、有樂、有恨、有愛、也有過失意與頹喪。

謝完恩，從大內出來，老車夫王信祥仍在御街轉角上等他。

照樣一聲不吭上車，老馬仍邁著同樣的步伐，他看看兩旁整齊的路樹和熱鬧的人來人往，禁不住卻對這個住了多年的城市留戀起來。

——在此之前，爲甚麼沒有發現汴梁的美呢？

「信祥，你跟我有幾年了？」

「回相爺，九年零三個月另五天。」

「你願住汴梁還是江寧？」

「相爺，小的原就是鎮江人。」

「跟我回江寧吧？」

「回相爺，我還有家。」

「家小一起到江寧。」

「謝相爺！」

回到家裡，吩咐王忠，把書籍、金石裝箱。

「恩准了？」夫人接下衣冠。

「准了！」

「謝主隆恩，總算卸下重擔了。」

「十月初南下，這次要雇艘大一點的船。」王安石輕鬆了。

「還有人同行？」

「信祥一家，阿忠，再加上這些書……」王安石說：「房子賣給陸佃了，家具都不要帶。」

「那就給信祥送親戚吧！」

「隨你。」

站在窗前，住了十幾年的宅院有一分依戀之情。

十月已是初冬。

南下的前一晚，王安石和幾個下人，又到聚賢居去吃了餐飯，熙寧元年四月到京的第一餐也在那裡吃的，不知道那位船老大許滔怎麼樣了。那群野野的、樸實的漢子，才是眞性情。

王家第二天悄悄地走了！

仍是西角子門碼頭。

這次不敢驚動親友。

船沿途慢慢的航行，每一個地方都停泊，都上岸。今生是否再有機會走一趟通濟渠，誰也不知道。

走了半個月才回到鍾山。

望到別了數月的家園，王旁夫婦把家照顧得極好。只是看到無父無母的孫子王棣、孫女王玨，便老淚縱橫。

孫子投入懷抱，甚麼都忘了。

從一人之下，位高權重，前呼後擁的璀燦中淡化下來，一切歸於平靜。

他繼續修三經義的謬誤，並著《字說》。

再三辭判江寧府，元豐元年封舒國公加集禧觀使，等於進入高官的養老院，俸祿照支，另賜食邑四百戶，實食一百戶，元豐三年王安石六十歲特進改封荊國公。八年又特進司空，食邑之賜懇辭。

雖然已經完全脫離了權力圈，朋友反而近了。元豐七年七月蘇軾去汝州（今河南）路過江寧時，兩位老朋友同遊鍾山，詩酒、奕棋。新法實施中，兩人是政敵，現在前嫌盡釋。

世界實在太小，元豐三年呂惠卿知江寧府，由部屬一下子變成王安石的父母官了。

「過去的已經過去了，都不必計較。」呂惠卿先去拜望老長官時說。

「與公同心，以往異意，皆爲國事，豈有他哉！」

眞是一笑泯恩仇，一了百了，兩人都不失爲君子。

熙寧十年三月趙頊曾一度派朱炎到江寧傳旨到府視事，但王安石婉拒上任；復派李友詢護送王雱留京的靈柩到江寧；元豐元年七月生了一場病，特詔許中書舍人蔡卞及其女王雱夫婦前往探視，並賜湯藥。隆恩之重，無人可與之比。

君臣相處十七年，如魚之與水。

致仕中，兩女在京，骨肉分別的思念難免，王霈就沒有妹妹那麼幸運，曾有省親詩說：

西風不入小窗紗，秋氣又憐我憶家。
極目江南千里遠，依前和淚看黃花。

王安石既不便前往探視，也不便召女歸寧，因吳安特亦反新法，女婿與岳父之間本有若干扞格。此時再往來，則難免引起不必要的猜忌。乃和詩說：

秋燈一點映籠紗，好讀楞嚴莫憶家。

能了諸緣如夢事，世間唯有妙蓮花。

爲避勾連之嫌，只好捐棄倫理之樂，勸女兒黃卷青燈中了卻情緣。當時女婿吳安特爲長興縣（今浙江錢塘），其實近在咫尺，乃以詩慰其女，未敢以天倫之樂而令朝廷啓疑。早年的拗相公，晚年守禮守分甚嚴。

王安石致仕後，篤信佛教，常遊寺廟，與高僧研鑽佛理，所以後期詩文語帶機鋒，多了一些禪味。

哲宗即位時，高太皇太后復召反新法舊黨，司馬光、范純仁、呂公著等又位列朝堂之上。司馬光當了宰相，連上二劄子廢新法。當時有不少人認爲哲宗初立，應守三年無改父道以評其議。但司馬光卻說：「先帝之法，是王安石、呂惠卿等所建，爲害天下，非神宗皇帝的本意。」他一翻那雙白眼說：「這那裡是先帝之法呢？」

司馬光完全忘了那些法，都是趙頊詔旨所頒，甚至有些法是皇帝的授意。

哲宗皇帝即位時才十歲，而高太皇太后是后黨，向皇后早就被視爲新黨，趙煦又非己出，當然權柄旁落，再加上司馬光根本未把孤兒寡婦看在眼裡，玩於股掌之上乃是很自然的事。何況這是報復新黨，罷新法、廢新政唯一不可多得的機會。雖沒有甚麼實質意義，也可以使自己出口怨氣呢！

機會是稍縱即逝的，司馬光必須及時抓住這個機會不可。

於是他立即使用賦予他的權力。

元祐元年，廢去「保甲法」、「方田均稅法」、「青苗法」、「免役法」等。當了宰相以後，可以為所欲為了。除罷了不少新黨的官以洩其久積之憤，器量之狹小，手段之毒辣，未有出於司馬光者。

但是這一廢法，農民首先遭到嚴重打擊，無青苗錢可貸，豪紳巨賈與劣吏很快結合成為一個生命共同體，並利用「連保法」，要想棄田逃亡都不可能。農民迅速又被重利盤剝，才轉好的農村經濟崩潰，兼併更為迅速。盜賊蜂起，國庫又恢復了窮困；其次重整軍隊的規畫已完全放棄。社會一下新法，一下恢復舊制，細民無所適從，惶惶不可終日。

其次，他計畫恢復以詩賦取士的考試之外，《春秋》也想列入科考。因為那是司馬光的專長。

司馬光的報復，只為求一己的痛快，沒有替代方案，只要是出自王安石的新法，廢了再說。他的這種報復，有識之士皆不以為然，但大權在握，台諫噤若寒蟬。誰都知道司馬光的手段又陰又毒，不像王安石只對事，從來不對人做什麼。

剛剛起步的經濟全部下滑，欽徽二帝北擄之禍，嚴格說，實由此種報復開始了。

王安石對這些，自然清楚，謹守不在其位不謀其政的分際，築田園於鍾山白塘，距金陵東七里，屋蓋於半山，亦自號半山老人。雖然其內心痛苦無狀，仍是強爲抑壓，決心不再過問朝廷的事。

王安石對鍾山，有一種特別親切的感情。可以從他〈游鍾山〉一詩看出。他的詩說：

終日看山不厭山，買山終待老山間。
山花落盡山長在，山水空流山自閒。

但是晚年他把在鍾山的田產，在留產是害子孫的觀念下，列了一個房地產清單，奏請捐給寺廟，趙頊下旨賜名「報寧禪寺」。在他的〈依所乞私田充蔣山（按即鍾山）太平興國寺常住謝表〉中說：

「緣思昧冒，方虞慁上之誅，加意畀矜，遂竊終天之事。伏念臣少嘗陻阨，晚娛褒崇，榮祿雖多，不逮養親之日，餘年尙盡，更爲哭子之人，追營香火之緣，仰賴金繒之賜，尙復祈恩而不已。乃將徼福於無窮。伏蒙陛下眷遇一於初終，愛恤兼夫存沒，特繞常法，俯成私求，雖老矣無能，莫稱湧泉之施，若死而未泯，豈忘結草之酬……」邵伯溫抓住「爲哭子之人」句大做文章，杜撰說他夢見王雱地獄枷鎖琅鐺，受到酷刑，才捐宅邸企有以赦。反新法反到這種地步，也就可見反新法一幫人的人格了。所著《邵氏見聞錄》，不過是一本造謠的書。

在人家的傷痛上撒鹽，讓自己快樂，邵某的人格學格可知過半了。故《邵氏見聞錄》，實在是以造謠、誣栽的僞劣作品。但卻成爲白紙黑字散布於天下，對王安石的傷害，是無容置疑的事。

捐田宅興寺院時，王安石已是六十四歲，又是大病以後的事。其實他早已看透人生，爲官、變法都不是爲了自己，他已經超化於物外，到了空靈境界。

他在〈南鄉子〉二闋之一中說：

嗟見世間人，但有纖毫即是塵；不住舊時無相貌沉淪，祇爲從來認識神。作麼有疏親？我自降魔轉法輪，不是攝心除妄想求眞，幻化空身即法身。

這種認識，豈是邵伯溫、司馬光所能企及？所能認識？元祐元年四月卒於鍾山，得年六十有四。

一代經濟改革家埋葬於地下。距今雖已千年，蓋棺而未定論、忠奸之辯不休，但都與荆公無關了。

他愛鍾山，有其特殊原因，母、弟、愛兒都埋葬在那裡。

法家？儒家？縱橫家？忠奸？經濟改革家？農民的守護神？後世對他的評論，因學養不同、引用資料不同、思想方式不同、意識形態不同，而有不同的結論。

俱往矣！與王荆公何關？
但我們要爲中國的坎坷而嘆！
倘他的改革成功？中國豈是今天的面貌？
嗟夫！安石先生當哭乎？笑乎？具與現實無關。但可以以史爲鑑。

稿於一九九五、四、十四客次台北。

後記

眞的歡喜，《王安石大傳》總算於四月十四日早上寫完了。列完參考書目以後，把書重新上架，一列列的插籤，如春後青青的秧苗，喘了口大氣。得感謝徐桂生先生的督促指導，副刊編校的糾謬，終於順利刊完。

一九九二年元月三日心肌梗塞，在鬼門關前打了幾回鞦韆回來後，體力大不如前。那次生病，因不事積蓄，民生報同仁愛我如兄弟，幾已發動募捐（有的同仁送了不少錢），但總不如自食其力，故仍不斷揮禿筆謀生活，每月仍要「生產」四、五萬字才能餬口。徐先生感於我國政治發展，實以經濟是賴，歷代宰輔，王安石對經濟改革最有意義，商討寫此題材，未經考慮便答應了。及至動筆，才發現不容易。

讀了許多史料，曾有這樣的假設：王安石如變法成功，中國是甚麼面貌？四大發明都比西方文明要早四、五百年，在九世紀末，已經有不少人利用到輪子、水力、火藥的威力，用機械發射弓弩。而王安石的新法，基本上是抑制豪強兼併剝削，稅負公平；但新法之所以失敗，來自既得利益者的阻力最多。偏離儒家正統，那只不過是掩飾既得利益者鄙劣的鬥爭手段罷了。皇親、國戚、后黨、新舊官僚結合起來，縱然有神宗皇帝（趙頊）的支持，結果還是人存政舉，人亡政息。

便因此，歷史上對王安石的看法南轅北轍，有的視為改革者、是農民的保護神；有的則視之為術家、縱橫家、法家、歛聚者。因為所閱讀的資料，思考的方式不同，得的結果當然也不一樣。甚至林語堂先生對王安石，也完全站在蘇軾（東坡）的反對立場加以批判。對於這些不同的看法，因為是千年前的歷史，已不能像圍棋一樣可以復盤，在那關鍵的一著，重新下一回，看結果。

歷史是複雜的，記載卻太簡略，同一件事，記載完全不同的事很多，這也就是「盡信書、不如無書」了。因此帶著質疑的、批判的態度去讀史書，可以減少掉落在歷史的陷阱裡。這可能也是讀史的一種趣味。考證、考辨之所以發達，也就因歷史有這麼多的缺點的緣故。

《王安石大傳》基本上是小說，不過力求接近眞實的歷史。只因它是小說，當然有小說的手法在內。反編年與編年或剪裁了某些歷史事件，更難以避免有虛構的眞實在內，時空的倒錯也是小說所允許的。但在一百多位人物中，不是歷史人物的，不過百分之二、三。相信讀者不會把它當成歷史來讀。

在這些情節中，他的改革理念，政治公平正義如何，不想下結論，由讀者去決定。

從一九九四年十一月到次年四月，用了五個月時間完成這篇東西，而心絞痛在冬季和春季，發生頻率極高，曾三四次住入醫院急診室，一面打點滴、吸氧氣，一面看相關的書。因爲一生中沒有任何一張文憑，讀書也就備感吃力，非用功不可。

說了這麼多，只有一句話，我已努力。《王安石大傳》可能是我繼《狄青傳》以後的第二本歷史小說，也可能是我最後一本小說。長篇小說的結構複雜，難以駕御，心理負擔較重，眞的怕有一天突然心臟病發，走是洒脫的走了，它總是一個殘篇的遺憾。現在至少不會發生這樣的事。

這只是記這本書完成的經過，時時都準備揮別這世界的風燭般生命中，現在把稿全交了出去，如釋重負——不會變成一個殘本了。

再說句感謝的話吧：這後記，說的也就是這些，無甚高明。

一九九五、四、十五

參考書目

一、歷史類

1.《宋史》。（脫脫總編撰，二十五史本）
2.《宋史》，方豪著，中國文化大學出版部，民國六十八年十月新一版。
3.《歷代名人年譜》，王雲五主編，台灣商務印書館，民國四十五年四月台一版。
4.《宋代驛站制度》，趙效宣著，聯經出版事業公司，民國七十二年九月初版。

5.《宋遼金史話》，木鐸出版社，民國七十七年九月初版。
6.《宋元宮廷秘史》，辛田、任崇岳著，群玉堂出版公司，民國八十一年七月二版。
7.《宋遼金史》，金毓黻著，台灣商務印書館，民國六十六年五月台一版。
8.《契丹史略》，張正明著，帛書出版社，民國七十四年五月台一版。
9.《中國政治制度史》，曾繁康著，華岡出版社，民國六十九年九月再版。
10.《宋代政教史》（上下冊），劉伯驥著，台灣中華書局，民國六十年十二月初版。
11.《中國文明史㈥宋金遼時期（一—四）》，地球出版社，民國八十二年八月台一版。
12.《中國園林史》，孟亞男著，文津出版社，民國八十二年七月初版。
13.《岳麓書院史略》，楊愼初、朱漢民、鄧洪波編著，岳麓書社，一九八六年五月初版。
14.《中外歷代戰爭史（一—一〇）》，李則芬著，黎明文化公司，民國七十四年二月初版。

二、傳記類

15.《王安石》，李勤印著，知書房出版社，一九九四年五月初版。
16.《王安石傳》，三浦國雄著，楊自譯，國際文化公司，一九八九年四月初版。

17.《王安石評傳》，羅克典編著，國家出版社，民國七十九年六月初版。
18.《王安石變法》，王丕震著，秋海棠出版公司，一九九四年九月初版。
19.《風雲傳》，孟瑤著，天衛文化公司，民國八十三年七月初版。
20.《名臣評傳④宋元》，萬象圖書公司，一九九三年九月初版。
21.《名君評傳⑤宋遼金元》，萬象圖書公司，一九九三年十月初版。
22.《昏君評傳⑤宋遼金元》，萬象圖書公司，一九九三年十月初版。
23.《蘇軾》，地球出版社，民國八十三年八月再版。
24.《蘇東坡傳》，林語堂著，宋碧雲譯，風雲時代出版社，民國八十二年五月初版。
25.《蘇東坡新傳》，洪亮著，國際村文庫書店，一九九三年十二月初版。
26.《蘇東坡別傳》，陳香編著，國家出版社，民國八十年一月初版。
27.《燕雲遺恨楊家將》，沈起煒著，雲龍出版社，一九九一年十一月初版。
28.《李師師傳》，霍必烈著，國際文化公司，一九九一年十一月初版。
29.《青樓名妓李師師》，唐有龍編著，國家出版社，民國七十八年九月初版。
30.《絕代名妓》，顧汶光著，貴州人民出版社，一九八五年九月初版。
31.《宋江傳》，霍必烈著，國際翻譯社，一九九三年初版。

三、史論研究

32.《宋史研究論叢（一—四）》，宋晞著，中國文化大學出版部，民國八十一年十月初版。
33.《宋遼金元史研究論集》，大陸雜誌社。
34.《唐宋（附五代）研究論集》，大陸雜誌社。
35.《宋遼金史研究論集》，大陸雜誌社。
36.《遼金元史研究論集㈢》，大陸雜誌社。
37.《宋遼金元史研究論集㈣》，大陸雜誌社。
註：以上均屬集合論文集，未署出版年月。
38.《北宋前期太湖流域賦稅史研究》，俞垣濬著，中國文化大學出版部，民國七十七年六月初版。
39.《宋代開封府研究》，鄭壽彭著，國立編譯館，民國六十九年五月初版。
40.《宋史研究論集》，王德毅著，台灣商務印書館，民國五十七年十一月初版。
41.《宋遼關係史研究》，陶晉生著，聯經出版事業公司，民國七十三年七月初版。

42.《宋代史事質疑》，林天蔚著，台灣商務印書館，民國七十六年初版。
43.《兩宋史研究彙編》，劉子健著，聯經出版事業公司，民國七十六年十一月初版。
44.《宋蒙（元）關係研究史》，胡昭曦、鄒重華主編，四川大學出版社，一九八九年八月初版。
45.《王安石論稿》，王晉光著，大安出版社，一九九三年十一月初版。
46.《歐陽修的生平與學術》，蔡世明著，文史哲出版社，民國六十九年九月初版。
47.《紀念司馬光、王安石逝世九百週年學術研討會論文集》，文化建設委員會，民國七十五年十月初版。

四、地理類

48.《中國歷史地理》，石璋如著，中國文化大學出版部，民國七十二年六月新一版。
49.《中國文化地理》，陳正祥著，木鐸出版社，民國七十一年七月景印版。
50.《中國古代城市建設》，董鑒泓主編，中國建築工業出版社，一九八八年十一月初版。
51.《航行在古運河上》，徐桂生著，民生報，民國八十二年七月初版。

52.《中國十大名都》，呂佛庭著，文化建設委員會，民國七十四年六月初版。
53.《歷代疆域形勢圖》，童世亨撰，廣文書局，民國七十一年八月初版。
54.《中華民國分省地圖》，國防部情報參謀次長室，聯勤總部測量署，民國五十九年九月初版。

五、雜著類

55.《王臨川全集》，楊家駱主編，世界書局，民國七十七年十月四版。
56.《對中國歷代學校、選舉和考試制度之研究》，劉澤之著，天山出版社，民國七十二年元月初版。
57.《宋論》，王夫之著，洪氏出版社，民國七十年十月再版。
58.《宋代書院與宋代學術之關係》，吳萬居著、文史哲出版社，民國八十年九月初版。
59.《岳麓書院一覽》，唐子畏、陳海波著，湖南大學岳麓書院文化研究所，一九九〇年九月初版。
60.《宋人軼事彙編（上下冊）》，丁傳靖輯，台灣商務印書館，民國七十一年九月初版。

61.《宋詞故事（一—二）》，王曙編，大行出版社，民國八十二年九月初版。

62.《中國古建築》，天津人民美術出版社。（未署年月）

63.《宋代版刻法制研究》，段炫武著，石室出版社，民國六十五年三月十五日初版。

六、專門辭書類

64.《中國歷史辭典（宋史）》，上海辭書出版社，一九八三年十二月初版。

65.《中國歷史大辭典（遼夏宋元）》，上海辭書出版社，一九八四年七月初版。

66.《中國古今地名大辭典》，台灣商務印書館，民國七十一年十一月台六版。

67.《中國人名大辭典》，台灣商務印書館，民國七十一年九月增補台三版。

68.《中國大百科全書：中國傳統醫學》，中國大百科全書出版社，一九九二年九月第一版。

69.《中國大百科全書：城市規劃、建築、園林》，中國大百科全書出版社，一九八八年五月第一版。

70.《中國大百科全書：中國地理》，中國大百科全書出版社，一九九三年六月第一版。

71.《中國大百科全書：中國歷史（一—三）》，中國大百科全書出版社，一九九三年六月第一版。
72.《詩文典故辭典》，木鐸出版社，民國七十六年三月初版。
73.《從政史鑑》，羅宏增編，天津社會科學院出版社，一九八九年十二月二版。

王安石大傳

定價：新臺幣250元

中華民國八十四年十二月初版

Printed in R.O.C.

著　　者　姜　　穆
執行編輯　吳　興　文
發 行 人　劉　國　瑞

本書如有缺頁，破損，倒裝請寄回更換。

出 版 者　聯經出版事業公司
臺北市忠孝東路四段555號
電　　話：3620308・7627429
郵撥電話：6 4 1 8 6 6 2
郵政劃撥帳戶第0100559-3號
印 刷 者　世和印製企業有限公司

行政院新聞局出版事業登記證局版臺業字第0130號

ISBN　957-08-1461-6(平裝)

國立中央圖書館出版品預行編目資料

王安石大傳/姜穆著．--初版．--臺北市：
聯經，民84
面；　公分．
ISBN　957-08-1461-6(平裝)

857.7　　　　84010494